# 中國現代文學爭議概述

朱汝瞳（著）

# 目次

# 第一章　白話與文言之爭

　　晚清文學變革時，已有白話與文言的討論。最早思考中國言文問題的是黃遵憲。他在《雜感》中提出了「我手寫吾口」的口號，主張文字與語言的合一，以減少閱讀的困難。他對中國語言文字不統一的現象多有指責，認為此特點有礙教化，是造成中國文化停滯不前，民眾愚昧的重要原因。他參照歐洲文學發展的過程，從文學的興盛與文化的普及的角度，首次提出言文合一的必然趨勢。維新派人物裘廷梁在《論白話為維新之本》一文中，更是將語言和文字的關係上升到政治改革的高度，將言文問題轉化為與智國智民相關的民族問題。他說：「愚天下之具，莫若文言，智天下之具，莫如白話。」[1]另一位晚清白話運動先驅陳了褒，在《論報章宜改用淺說》一文中指陳固執文言實際上是將不通文言的眾多民眾「置於不議不論」的地位，徒任農、工、商、婦人、孺子「廢聰塞明，啞口瞪目，遂養成不痛不癢之世界。」[2]他主張改變用文言辦報，使行文和辭彙與日常生活相聯繫，把報紙辦得通俗易懂，用淺說輸入文明，並將文明普及於大眾。而王照更深地認識到普及教育對於富國強民的重要性，他立志造出一種中國語言文字統一的官話字母，並且形成了在晚清切音字方案中推行規模

---

[1]　《中國歷代文論選第 4 冊》，上海古籍出版社 1980 年版第 172 頁。
[2]　同上書第 177 頁。

最大的《官話合聲字母》初稿。梁啟超當然是位先驅人物。他在《新民說‧論進步》中，從文字進步與世界文明的角度來觀照語言文字問題。他在與歐美、日本進行比較之後，他說中國人的文明程度猶如歐洲中世紀的黑暗時代。中國之所以停滯不前，其中一個重要的人為原因就是「言文分而人智局」。他提出「文字為發明道器第一要件，其繁簡難易，常與民族文明程度之高下為比例差。」[3]顯然他把語言文字已經作為各國文明程度的一個價值尺度了，若要使中國達於歐美文明程度，那麼必須要有一種新的文字反映人的性靈和思想，這是現實發展所提出的要求。於是梁啟超提出了詩界革命，小說界革命，文界革命，倡導言文一致，在「湖南時務學堂」的堂約中，對「覺世之文」則要求「辭達而已矣！當以條理細備，詞筆銳達為上，不必求工也」。他通過編辦報紙、編輯寫作的實踐，創造了一種通俗易懂的報章「新文體」，而風靡我國報界、學界。這種半文不白的新文體推行開來，作為向白話文的過渡，有力地推動了文學的白話化的運動。

然而，這種白話化運動遭到了國粹派的反對和責難。其中章太炎、劉師培等人，曾標舉「研究國學，保存國粹」的口號，表達其反滿的民族主義情緒，他們為了強化民族概念，往往無一例外地將複雜的民族價值指向某個古代源頭，為當代的政治文化尋找依據和支持。章太炎在文字學上有很深的造詣，他認為用白話作文章，比文言更難，非深通小學不知現在口語中某音就是古代的某音、古代的某字，就更容易寫錯。於是認為對文字進行任何改革，只會生民受其累，是一種缺乏遠見的舉動。他們對中國語言文字的思考和議論擺脫不了文字與中國傳統文明相糾葛的情結，從而將文言視作國

---

[3] 《新民叢報》第 10 號 1902 年 6 月。

粹之彰顯。儘管章太炎他們是文字學大師，然對白話的理解不能不說陷入了書生之論，與革新派的主張大相徑庭，與大眾實際的閱讀感受也是南轅北轍。誠然，國粹派對文言的固守，並未阻擋新文體發展的潮流。相應於改良運動，晚清湧現了大量白話報刊。欲挽衰頹之國勢，必先開啟民智；欲開啟民智，必先廢文言而崇白話，此條救亡、啟蒙、提倡白話的思路，當時已初露端倪。然而，我們必須看到晚清對舊有言文關係的變革，仍囿於傳統文學內部結構的調整變通，止於言文合一，而未形成以新思想滌蕩舊觀念的突擊之力。縱使白話運動的先驅，如裘廷梁、陳子褒等人在著文時依然借助文言表述其提倡白話的觀點，尚未運用通俗暢達的白話寫作。因此真正的白活文學運動的展開，則要到波瀾壯闊的「五四」時代。

　　新文學運動的預言者，我們不能不想到《甲寅》雜誌記者、著名政論家黃遠庸。他在 1913 年至 1915 年間發表的一系列文章，都認為當時的政治窮途末路其病因不僅在制度，更在於國人思想上的昏謬陳腐。同時他批評舊文學載道的弊端，指出文學應表達作者的情感，關注社會的疾苦，「欲發揮感情，溝通社會潮流，則必提倡新文學」。他一方面積極進行文體改革，提倡「近世文體」，另一方面又極力為中國文學尋求新精神，主張借鑑歐洲的經驗，通過文藝的改革輸入現代思潮，改變傳統觀念，他立誓文學改革，以筆路藍縷，開此先路。可惜的是黃遠庸的主張沒有被《甲寅》主編章士釗所同意。他自己 1915 午赴美之後被人刺殺，未能進一步發展他的文學思想。而可喜的是《甲寅》麾下的陳獨秀、李大釗、高一涵及撰稿人胡適、吳虞等人先後接受了黃遠庸的主張，並脫離了《甲寅》，另立門戶，1915 年 9 月 15 日陳獨秀在上海創辦《青年雜誌》，

1916 年 9 月 1 日第二卷起改名為《新青年》。1917 年 1 月因陳獨秀
受蔡元培的邀請去北京大學任文科主任，《新青年》也從上海遷到
北京。逐漸在《新青年》周圍形成了一個新文學團體，繼續黃遠庸
未竟之事業。

　　1917 年前後，歷史終於為新文化運動的到來創造了契機，出
現了少有的思想能自由的一段時期。這種寬鬆的氛圍，有利於吸納
多元的外來思潮，而且有利於對傳統文化的大膽思考。在西方現代
思潮的影響下，中國先進的知識份子總結了晚清以來歷次社會變革
的經驗教訓，充分地意識到社會的革新和進步，必須要破除封建倫
理綱常的道德價值觀，掙脫封建文化加諸個人的壓抑，根除國民精
神上的劣根性，並且要擊退甚囂塵上的尊孔復古逆流。他們自覺地
擔負起思想啟蒙的重任，掀起了聲勢浩大的新文化運動。新文化運
動直接促成了以反對文言文，提倡白話文為主要內容的文學革命。
在整個文學革命的行進過程中，以《新青年》為首的新文學陣營，
遭受到了舊文學勢力、學衡派、甲寅派的陸續的抵抗和質疑。為了
完成從傳統文學到現代文學的轉型，新文學主將們以激進徹底的姿
態與其展開了論爭。

　　文學革命主將胡適在留美學習期間，對晚清白話文運動抱有濃
厚興趣，他與趙元任就中國語言作過深入的討論，逐步認識到白話
是活文字，古文是半死的文字。1915 年夏季，胡適思考的注意力
轉到中國文學問題上，力圖爭辯白話可以成為一種文學工具。他在
《送梅觀莊往哈佛大學詩》中就有這樣的詩句：「神州文學久枯餒，
百年未有健者起。新潮之來不可止，文學革命其時矣！」[4] 胡適對
舊文學的性質及其弊端有了充分的認識，同時他又覺悟到應將中國

---

[4]　《胡適日記全編》第 2 卷，安徽教育出版社 2001 年版第 283 頁。

文學史理解為一部文字形式（工具）新陳代謝的歷史，認清了中國俗話文學才是中國的正宗文學，代表著中國文學革命自然發展的趨勢。因而他認為中國需要的文學革命是用白話代替古文的革命，是用活的工具替代死的工具的革命。胡適在《沁園春‧誓詩》中表達了他日益堅定的文學革命信心，「文章革命何疑！且準備搴旗作健兒。要空前千古，下開百世，收他臭腐，還我神奇。為大中華，造新文學，此業吾曹欲讓誰？詩材料，有簇新世界，供我驅馳。」[5]隨後他將長期思考的思想彙集成較有系統的「新文學八事」。他在給陳獨秀的信中說：「年來思慮觀察所得，以為，今日欲言文學革命，須從八事入手。八事何者？一曰，不用典。二曰，不用陳套語。三曰，不講對仗（文當廢駢，詩當廢律）。四曰，不避俗字俗語（不嫌以白話作詩詞）。五曰，須講求文法之結構。此皆形式上之革命也。六曰，不作無病之呻吟。七曰，不摹仿古人，語語須有個我在。八曰，須言之有物。此皆精神上之革命也。」[6]此信引起陳獨秀高度重視，在發表信的按語中表示「承示文學革命八事，除五八二項，其餘六事，僕無不合十贊成，以為今日中文界之雷音。倘能詳其理由，指陳得失，衍為一文，以告當世，其業大盛。」陳獨秀還致信胡適，進一步表示「文字改革，為吾國目前切要之事。此非戲言，更非空言」，約他切實作一改良文學論文，寄登《青年》。胡適接讀陳獨秀的信後，就按照他所期望的那樣，以八事為約，撰寫了倡導文學革命的論文《文學改良芻議》。陳獨秀將此文發表於 1917 年 1 月出版的《新青年》第 2 卷第 5 期上。在這篇文章中，胡適將新文學八事的次序作了有意的調整：

---

5　同上書第 372 頁。
6　《胡適精品集》光明日報出版社 1998 年版第 1 卷第 5 頁。

一曰，須言之有物。

二曰，不摹仿古人。

三曰，須講求文法。

四曰，不作無病之呻吟。

五曰，務去爛調套語。

六曰，不用典。

七曰，不講對仗。

八曰，不避俗字俗語。

這個排序試圖更多地強調新文學的實質。他在闡述第一條原則時即提出「近世文人沾沾於聲調字句之間，既無高遠之思想，又無真摯之情感，文學之衰微，此其大因也」，所以在文章中提出的言之有物，不是舊文學的所謂「文以載道」，而是指要有積極的思想和感情。他強調「思想之在文學，猶腦筋之在人身」，「情感者，文學之靈魂。文學而無情感，如人之無魂，木偶而已，行屍走肉而已」。他說「文學無此二物，便如無靈魂無腦筋之美人，雖有穠麗富厚之外觀，抑亦末矣。」胡適在文章中還堅持了歷史進化論，說「文學者，隨時代而變遷者也。一時代有一時代之文學……乃文明進化之公理也。」胡適還率先提出了「白話文學之為中國文學之正宗」的觀點，認為白話文學是中國文學努力的方向，雖然受到了一時的阻礙，今後仍是要走入正軌，朝這個方向發展下去的。《文學改良芻議》對當時統治文壇的所謂三大權威雖然有所批評，例如「今之『文學大家』，文則下規姚、曾，上師韓、歐」一句即暗指桐城派；批評以陳三立為代表的「今日『第一流詩人』」摹仿古人的積習，指涉的其實就是江西詩派；「駢文律詩乃真小道耳」則無疑是對「選

學」派的嘲諷。但是文章通篇措辭比較溫和，以商議性的口吻說：
「謂之芻議，猶云未定草也，伏惟國人同志有以匡糾是正之」，表
現出謙遜的態度，因此尚未引起震動。而緊接著的一期《新青年》，
刊發了陳獨秀作的《文學革命論》就不同了。陳獨秀毫無顧忌地對
桐城派、文選派、江西派指名道姓地作了大膽的抨擊。其中將桐城
派領袖歸有光、方苞、劉大櫆、姚鼐與明前後七子並稱為「十八妖
魔」言詞頗為激烈。說他們尊古蔑今，咬文嚼字，希榮慕譽，無病
而呻，稱霸文壇，可見陳獨秀不顧迂儒之毀譽，誓與舊文學作戰的
決心。他說「文學革命之氣運，醞釀已非一日，其首舉義旗之急先
鋒，則為吾友胡適。余甘冒全國學究之敵，高張『文學革命軍』大
旗，以為吾友之聲援」。他鮮明地提出了三大主義，「曰，推倒雕琢
的阿諛的貴族文學，建設平易的抒情的國民文學；曰，推倒陳腐的
鋪張的古典文學，建設新鮮的立誠的寫實文學；曰，推倒迂晦的、
艱澀的山林文學，建設明瞭的通俗的社會文學」。與胡適的主張相
比較，可以看出陳獨秀更側重於對文學內容上的批判與建設。他
以政治家的熱忱和敏銳，將胡適最初對白話語言文體的關注轉化
為對文學與政治關係的強調，「今欲革新政治，勢不得不革新盤踞
於運用此政治者精神界之文學」。胡適、陳獨秀揭櫫而起的文學革
命立刻得到了青年學生的回應，他們以書信及論文的形式在《新
青年》雜誌上展開討論。錢玄同兩次致信陳獨秀，充分肯定贊同
文學革命，他說：「胡適之君之《文學改良芻議》，其陳義之精美，
前已為公言之矣。」[7] 尤其是胡適主張白話文學為正宗和不用典最
為精闢，表示「極為佩服」。他表明了自己對舊道德、舊文學持全
盤否定的態度，堅持文言合一的觀點。劉半農則發表《我之文學改

---

[7]　《新青年‧通信》第 3 卷第 1 期。

良觀》，表示贊同胡適以白話文學為中國文學正宗的觀點，並主張「破壞舊韻，重造新韻，可寫作無韻的散文詩」。他還具體地談到了寫作中分段、句逗與符號等問題。這已經是新式標點符號的雛形了[8]。

　　但是在讀者中也出現了一種折衷的態度，一方面表示贊同文學必須革命，然另一方面又提出某些與文學革命相背的主張。例如方孝岳在《新青年》第 3 卷第 2 期上發表題為《我之改良文學觀》的文章，稱讚「陳胡二君定白話文學為將來文學正宗，實為不易之論」還稱讚「胡適君所謂不模仿、言有物、不作無病之呻吟，其義盛矣」，似乎他是贊同文學革命的。其實他重點想說的是「今日即以白話為各種文字，以予觀之，恐矯枉過正，反貽人之唾棄。急進反緩，不如姑緩其行。」這是折衷派的意見，「姑緩其行」，顯然就很難展開文學革命了。在「用典」和「對仗」問題上也有折衷意見。同期《新青年》上有李濂鏜致胡適的一封信，在信的開頭，他稱讚《文學改良芻議》「議論精當，識見高超」。但他重點強調的是「預杜改革之流弊」，認為不用典，不講對仗兩款「確有矯枉過正之弊」，他說：「文學家之用典用對仗，猶藥品之用毒藥，婦人之用脂粉也」。其實用典講對仗是中國舊文學很嚴重的弊端，非改革不可的。李濂鏜竭力保存它們，就勢必影響文學革命的徹底性。還有一種不主張「純用白話」的折衷意見。1919 年 8 月 8 日《時事新報》上發表了黃覺僧的《折衷的新文學革新論》。文章讚揚胡適「見識之卓，魄力之宏，殊足令人欽佩」。但他認為「所倡之說，亦不無偏激之處，足貽反對者之口實」，因而他提出「文以通俗為主，不避俗字俗語，但不主張純用白話」。折衷意見理所當然地受到了反駁，胡適在《答黃

---

[8]　《新青年》第 3 卷第 3 期。

覺僧君〈折衷的文學革新論〉一文中，對其觀點，針鋒相對地指出
「若要使中國文學能達今日的意思，能表今人的情感，能代表這個
時代的文明程度和社會狀態，非用白話不可……非把現在最通行的
白話用來作文學不可。」[9]陳獨秀更加堅持「改良中國文學，當以
白話為文學正宗之說，其是非甚明，必不容反對者有討論之餘地，
必以吾輩之主張為絕對之是，而不容他人匡正也。」[10]他這種堅決
的態度，如鄭振鐸後來所評價的「遂不至上了折衷派的大當」[11]。
不過，文學革命興起的最初時期，儘管贊同者不少，青年學生更是
反應熱烈，但整個社會的反響並不強烈，反對文學革命的固然大有
人在，但他們對新文學的反對始而漠然無視，繼而鄙夷不屑與辯，
讓其自生自滅，由是形成不了聲勢浩大，波瀾壯闊的全國性運動。
正像魯迅在《吶喊・自序》中指出的：「他們正辦《新青年》，然而
那時彷彿不特沒有人來贊成，並且也還沒有人來反對，他們也許是
感到寂寞了。」[12]為了清除思想障礙，讓運動熱鬧起來，促進文學
革命的發展，《新青年》搞了一個「雙簧信」。1918 年 3 月 15 日出
版的《新青年》第 4 卷第 3 期，發表了由錢玄同以王敬軒名義寫的
《給新青年編者的一封信》，模仿封建文人的口吻，寫出了封建文
人暗地裏反對文學革命的種種論調，諸如詆毀《新青年》同人「提
倡新學，流弊甚多」，「排斥孔子，廢滅綱常之論」，白話文學是「蕩
婦所為」，「狂吠之談」等等。同期，又發表了劉半農以《新青年》
記者名義寫的《復王敬軒書》，以嬉笑怒罵的筆調，將王敬軒信的

---

9　《新青年》第 5 卷第 3 期。

10　《新青年》第 3 卷第 3 期。

11　《中國新文學大系・文學論爭集導言》上海文藝出版社 2003 年影印本第
　　5 頁。

12　《晨報・文學旬刊》1918 年 3 月 1 日。

謬論作了痛快淋漓的批駁。「雙簧信」的發表立即產生了強烈的反響。贊成王敬軒和贊成文學革命的人一下子多了起來，陣營清楚，旗幟鮮明，態度對立，針鋒相對，互相抨擊，真正有了革命鬥爭的氣象，也激起了復古派文人姍姍來遲的反擊。最早登場反對新文學的是林紓。林紓在清末的文學改良活動中充當過新派人物，他翻譯過 170 餘種西方的文學作品，在全國有過較大的社會影響。他在 1917 年 2 月 8 日《民國日報》上曾發表《論古文之不當廢》的文章，說古文文學作品不應被革除，應當像西方對拉丁文那樣加以保存。其態度比較間接謙和，原以為新文學運動會自生自滅的。但是客觀形勢的發展並非如其所願。新文學陣營在極力抨擊封建舊文學的同時，開始致力於如何建設新文學的理論探討。胡適發了《建設的文學革命論》，以「國語的文學，文學的國語」為宗旨對白話文作了有意義的建設。他說：「一切語言文字的作用，在於達意表情；達意達得妙，表情表得好，便是文學。那些用死文言的人，有了意思，卻須把這意思翻成幾千年前的典故；有了感情，卻須把這感情譯為幾千年前的文言」因而死文字絕不能產生活文學。胡適源於歷史進化論思想對文言白話兩個語言系統的理解，對於顛覆舊文化，建設新文化是有指導性意義的。周作人當時接連發表了《人的文學》、《平民文學》等文章，提出了文學創作的人道主義、個性主義問題，不僅影響了當時的文學創作走向，而且是新文學內容的理論建設。《新青年》自 1918 年 1 月開始刊登白話文，陸續刊載胡適、沈尹默、劉半農等人的白話詩以及魯迅的短篇小說《狂人日記》。文學革命迅猛發展，林紓再也按捺不住了，乘 1919 年春北洋軍閥政府查禁「過激主義」之機就開始活動起來，猖獗地向新文化運動進攻。1919 年 2 月 17、18 日他在《新申報》上拋出含沙射影的小

說《荊生》。這篇小說描寫田其美（陳獨秀）、狄莫（胡適）、金心異（錢玄同）在北京陶然亭聚談反對孔教和提倡白話文。林紓把他們三人的言論稱為狗吠之語，禽獸自語。而且還安排了一位名叫荊生的「偉大夫」，如何對他們訓斥和大打出手，致使他們狼狽逃竄。林紓在這裏所希望的是由安福系控制的北洋政府來干涉，以外面的強權勢力阻擋文學革命的進程。這篇小說《新青年》全文轉載，並逐句批駁。李大釗還撰了專文，揭露《荊生》的技倆，做篇鬼話妄想的小說快快口，造段謠言寬寬心，那是極無聊的舉動，表明自身底氣的不足，完全是復古勢力敗相的徵兆。1919 年 3 月 18 到 22 日林紓在《新申報》上又發表了一篇小說，題目叫《妖夢》，其惡毒用意更為露骨。它採用的同樣是含沙射影手法，以元緒影射蔡元培，田恒影射陳獨秀，秦二世影射胡適。這是一個名叫鄭思康的書生夢遊陰曹的故事。鄭思康發現那裏的「白話學堂」（影射北京大學）內有元、田、秦三人就破口大罵他們是「士大夫甘為禽獸」。後來鄭思康看到這三人都被佛經中說的吞食太陽月亮的羅睺羅阿修羅活吃了。這帶有侮辱性的小說除了人身攻擊之外就是政治要挾恐嚇，由於明顯泄私憤的痕跡，缺乏理性的邏輯分析，使得復古派的反擊蒼白無力。然林紓仍想借助軍閥力量來消滅陳獨秀、胡適等人。1919 年 3 月 18 日林紓在安福系俱樂部機關報《公言報》上發表《致蔡鶴卿太史書》，在信中，他指責新文化運動和文學革命的主張，說什麼「覆孔孟，鏟倫常」，「盡廢古書，行用土語為文字」。他要求蔡元培「制止反孔，廢除白話」。林紓借助安福系勢力，居心險惡。蔡元培立即寫了《答林琴南書》給予答覆，詳加分析，層層批駁，為北京大學辯護。信末他提出了北京大學辦學的兩點主張。一是循思想自由之原則，取相容並包主義，「無論為何種學派，

苟其言之成理，持之有故，尚不達自然淘汰之運命者，雖彼此相反，而悉聽其自由發展」；二是「對於教員，以學詣為主。在校講授，以無背於第一種主張為界限。其在校外之言動，本校從不過問，亦不能代負責任」。蔡元培考慮到大學免受軍閥政府的干涉，雖然在某些方面縮小了《新青年》主將們所倡導的思想，然他相容並包的自由主義思想立場為新思想傳播，新文化運動的發展起到了重要的推動作用。另一個主張復古主義的是辜鴻銘，他學貫中西，頂瞭解西方的，然他也是頂傳統的。他在英文報刊上寫作，反對白話文運動。他認為古文不是死的語言，而是一種典稚之語，如同莎士比亞的英文一樣比當代口語更美。他還認為古典文學因其載「道」，絕不是死文學，改革者使人變為倫理的侏儒的文學才是真正的死文學。此外，北京大學劉師培、黃侃還創辦了《國故》、《國民》兩個刊物，提倡文言文、孔教和舊倫理，但他們的宣傳只是長江中翻出的小泡泡，在北京大學進步學生《新潮》的對抗之下，顯得沒有什麼吸引力。經過文學革新派的倡導與實踐，白話文畢竟是勢不可擋了。根據統計，1919 年至 1920 年間，全國的白話文報刊有 400 多種《新潮》、《晨報副刊》、《星期評論》、《少年中國》、《新社會》、《覺悟》、《人道》等等。1920 年春天，教育部通令採用新式標點符號令，又通令全國國民小學一律使用白話文，廢除原用的文言文教材。可見，白話文運動取得了成功。

可是，文學革命運動高潮過後，又有兩股保守勢力出現，一是學衡派，二是甲寅派。學衡派由吳宓、梅光迪、胡先驌等人創辦的《學衡》雜誌而得名。此刊於 1922 年 1 月在南京創刊，以「論究學術，闡求真理，昌明國粹，融化新知，以中正之眼光，行批評之職事。無偏無黨，不激不隨」為辦刊宗旨，針對《新青年》發出了

爭鳴之聲。學衡派人都有留學歐美的經歷，擁有新型知識結構，但站在古典派的立場上，引用了好些西洋文藝理論作武器，因此，它成為新青年派最有力的反對者。然新文學陣營看來，《學衡》的登場不免有些不合時宜。胡適在《五十年來中國之文學》中說：「《學衡》的議論，大概是反對文學革命的尾聲了。我可以大膽說，文學革命已過了討論的時期，反對黨已破產了。從此以後，完全是新文學的創造時期。」[13] 正因為如此，《學衡》的問世，在新文學陣營中反應不是最大。其中魯迅寫了三篇雜文，特別 1922 年 2 月 9 日《晨報副刊》上那篇《估〈學衡〉》，態度鮮明，文筆辛辣，將「掊擊新文化而張惶舊學問」的作者們嘲弄了一番。其他沈雁冰、沈澤民等人也寫過幾篇反駁學衡派的文章，但並未造成多大的聲勢，似乎沒有形成激烈的爭鳴。多數倒是學衡派一方在許多問題上提出了意見。例如，關於文言白話的問題。梅光迪早在 1916 年 7 月致胡適的信中就表明他反對白話的意見，認為「足下以俗字白話為向來文學上不用之字，驟以人文，似覺新奇而美，實則無永久之價值。」他主張「欲加用新字，須先用美術以鍛煉之，非僅以俗語白話代之即可了事者也」。不因為言革命而「將吾國文學盡行推翻，本體與流弊無別可乎？」[14] 梅光迪在這裏偏重於文字本身的特性認識，鄙俚的白話沒有藝術特性，不足以登文學之殿堂；俗語白話如要用於文學，那必須經過藝術家的鍛煉琢磨。另一位學衡派代表人物胡先驌同樣站在文學性的立場上反對白話文，為文言文的存在作辯護。他 1919 年在《東方雜誌》第 16 卷第 3 號上發表《中國文學改良論》一文，其中提出「文學自文學，文字自文字，文字僅取其

---

[13]　《胡適精品集》第 3 卷第 327 頁。
[14]　《胡適遺稿及秘藏書信》黃山書社 1994 年版第 33 冊第 439-442 頁。

達意，文學則必達意之外」。他列舉了許多文言詩的例子，以其有辭達意雅之美，作為文學具有審美性，白話不能全代文言的佐證。1922 年《學衡》第 1、2 期連載胡先驌的長文《評〈嘗試集〉》，進一步闡明藝術的媒介不等於藝術所表現之物，文學的美感不在於文言白話之別。他還提出了文學的死活不能由所用文學之今古來判別，應由文學自身為價值而定。白話的使用絕不等同於尋常的日用語言，應該追求文學的美感和情韻。《學衡》第 4 期發表吳宓《論新文化運動》一文說：「文字它之變遷，率由自然，其事極緩，而眾不察，從未有忽由二三人定出新制，強全國之人以必從。」他堅決認為文字之體制不可變，亦不能強變。總而言之，學衡派與新青年派的爭議，源自雙方不同的立場。新青年派著力於變革，提倡以現代白話為代表的書面文字，以衝決舊思想，建設新思想。而學衡派則為了守護文學的藝術性，力主保存文言。對於習慣於文言作文的學衡派而言，對文言的維護有著內在的文化情結。他們保守穩妥的探究姿態，對早已不適應現代生活的文言獨有情鍾，當然他們任何的努力都難以啟動停滯不前的中國語言系統。在這裏，已顯示出雙方在看待文學的社會功能和文學的藝術特性上的不同認識。文學革命的倡導者似乎已徑意識到古文及其形式不僅是一種表達的工具，更是傳統舊文化的語言載體和構成要素，文言文勢必會遮蔽新思想、新經驗和新感情的傳達。因此他們視語言為文學革命的突破口，有了語言與文化同構的思路。這點顯然遠遠超越了晚清那些文學改良者只從文字與口語相背離來理解語言問題的思路。

　　學衡派還提出了文學史觀的問題。新青年派對文學演變有個共同的觀念，那就是歷史進化論。陳獨秀早在《歐洲文藝史譚》中，就以進化論的觀點大致勾勒了歐洲文學史從古典主義一變為理想

主義，再變為寫實主義，更進而為自然主義的發展線索。胡適對於文學演變始終只是一個歷史進化的態度。將文學分為活文學，死文學；提出一時代有一時代之文學；強調白話文學為中國文學之正宗。這些觀點直接促成了文學革命結論的提出，而且為胡適重寫文學史提供了觀念的支撐。然學衡派說歷史進化論全然是新派弊病的源頭，持完全否定的態度。《學衡》第 1 期，梅先迪發表《評提倡新文化者》一文，其中說陳獨秀將西方文學理解為從一個流派演進為另一流派的觀點是流俗之錯誤。他又不滿於胡適將生物學的進化論觀點應用到文學中，說這種類比「割裂牽強，矯揉附會」，實是文學批評方法上的謬誤。吳宓在《論新文化運動》中說：「物質科學，以積累而成，故其發達也，循直線以進，愈久愈詳，愈晚也愈精妙，然人事之學，如歷史、政治、文章、美術等，則或繫於社會之實境，或由於個人之天才，其發達也，無一定軌轍，故後來者不必居上，晚出者不必勝前。」這裏的說法不無合理性。自然科學與社會科學兩者的發展應有各自的特性。文學有它超越時空的普遍性和永恆性，不同時代的文學因其不同的風格和趣味，各有它可貴的審美價值。學衡派同時提出了自己的文學史觀。易峻在《評文學革命與文學專制》的文章中說：「夫歷代文學之流變，原僅一『文學之時代發展』，安可膠執進化之說，牽強附會，謂為『文學的歷史化』。質言之，文學之歷史流變，非文學之遞嬗進化，乃文學之推衍發展，非文學之器物的時代革新，乃文學之領土的隨時擴大。非文學為適應其時代環境，而新陳代謝，變化上進，乃文學之因緣其歷史環境，而推陳出新，積厚外伸也。」[15]這裏注意到了文學作為情感與藝術的產物，其發展並不受歷史發展的支配。文學的發展伴

---

[15]　《學衡》第 79 期 1933 年 7 月。

隨文學體裁的增加；文體的盛衰，是由不同時代文人習尚風氣不同而產生的，文體本身並無進化之說。這種解釋由於更多關注文學的藝術性，蓋較歷史進化的文學史觀顯得更合符文學的一般規律。歷史思維中不同視角的思考很容易得出關於文學史的不同因果律解釋。我們要看到新青年派注重進化論的文學史觀和學衡派強調藝術自律的文學史觀，實際上存在著思維視角的互補性。文學的嬗變既有系統內部要素的變化，也有系統外部各種因素的制約。只認定一面，必將走向片面。不過我們用歷史的眼光看，在五四文學革命時期，學衡派所秉持的藝術獨立性不顧外部環境的觀念，離現實畢竟遠了點。而新青年派有些偏激的文學史觀反倒成為衝擊傳統文學格局的有力武器，為文學革命開創了新道路。

第三個爭議焦點就是新人文主義與唯科學主義的對壘。在五四新文化革命的熱潮中，新青年同人引進了大量的西方哲學，有柏格森的，尼采的，馬克思的，羅素的等等。而其中影響力最大的是胡適介紹和宣傳的杜威的實驗主義。胡適發表在《新青年》第 6 卷第 4 期上的《實驗主義》似乎成為介紹杜威學說的經典文本，杜威來華作的《社會哲學與政治哲學》演講，均由胡適翻譯，高一涵、孫伏園記錄，全文刊登在《新青年》雜誌上。實驗主義哲學激發了革新者的創新意識，鼓勵了他們的探索精神。胡適身體力行的白話詩實驗《嘗試集》的出版就是佐證。當時圍繞著對舊文化的批判，各種思潮相激相攻，紛紜擾攘，形成激烈的思想衝突。在新青年派的視野中，歷史發展是以破壞否定為動力的，以新舊替代的方式來實現的。新永遠勝於舊是他們普遍的信念，棄舊取新成為不言自明的公理，也是衡量事物是否具有合法性與正當性的最簡單的價值標準。陳獨秀在《敬告青年》中說「今且日新月異，舉凡一事之興，

一物之細，罔不訴之科學法則，以定其得失從違」，「凡此無常識之
思維，無理由之信仰，欲根治之，厥惟科學。」[16]近代西方的科學
成為了人們的信仰系統，其實已經超越了它原有的知識範疇，過分
強調科學的有限原則推廣而為普遍永恆的真理，便具有了唯科學主
義色彩。與唯科學主義相頡頏的價值系統是學衡派所輸入中國的新
人文主義。新人文主義興起於第一次世界大戰前後的美國，其主要
代表是歐文・白璧德。白璧德通過多年對歐洲文藝復興的研究，認
為以培根為先導的科學至上論，注重的是組織和效率，崇信機械的
功用；而盧梭掀起的尊崇個性的思潮，導致絕聖棄智，自由放縱。
這二者是造成現代社會物欲橫流、道德販壞的根源。因此，白璧德
注重理性和節制，強調以道德和文化的力量來補救社會弊端。新人
文主義關注人的內心精神，希望通過人生經驗的反省和不懈的道德
實踐以達到精神的超越，解決人生的矛盾。學衡派服膺新人文主
義。《學衡》雜誌曾以大量篇幅譯介有關白璧德新人文主義，如《現
今西洋人文主義》、《白璧德之人文主義》、《白璧德釋人文主義》《白
璧德論歐亞兩洲文化》、《白璧德中西人文教育談》等等。學衡派對
新文化運動的批評實際上是新人文主義原則在中國的具體運用。他
們對壘主要在如下幾方面：一，新人文主義講求收斂的紀律與均衡
的發展，與新文化運動中求新求進的精神正好對立。吳宓認為時人
對進步的信奉「為今世最大之迷信」；梅光迪也批評新潮流「乃人
間之最不祥物耳」；胡先驌批評胡適的白話詩與浪漫主義的極端不
合律度自由放縱的弊病如出一轍。於是他們提出致力於中國文化建
設者必須立定腳跟，從中庸之道中求得解救之辦法。二，新青年派
將自然進化法則普遍化為科學主義，學衡派師法白璧德，要求劃分

---

[16] 《青年雜誌》第 1 卷第 1 號。

「人事之律」與「物質之律」的界限，反對以自然科學的規律代替
人文的價值法則。吳宓提出警告，如果將物質之律強硬地加在人事
上，其惡果必然理智不講，道德全失，私欲橫流，「將成率獸食人
之局」。其實，這裏學衡派在批評別人時，也沒有處理好科學與人
文兩種精神的辯證關係，正如梁實秋所說「人文主義不應該與近代
科學處在敵對的地位」，「在文學範圍內言，人文主義者亦應充分接
受『科學的批評』的成績，用以充實我們的知識，增加判斷時的權
威。」[17]三，科學主義為新青年派背叛傳統提供了良好的思想支援，
而學衡派則發掘了傳統道德中的人文價值，甚至把道德推為濟世救
國的根本之道。吳宓在《白璧德論歐亞兩洲文化・按》中所說：「夫
欲杜絕帝國主義之侵略，而免瓜分共管滅亡，只有提倡國家主義，
改良百度，禦侮圖強，而其本尤在培植道德，樹立品格。使國人皆
精勤奮發，聰明強毅，不為利欲所驅，不為囂說狂潮所中。愛護先
聖先賢所創立之精神教化，有與共生死之決心。」[18]其實這與陳獨
秀關於倫理覺悟要著眼於人的精神沒有多大區別，區別的是用什麼
精神去提高國人的覺悟和道德。學衡派用新人文主義的精神來觀照
中國問題，寄希望於新舊中西的調和，從中西文化的整體上去維護
傳統。稍後，吳宓在 1927 年 6 月 14 日的日記中寫道「心愛中國舊
日禮教之理想，而又思以西方積極活動之新方法，維持並發展此理
想」。這洩露了他「中體西用」主張的天機。新青年派與學衡派所
形成的衝突和矛盾顯示了這兩派對於歷史轉型的不同應變態度，以
及對中國文化未來走向的不同設計。它們最為激烈的對峙階段，只
不過是 1922 年至 1923 年的兩年，1923 年 11 月《學衡》雜誌主要

---

[17] 《白璧德及其人文主義》，《現代》第 5 卷第 6 期 1934 年 10 月。
[18] 《學衡》第 38 期，1925 年 2 月。

發起人劉伯明的英年早逝，失去了最有力的支持者，露出疲敗之象，儘管堅守到了 1933 年 7 月才停刊，共出了 79 期，歷時 8 年，除 1927、1930、1931 年因故未能出刊之外，其餘幾年幾乎沒有什麼大的影響。

今天回顧頭來，客觀地考察一下新青年與學衡派的爭議，我們認為雙方各有歷史的合理性，也各有歷史的局限性，不難發現他們論辯問題的複雜性和豐富性，所以絕不能以「保守」和「激進」來進行簡單的定評。學衡派對新文化運動並非一律反對，反對的是新青年派提倡新文化的手段和思維方法，其實他們也「渴望真正新文化之得以發生」[19]。梅光迪也說過「夫建設新文化之必要，熟不知之」[20]。可以想見學衡派在與新青年派論爭的背後，不無有起而代之的文化渴望。於是透過歧見紛呈的言論，我們仍然可以看到他們兩派相通的地方。其一，他們都崇尚理性。新青年派提倡民主、科學，提倡新道德、新文學，以及張揚人道主義、個性主義，主張人權等等都是服從於民族發展需要的理性選擇。而學衡派遵從規訓與紀律，講究選擇與同情，主張對問題審慎思辨同樣是理性思考的結果。區別在於新青年派的理性思路將中國政治歸結為文化問題，因而所進行的文化批判並沒有依照文化內在價值加於評判，只依照一種工具理性的需要而進行了。學衡派則偏重於對文化本身進行純學理價值的判斷。其二，他們都把本民族文化置於世界文化的框架中加於考察。新青年派民族主義的情緒以激進的形式表現出來，主張改變現存秩序和文化傳統，將中國文化現代化以便進入世界文化的格局。采取的是民族文化追趕世界文化的姿態。而學衡派將中國文

---

[19] 吳宓：《論新文化運動》。

[20] 《評提倡新文化者》。

化視為世界文化的一部分，注重的是在世界文化的整體格局中挖掘中西文化的共通性。當然學衡派所挖掘的「國粹」如孔孟之道，禮教典章是新青年派所欲揚棄的。其三，雙方思維都帶有二元對立的痕跡。無論講新舊差異還是文言文與白話文的死活，新青年派都反映一種非此即彼的二元對立的思維方式，追求終極真理，並以他們的「真理」作為排他性的標準。而學衡派的思維方式同樣沒有離開這個窠臼。當他們指責新青年派惟西洋晚近一家之思想，一家之文章時，採取的也是輸入一家之學說來對抗不能接受的理論。他們將白璧德的新人文主義尊奉為「歐美真文化」，「全部文化之真義」，顯然排斥了其他學說的合理性。實際上，天下事理，絕不能用一種學說能夠包涵盡淨的，當學衡派企圖以自己的「中正」去糾偏時，他們同樣是偏激的。因而我們不能否認任何的中間形態或交叉形態的存在。由於雙方在進行論爭抨擊對方時缺乏寬容和理解，因此日後雙方都未能對當時中國文化現狀作出反思。

下面說甲寅派。甲寅派的主要代表人物是章士釗。章士釗早年曾與陳獨秀共同創辦《民國日報》，參與反清，擔任過《蘇報》主筆，鼓吹革命。辛亥革命後，他在政治上繼續保持革新姿態。1914年 5 月在東京創辦《甲寅》雜誌。這是一本時政評論刊物，1915年 4 月被禁停刊。但隨著新文化運動的深入發展，他與革新派的距離越來越遠。1924 年 11 月章士釗出任段祺瑞政府的司法總長，1925年 4 月又兼任教育總長。1925 年 7 月 18 日，章士釗在北京恢復了《甲寅》雜誌，定為週刊，出至 1927 年 2 月停刊，共出版 45 期。《甲寅》發刊時，印有「文字務求雅馴，白話恕不刊佈」的告白，以攻擊白話文，提倡文言文。在刊物封面上還畫有一個木鐸，木鐸下面是一隻張牙舞爪的黃斑老虎，寓意刊物要宣傳孔孟禮教，挽救

封建文化傳統。章士釗在 1923 年 8 月 21、22 日的《新聞報》上發表《評新文化運動》一文，從文化、新舊、運動方式三個層面上對新文化運動進行了批判。首先，他運用異因不能導出同果的道理來反對新文化運動引入西方思潮。他提出了文化包含人、地、時三要素，認為世界上沒有一種抽象共同的文化，中國與西方在文化三要素上存在著不同的特性，而新文化運動卻以西方文明模式，「謀毀棄固有之文明務盡，以求合於口耳四寸所得自西方者，使之畢肖。微論所得者至為膚淺，無足追摹也。」其次，他從新舊問題著手對語言、文化重新評說。他指出新與舊本來就是一個連續過程，沒有截然的界限，因此文言與白話絕非嶄然相離的，倡白話棄文言顯然是「滑稽而不通」。同樣，新舊文化也有個銜接的道理，唯新是務，妄動急進，其惡果必然是「精神界大亂，鬱鬱悵悵之象，充塞天下」。第三，章士釗花了較大篇幅指責新文化運動中方式上的謬誤。認為文化乃是少數人之獨擅事業，因此，「凡文化運動，非以不文化者為前茅，將無所啟足」。同時，他還詳細地論述了反對白話文的主張。章士釗的反攻，原本期望引起胡適的注意，不料胡適對此未予理睬，頗以為不值爭辯，到了 1925 年 2 月章士釗雖心有不甘，但勉強承認了白話的勢力，並表示與胡適握手言和的意向，在一張與胡適合影的相片背後寫了一首白話詩：「你姓胡我姓章，你講什麼新文學，我開口還是我的老腔。你不攻來我不駁，雙雙並座，各有各的心腸。將來三五十年後，這個相片好作文學紀念看。哈，哈，我寫白話歪詞送把你，總算是老章投了降。」不過，令人始料不及的是幾個月以後，章士釗與新文化陣營對壘的《甲寅》週刊出版了。並把他的《評新文化運動》重新刊登在《甲寅》第 1 卷第 9 期上，接著他又在《甲寅》第 1 卷第 14 期上發表《評新文學運動》一文，

讚美文言文，攻擊白話文，此外，章士釗利用職權，強令小學以上學校必須尊孔讀經，不准學生使用白話文，另一些人也發表「讀經救國」之類的文章，似乎來了一股兇猛的復古思潮。這時胡適才恍然大悟，章士釗原來只是詐降。1925 年 8 月 27 日胡適作了一篇《「老章又反叛了」》來回敬章士釗。文章揭露了章士釗「是一個時代的落伍者；而卻又雖落伍而不甘落魄，總想在落伍之後謀一個首領做做」。1925 年 9 月胡適在武昌大學又作了題為《新文化運動的意義》的演講，指出文學革命發展的趨勢，文言文必將為白話文所代替，「無論軍閥的權威如何，教育總長的勢力如何，這兩三人決定不能摧殘者，也可以抱相當的樂觀。」[21]當時面對章士釗的挑戰，胡適並不以為患，只是漫不經心地招架著，倒是稍後的新青年派作者在《晨報副刊》、《京報・國語週刊》等報刊上發表了一些認真對付的文章。魯迅寫了《兩個桃子殺了三個讀書人》反駁文言優於白話的論點。魯迅也認為《甲寅》不足稱為敵手，也無所謂戰鬥。他在《答 KS 君信》中稱《甲寅》週刊「精神雖然是自己廣告性的半官報，形式卻成了公報尺牘合璧了」，這種滑稽體式的著作只能見出復古派的可憐。如果將有文言白話之爭「也該是爭的終結，而非爭的開頭」[22]。吳稚暉也作了一篇《友喪》嘲諷章士釗是鬼魂附身，瘋頭瘋腦，「把幾個同意的冷僻的死字去替代了一看就懂的活字」[23]。新文學陣營中其他的作家也紛紛發表文章加以駁斥。《國語週報》1925 年第 2 期特地出了「反章專號」，刊登了七篇批評甲寅派的文章，除了胡適《老章又反叛了》之外，還有高一涵的《新文化運動的批評》、魏建功的《打到國語運動的攔路虎》、

---

[21] 《晨報副刊》1925 年 10 月 10 日。
[22] 《莽原》第 19 期 1925 年 8 月 28 日。
[23] 《中國新文學大系・文學論爭集》第 208 頁。

徐志摩的《守舊與玩舊》，以及郁達夫、成仿吾的文章。這些文章批判了甲寅派復古倒退的謬論，闡明新文學發展的不可逆轉。《現代評論》也發表文章參與對甲寅派的批評，唐鉞的文章強調了白話表達大眾思想感情的特點。章士釗隨著女師大事件的發生，群情激憤，段祺瑞政府被迫下臺，他提倡復古運動的願望最終也破滅了。對新文化運動而言，章士釗關於文言白話問題的糾纏，其實並無多少新意再激波瀾。但他畢竟是個認真而合格的論辯者，他的復古更多是出自對新文學運動割斷中國文化傳統的憂慮，因此他一再強調新舊相承，企圖挽留道統文統。在他嚴刻的批評裏，總讓人感悟到許多一向不曾被新文化同人自己省察的虛陷與弱點。他在傳統的內部對傳統文化價值的道德操守以及自覺的憂慮，促使新文化倡導者加緊了對新文學、新國語建設的努力。並認識到培養一般群眾對新文學鑒賞力的緊迫性。爭論的最後也產生了一種積極建議性的結論，例如，唐鉞於 1926 年 6 月 25 日，在《東方雜誌》第 23 卷第 12 期上刊出《現代人的現代文》，指出現代人應該擺脫先入為主的影響採用新式的文字，白話也有絕大可能產生第一流的傑作。他還提出了十三項建議，詳細地繪出了現代文發展的建設方案。因此，當這種批判後的總結漸成定論的時候，章士釗的復古運動也只好偃旗息鼓了。在與守舊派的爭議中，新文學的理論主張更加明晰有力，捍衛了新文化運動已有的成果。

# 第二章　雅文學與俗文學之爭

　　所謂雅文學與俗文學之爭，就是上世紀二十年代展開的，文學是追求人生還是遊戲消遣的爭議，也就是五四新文學觀與鴛鴦蝴蝶派文學觀的爭議。自從梁啟超提倡小說界革命之後，中國文壇曾出現一批較好的小說，例如《官場現形記》等。但新小說的政治啟蒙意識很快被商業意識所沖淡，政治的嚴肅性很快被通俗性、趣味性所取代，原先命意匡世的精神變為纏綿悱惻的男女戀情，成為市民中間的鴛鴦蝴蝶小說。鴛鴦蝴蝶派並沒有一個固定的組織，也沒有創作宣言。他們不過是以文學報刊雜誌為鈕帶，文學趣味相近的一群中國傳統文人而已。他們喜歡寫言情故事，離不開「卅六鴛鴦同命鳥，一雙蝴蝶可憐蟲」的格局，才被民眾贈予這個形象的名稱。這一派起源於清末民初，吳研人的《恨海》可謂開派先聲。在五四前夕，鴛鴦蝴蝶小說趨向繁榮。由鴛鴦蝴蝶派作家主辦或編輯的報紙雜誌有一百餘種，由他們掌握的報紙副刊不下五十多種，當時《申報》的副刊《自由談》，《新聞報》的副刊《快活林》執筆的全是鴛鴦蝴蝶派的名家。到了高劍華主編的《眉語》雜誌出場時，大概在 1914 年至 1916 年，是鴛鴦蝴蝶小說的極盛時期。1914 年周瘦鵑、王鈍根編輯《禮拜六》週刊出版。《禮拜六》不僅發表言情小說，也發表其他的消閒小說。所以有人把鴛鴦蝴蝶派也歸為禮拜六派。民國十年前後，鴛鴦蝴蝶派作家互相標榜模仿，蝶影花香勢若狂瀾，幾乎佔據了全國文壇。

　　作為一個民間的通俗文學流派，其作品內容繁雜，若分類的話，主要有社會、黑幕、娼門、哀情、言情、家庭、武俠、神怪、偵探、滑稽、歷史、宮闈等等，通常以言情為主，交織混合了其他內容，形成一個一個的故事。他們繼承了舊小說的傳統，但沒有系統的理論主張，也沒有著名的理論家。不過他們主政的報刊所發表的作品，倒有一個大體一致的傾向那就是遊戲消遣娛樂，其報刊的發刊詞，足以表明他們的基本觀點。《禮拜六・出版贅言》最有代表性。其中說：「買笑耗金錢。覓醉礙衛生。顧曲苦喧囂。不若讀小說之省儉而安樂也。且買笑覓醉顧曲。其為樂轉瞬即逝。不能繼續以至明日也。讀小說則以小銀元一枚。換得小說數十篇。遊倦歸齋。挑燈展卷。或與良友抵掌評論。或伴愛妻並肩互讀。意興稍闌。則以其餘留於明日讀之。晴曦照窗。花香入坐。一編在手。萬慮都忘。勞瘁一周。安閒此日。不亦快哉。故人有不愛買笑。不愛覓醉。不愛顧曲。而未有不愛讀小說者。況小說之輕便有趣如《禮拜六》者乎。」[1]這裏，小說沒有被賦予任何神聖性，而是作為與買笑、覓醉、顧曲同樣的一種娛樂消遣方式推銷給市民。其他的鴛鴦蝴蝶派刊物雖然有的自我標榜諷世勸善之志，但在內容上始終不離追求娛樂、消遣、遊戲的宗旨。《遊戲雜誌・序》將世間萬物視為遊戲，稱現在這些文字所圖的就是發揮「供話柄驅睡魔」的遊戲功能[2]。《眉語》雜誌也提出小說是「雅人韻士花前月下之良伴」，是供人消閒的「遊戲文章」[3]。《遊戲世界》有條廣告更是明白：「甜甜蜜蜜的小說、濃濃郁郁的談論、奇奇怪怪的筆記、活活潑潑的遊戲作品」

---

[1] 《禮拜六》第 1 期 1914 年 6 月 6 日。
[2] 《遊戲雜誌》第 1 期 1913 年 12 月。
[3] 《眉語》第 1 卷第 1 號 1914 年 10 月。

為讀者指出「排悶消愁一條玫瑰之路」。[4]可見眾多鴛鴦蝴蝶派作品都是以「遊戲消遣」為文學宗旨的。至於小說的感化功能則是一種附屬品，只求之於消閒之餘，小說才有潛移默化的力量。鴛鴦蝴蝶派講究通俗性的遊戲消遣文學觀，與在莊嚴崇高政治氣氛中追求人生意義的新文學觀當然構成了一對難解的矛盾，對它的批評自然就難免了。

　　對於鴛鴦蝴蝶派的批評，最初是從《新青年》開始的。作為中國思想文化的批判刊物，《新青年》自然地從新舊文化新舊思想衝突的角度發表對於文學的觀點。於是對鴛鴦蝴蝶派表現出來的封建性思想內容及其舊小說形式，進行了猛烈的評擊。鴛鴦蝴蝶派小說多數沿襲傳統小說的章回體式，文字多駢四儷六，華詞麗句情意綿綿。例如，它的奠基之作徐枕亞的《玉梨魂》、李涵秋的《廣陵潮》雖然表達了對個人幸福婚姻自由的渴望，但始終未能突被封建禮教觀念。對此，周作人在 1918 年 4 月 19 日北京大學小說研究會上，所作《日本近三十年小說之發達》的演講，提到了「《玉梨魂》派的鴛鴦蝴蝶體」，認為形式未脫舊小說窠臼，內容毫無現代氣息。鴛鴦蝴蝶派小說中還有一類黑幕小說，專以揭露隱私、進行人身攻擊、發洩私憤為務，自 1916 年 10 月《時事新報》開闢「上海黑幕」專欄之後，風氣大開。魯迅曾感概這派小說是「其下者乃至醜詆私敵，等於謗書；又或有謾罵之志，而無抒寫之才」[5]而正式作為一個流派提出來指責的，是錢玄同的《「黑幕」書》。周作人接著寫了《論「黑幕」》、《再論「黑幕」》，教育部通俗教育研究會也頒發了《勸告小說家勿再編寫黑幕一類小說的函稿》針對鴛鴦蝴蝶派小說

---

[4]　《玫瑰之路・星期・廣告欄》第 28 號 1922 年 9 月。

[5]　《中國小說史略・清末之譴責小說》。

作了直接批評。志希（羅家倫）在《今日中國之小說界》中也指摘鴛鴦蝴蝶派小說的弊端，他把中國新出的小說分成三派，其中「第一派是罪惡最深的黑幕派」，實行的是「騙取金錢教人為惡的主義」；「第二派的小說就是濫調四六派」，遣誤青年的言情小說；第三派就是「筆記派」，它既有「言情」的，「神怪」「求仙」的。這些小說對於人生是沒有任何關係的。

　　1921 年 1 月原本是鴛鴦蝴蝶派重要陣地的《小說月報》，由沈雁冰接手加以全面改革，成為文學研究會的代「機關」刊物。對此鴛鴦蝴蝶派感覺到自己的危機來臨了，但他們並不示弱，1921 年 3 月他們恢復了曾一度中斷的《禮拜六》雜誌，同時又很快辦起了《紅雜誌》、《半月》、《快活》、《小說世界》等期刊和各種小報，大有重振旗鼓之勢。這時，文學研究會張揚「為人生」的旗幟，以寫實主義為口號，針對鴛鴦蝴蝶派展開了爭論。《文學研究會宣言》明確地將人生與文學結合起來，提出「將文藝當作高興時的遊戲或失意時的消遣的時候，現在已經過去了。我們相信文學是一種工作，而且又是於人生很切要的一種工作；治文學的人也當以這事為他終身的事業，正同勞農一樣。」[6]文學研究會成員鄭振鐸、沈雁冰、葉聖陶等人在《文學旬刊》上，全力對付鴛鴦蝴蝶派的回流。沈雁冰對鴛鴦蝴蝶派從藝術與思想兩個方面進行了批評。他在《自然主義與中國現代小說》的長篇論文中，指出中國現代的舊派小說，無論是舊式章回體長篇小說還是短篇小說「簡直是中了『拜金主義』的毒，是真藝術的仇敵」。它們在藝術上的共同錯誤是，不懂小說重在描寫，而以記賬式的敘述法來做小說；不懂客觀的觀察，只知主觀的向壁虛造，即使名為「事實」，

---

6　《小說月報》第 12 卷第 1 期 1921 年 1 月 10 日。

也不能再現於讀者之前。至於思想方面的最大錯誤,「就是遊戲的消遣的金錢主義的文學觀念」。[7]沈雁冰對於鴛鴦蝴蝶派文學的性質倒不認為它屬於舊文化舊文學範圍,主要是迎合現代小市民階層的惡趣味。他同意子嚴(周作人)在《晨報副刊》上發表的一段雜感《惡趣味的毒害》,並在自己的《真有代表舊文化舊文藝的作品麼?》文章中加以引用,其中說:「這些《禮拜六》以下的出版物所代表的並不是什麼舊文化舊文學,只是現代的惡趣味——污毀一切的玩世與縱慾的人生觀,(?)這是從各面看來,都很重大而且可怕的事。《禮拜六》派(包括上海所有定期通俗刊物)的對於中國國民的毒害是趣味的惡化……他們把人生當作遊戲,玩弄,笑謔;他們並不想享樂人生,只把他百般揉搓使他污損以為快,在這地方盡夠現出病理的狀態來了」。[8]

　　鄭振鐸寫了《思想的反流》、《新舊文學的調和》、《消閒?》、《血和淚的文學》、《中國文人(?)對於文學的根本誤解》等文章,闡述了自己的觀點,批評了鴛鴦蝴蝶派。他說鴛鴦蝴蝶派「作者的思想本來是純粹中國舊式的,卻也時時冒充新式,做幾首遊戲的新詩;在陳陳相因的小說中,砌上幾個『解放』,『家庭問題』的現成名辭。同時卻又大提倡『節』,『孝』。」[9]此外,鄭振鐸還對鴛鴦蝴蝶派的商業化給予否定。指斥他們是「文丐」、「文娼」,為了迎合社會心理,向空虛構招徠顧客,或者互使暗計爭奪生意,是通俗文學的最大醜惡。面對槍聲炮影,民眾悲苦的現實生活,鄭振鐸提倡血與淚的文學來對抗遊戲文學。「我們所需要的是血的文學,淚的文學,不是『雍容爾雅』『吟風嘯月』的冷血的產

---

[7]　《小說月報》第 13 卷第 7 期 1922 年 7 月。
[8]　《小說月報》第 13 卷第 11 朝 1922 年 11 月。
[9]　《思想的反流》,《文學旬刊》第 4 號 1921 年 6 月 10 日。

品。」[10]鄭振鐸還注意到了改變讀者閱讀趣味的重要性，如果這個社會裏的讀者眼光不改變，不斷絕鴛鴦蝴蝶派文學的銷售市場，「他們這班『賣文為活』的人，是絕對掃除不掉的。」[11]於是鄭振鐸呼籲要建設新文學觀即：「文學是人生的自然的呼聲。人類情緒的流泄於文字中的，不是以傳道為目的，更不是以娛樂為目的，而是以真摯的情感來引起讀者的同情的。」[12]其他如葉聖陶發表《侮辱人們的人》、胡愈之發表《文學事業的墮落》等文章對鴛鴦蝴喋派也進行了批判。

文學研究會對鴛鴦蝴蝶派的批評，得到了創造社的支持。郭沫若在《致西諦先生信》中將鴛鴦蝴蝶派與新舊文學作了區分，其中說：「先生攻擊《禮拜六》那一類的文丐是我所願盡力聲援的，那些流氓的文人不攻倒，不說可以奪新文學的朱，更還可以亂舊文學的雅」，明確表示助戰。[13]成仿吾在《歧路》一文中也嚴厲指斥《禮拜六》、《晶報》「是讚美惡濁社會的」，「阻礙社會進步與改造」，「他們專以醜惡的文章，把人類往地獄中誘惑，他們是我們思想界與文學界的奇恥。」[14]

綜上簡述，我們看出這場爭議有兩個階段，最初《新青年》派是把鴛鴦蝴蝶派小說作為封建復古意識來加以批判的；後來文學研究會、創造社是對鴛鴦蝴蝶派小說的現代惡趣味加以否定的。兩派之爭從根本上說並未構成新舊文學你死我活式的尖銳矛盾，其實質只能界定為兩種不同的文學審美觀念之間的衝突，是雅文學與俗文學之爭。事實上，鴛鴦蝴蝶派並非完全是抱殘守闕的頑固者，首先

---

[10] 《血和淚的文學》，《文學旬刊》第 6 號 1921 年 6 月 30 日。
[11] 《悲觀》，《文學旬報》，第 36 號 1922 年 5 月 1 日。
[12] 《新文學觀的建設》《文學旬刊》，第 37 期 1922 年 5 月 11 日。
[13] 《文學旬刊》第 6 號 1921 年 6 月 30 日。
[14] 《創造》季刊第 1 卷第 3 期 1924 年 2 月 28 日。

這類作品的文字順應了時代變遷，由文言改為白話，短篇小說的形式開始接迎新文學。再是在內容上雖然未能徹底突破傳統道德規範，但是也反映了一些社會關注的婦女、婚姻的問題，暴露了現實黑暗，特別是較多地表現了市民階層的日常生活和精神狀態。因此可以說鴛鴦蝴蝶派文學本身展現的是中國近代文學向現代文學過渡的文學風貌，於是對它的評判就顯得特別複雜，不能完全採取否定的態度。革新派崇尚嚴肅的文學審美觀與鴛鴦蝴蝶派遊戲消閒文學觀的爭議，其實並非你來我往，唇槍舌劍，主要表現為革新派對鴛鴦蝴蝶派的理論評擊，而鴛鴦蝴蝶派則更多的是以擁有眾多市民讀者的創作實踐與之對抗，形成一個你批你的，我寫我的局面。不過這場爭議還是揭開了現代文學史上有意義的雅俗文化之爭，其中包括從純文學角度對通俗文學的否定，以及從政治文化角度對商業文化的否定。當時新文學家們以直面慘澹人生的氣概追求社會進步，一腔憂國憂民的豪情傾注在文學，因而文學研究會、創造社往往標舉純正的雅文學，呼喚時代的文藝，希望文學發揮激勵人心的積極作用，擔當起喚醒民眾的重大責任。在五四新文學高亢激昂的主調中，批評鴛鴦蝴蝶派小說的遊戲消遣文學觀可以說是有一定的積極意義。不過新文學在啟蒙思想的指導下，同時也擔負著文學大眾化的使命，其中革新派只認同工、農勞苦大眾集體，卻排斥了作為個人存在的小市民，因而新文學創作本身不僅忽視了這一點，反而評擊鴛鴦蝴蝶派小說所包含的通俗性和平民性，今日看來是有檢討的必要。

　　朱自清在《論嚴肅》一文中，把鴛鴦蝴蝶派小說與詞曲、古典小說放在一起，指出文藝的特徵就是以奇和怪的趣味性供人們消遣

的，而這種供人消遣，「正是中國小說的正宗」[15]。魯迅也認為文藝「不必定要沒趣味」[16]。正由於鴛鴦蝴蝶派小說這種消遣趣味性，與五四新文學相比，它與中國的文學傳統有著更近的親緣性，符合市民的傳統審美習慣；它在創作上主要吸收了中國傳統情節小說的特點；它既沿用章回體的小說形式，又借鑑了西方性格小說的長處，故事發展扣人心弦，以其通俗性有了相當廣闊的讀者市場；以其娛樂功能滿足了普通市民的心理，實現了市民生活的調劑，於是在上海及沿海通商城市大為流行，這不依人們意志所能左右的。從這個意義上講，鴛鴦蝴蝶派小說是中國城市化過程中的必然產物，體現了中國社會發展的現代性，理應不可全盤否定。當然有些鴛鴦蝴蝶派小說將文學的通俗化、市民化引向低級庸俗化的道路上去，粗製濫造產生了不少雷同化的劣品，將純正的文學降格為與買笑、覓醉等同的消遣方式，使文學喪失原有的審美價值，這是不取的。

---

[15] 《朱自清全集》，江蘇教育出版社 1996 年版第 3 卷第 138 頁。
[16] 《奔流》第 1 卷第 5 期編校後說。

# 第三章　為人生與為藝術之爭

　　在 20 世紀 20 年代初，新文學誕生伊始，以茅盾為代表的現實主義為人生派與郭沫若為代表的浪漫主義為藝術派之間發生了一場引人頗為注目的爭議。這場爭議從 1921 年開始一直延續到 1924 年的下半年，雙方幾乎所有的重要成員都參與了爭論。他們就新文學的創作方法，新文學的功能，新文學的發展現狀及定位等諸多問題展開了多方面的討論。

　　爭議的過程是這樣的。1921 年 9 月 29、30 日，郁達夫在《時事新報》上刊發《純文學季刊〈創造〉出版預告》，指責文學研究會作家「壟斷」文壇。1922 年 3 月 15 日出版的《創造》創刊號上，郁達夫和郭沫若又分別發表了《藝文私見》和《海外歸鴻》。郁達夫在其文中寫道：「文藝是天才的創造，不可以規矩來測量的。」「文藝批評有真假的二種，真的文藝批評，是為常人而作的一種『天才的贊詞』。因為天才的好處，我們凡人看不出來……」他又說，「目下中國，青黃未接，新舊文藝鬧作了一團，鬼怪橫行，無奇不有。在這混沌的苦悶時代，若有一個批評大家出來叱吒叱吒，那些惡鬼，怕同見了太陽的毒霧一般，都要抱頭逃命去呢！」郁達夫還說：「現在那些在新聞雜誌上主持文藝的假批評家，都要到清水糞坑裏去和蛆蟲爭食物去。那些被他們壓下的天才，都要從地獄裏升到子

午白羊宮裏去呢！」「真的天才，和那些假批評家是冰炭不相容的，真的天才是照夜的明珠，假批評家假文學家是伏在明珠上面的木蝨。木蝨不除去，真的天才總不能放他的靈光，來照耀世大。除去這木蝨的仙手是誰呀！就是真正的大批評家的鐵筆！」郭沫若在其文中說「我們國內的創作界，幼稚到十二萬分」，「我國的批評家──或許可以說是沒有──也太無聊，黨同伐異的劣等精神，和卑陋的政客者流不相上下，是自家人的做作譯品或出版物，總是極力捧場，簡直視文藝批評為廣告用具；團體外的作品或與他們偏頗的先入見不相契合的作品，便一概加以冷遇而不理。他們愛以死板的主義規範活體的人心，什麼自然主義啦，什麼人道主義啦，要拿一個主義來整齊天下的作家，簡直可以說是狂妄了。我們可以各人自己表現一種主義，我們可以批評某某作家的態度是屬於何種主義，但是不能以某種主義來繩人，這太蔑視作家的個性，簡直是專擅君子的態度了。」郁達夫、郭沫若的話顯然都是帶有攻擊性的，而且其矛頭是指向文學研究會以及沈雁冰和鄭振鐸的。

沈雁冰看到郁、郭的文章之後，自然是頗為反感的。於是在1922 年 5 月《時事新報・文學旬刊》第 37、38、39 期上發表《〈創造〉給我的印象》一文，作為回敬。此文先是反駁了郁達夫對他的指責，聲明「我並不是『在新聞雜誌上主持文藝的』人，當然不生『批評家』真假的問題，不過我現在卻情願讓郁君罵是假批評家，罵是該『到清水糞坑裏去和蛆蟲爭食物去』的假批評家。」然後，他便對《創造》創刊號上的作品闡述了看法。對於張資平的小說《她悵望著祖國的天野》，他認為，「為一個平常的不幸福的女子鳴不平，是不錯的，但結構不是短篇小說的結構」，「未曾暢意的描寫，頗有些急就粗製的神氣」；對於田漢的《咖啡店之一夜》，他認為，

「這篇東西未必能有怎樣多的讀者感受到真的趣味」；對於郁達夫的《茫茫夜》，他指出：「肯自承認而且自知，我以為這就是《茫茫夜》的主人翁所以可愛的地方。除此點而外，若就命意說，這篇《茫茫夜》只是一段人生而已，只是一個人所經過的一片生活，及其當時的零碎感想而已，並沒有怎樣深湛的意義。似乎缺少了中心思想。」因此，沈雁冰進一步指出：「創造社諸君的著作恐怕也不能竟說可與世界不巧的作品比肩罷。所以我覺得現在與其多批評別人，不如自己多努力，而想當然的猜想別人是『黨同伐異的劣等精神，和卑陋的政客者流不相上下』，更可不必。真的藝術家的心胸，無有不廣大的呀。我極表同情於創造社諸君，所以更望他們努力！更望把天才兩字寫出在紙上，不要掛在嘴上。」

　　郭沫若認為沈雁冰的評論是「酷評」，而且認為文學研究會作家在《文學旬刊》上嘲罵他們是頹廢的「肉慾描寫者」，罵郭沫若和田漢是「盲目的翻譯者」。因而他們「便結起了仇怨」[1]。1922年7月27日和8月1日，郭、郁又在《時事新報‧學燈》上分別發表了《論文學的研究與介紹》和《論國內的文壇及我對於創作上的態度》。前文針對沈雁冰有關翻譯問題的看法而寫的。沈雁冰在《小說月報》第13卷第7期上曾與萬良浚通信，說到翻譯《浮士德》等書「不是現在切要的事，因為個人研究固能唯真理是求，而介紹給群眾，則應該審度事勢，分個緩急。」鄭振鐸在1921年6月30日的《文學旬刊》上發表的《盲目的翻譯家》一文中，也曾說過在現在的時候來譯但丁的《神曲》，莎士比亞的《韓美雷特》等書「似乎也有些不經濟吧。」要求翻譯家先看看「現在的中國，

---

[1]　郭沫若：《創造十年》《郭沫若全集‧文學編》人民文學出版社1992年版第12卷第139頁。

然後再從事於翻譯。」然郭沫若認為沈、鄭的看法是錯誤的,「是
專擅君子的態度」。後文是郁達夫針對沈、鄭的文藝觀而寫的。對
於沈、鄭主張的文藝功利性,他明確表示反對。他說:「至於藝術
上的功利主義的問題,我也曾經思索過。假使創作家純以功利主義
為前提從事創作,上之想借文藝為宣傳的利器,下之想借文藝為糊
口的飯碗。這個敢定一句,都是文藝的墮落,隔離文藝的精神太遠
了。這種作家慣會迎合時勢,他在社會上或者容易收穫一時的成
功,但他的藝術(?)絕不會有永遠的生命。」對於文學研究會提
倡描寫下層人民的「血與淚」的文學,郁達夫也不完全贊同。他說:
「由個人的苦悶可以反射出社會的苦悶來,可以反映出全人類的苦
悶來,不必定要精赤裸裸地描寫社會的文字,然後才能算是滿紙的
血淚。」郁達夫還寫了一篇小說《血與淚》,嘲笑沈、鄭提倡為人
生而寫作「血淚」的文學主張,認為那是「要賣小說,非要趨附著
現代的思潮不可。」

　　對郭、郁的指責,沈雁冰特地撰寫了《介紹外國文學作品的目
的》[2]和《文學與政治社會》[3],鄭振鐸也寫了《雜譚》作了認真的
答辯。鄭振鐸堅持認為翻譯介紹《神曲》等作品,「不會發生什麼
影響的」,而應翻譯「能改變中國傳統的文學觀」和「能引導中國
人到現代的人生問題,與現代的思想相接觸」的作品。沈雁冰認為
翻譯的動機除了譯者的「主觀的熱烈愛好心」之外,更應考慮「適
合一般人需要」,「足救時弊」。因而他「極力主張翻譯現代的現實
主義作品」。對於文藝的功利主義問題,他首先指出把功利看做金
錢或利用的代名詞是一種可怕的誤解,而「尤其可怕者」是「把凡

---

2　《文學旬刊》1922 年 8 月 1 日。
3　《小說月報》第 13 卷第 9 期。

帶些政治意味社會色彩的作品統統視為下品，視為毫無足取，甚至斥為有害於藝術的獨立」。接著他援引了大量的事實說明文學作品之所以具有政治意義和社會色彩的原因，從而他指出「若有人以為這就是文藝的『墮落』，我只能佩服他的大膽，佩服他的師心自用而已！」對於是否應寫「血與淚」文學的問題，他指出「處在中國現在這政局之下，這社會環境之內，我們有血的，但凡不曾閉了眼，聾了耳，怎能壓著我們的血不沸騰？從自己熱烈地憎惡現實的心境發出呼聲，要求『血與淚』的文學，總該是正當而且合於『自由』的事。」可見沈雁冰始終堅守著為人生的現實主義文學觀念。

這場論爭愈來愈尖銳，但其中有個小插曲。郁達夫有一段時間不想再與沈雁冰、鄭振鐸等人對立下去，並想跟他們消除意氣，友好合作。於是 1922 年 8 月 2 日他在《學燈》上發表了《〈女神〉之生日》一文，認為「甲派與乙派爭辯，A 團與 B 團謾罵」是一種怪現象，為此，他倡議於 8 月 5 日晚上舉行《女神》生日紀念會。「請目下散在的研究文學的人，大家聚攏來談一談，好把微細的感情問題，偏於一黨一派的私見，融和融和，立個將來的百年大計。」郁達夫還拉了郭沫若去找鄭振鐸，請他和文學研究會的其他作家參加紀念會。鄭振鐸也高興地答應了，並表示要多邀一些文學研究會同人出席，借此機會討論組織作家協會。果然紀念會依期舉行，地點在一品香旅社。到會的人除了創造社作家外，還有文學研學會的沈雁冰、鄭振鐸、謝六逸、盧隱等。會後還拍照留念。但組織作家協會一事並未實現。他們之間思想認識上的分歧與隔閡，也沒有因聚會而消除。

確實如此，郭沫若在 1922 年 8 月 25 日出版的《創造》第 1 卷第 2 期上發表了《批判意門湖譯本及其他》再次挑起了跟文學研

究會的論戰。郭沫若在這篇文章中詳細地列舉了文學研究會出版唐性天譯的《意門湖》的譯文錯誤，以說明文學研究會不負責任。同時，他對沈雁冰進行謾罵攻擊，說沈雁冰是「雞鳴狗盜式的批判家」，慣於使用「藏名匿姓，不負責任」、「吞吞吐吐，射影含沙」、「人身攻擊，自標盛德」、「挑剔人語，不立論衡」等方法，不敢「堂堂正正地布出論陣來」，「猶抱琵琶半遮面」，「在那裏白描空吠」。

對於這種毫無學理評析的謾罵，沈雁冰也不示弱，於 9 月 1 日《文學旬刊》第 48 期上發表了《「半斤」VS「八兩」》一文作為答覆。沈雁冰先解釋了自己並不是把創造社作家當作學衡派來加以否定的，而是作為新文學家看待的，所作批評的基本態度和看法並沒有大錯。可是郭沫若卻對它很反感，「以『堂堂正正的』論陣來批駁」。因此，沈雁冰接著責問道：「難道大半頁捕風捉影的『空吠』——原詞奉璧——就算是堂堂正正的論陣麼？」同期上鄭振鐸也發表了致郭沫若的信，對他批評《意門湖》表示感謝，並說明由於他們當時沒有英譯本，也沒有注釋完備的德日對照本，因而無從知道有無錯誤。當然，他也指出郭沫若在批評中「夾以辱及人格的謾罵」是不應該的。但是郭沫若等人還是很不服氣。當汪馥泉於 1922 年 11 月 11 日《文學旬刊》第 55 期發表《「中國文學史研究會」底提議》一文後，創造社的成仿吾又站出來大肆攻擊沈雁冰和文學研究會。汪馥泉在文章中談到了文學研究會和創造社「打架」及其原因，表示希望他們能夠消除隔閡，攜手合作。他提議各個新文學社團的作家聯合起來，成立一個「中國文學史研究會」，共同從事有關中國文學史方面的多項研究。該文發表後，沈雁冰、鄭振鐸曾公開致信汪馥泉，闡述了對他提議的看法，並解釋了他文中談到的有關文學研究會和創造社不和原因的誤解和失實之處，其態度較誠懇，並

無傷害創造社作家之意。可是成仿吾就不同，他於 1923 年 9 月 10 日出版的《創造》第 1 卷第 4 期發表《創造社與文學研究會》一文，不僅把「打架」的責任完全歸咎於文學研究會作家，而且對沈雁冰和文學研究會作了明顯的攻擊。諸如說「許多人笑沈雁冰君只會批評別人，自己不能創作」；沈雁冰「是政潮中一位老手」，「已經不可救藥了」。還聲稱「我們的使命在把他們的大帝國打到」。他還利用沈雁冰的一個誤譯寫了一篇《雅典主義》發表在《創造》第 2 卷第 1 期上，譏笑沈雁冰「不懂英文」，「關於雪萊差不多什麼也不懂」。對於這種蓄意搞臭的辱罵，沈雁冰等文學研究會作家沒有答辯。他們的態度是：「本刊同人與筆墨周旋，素限於學理範圍以內；凡涉於事實方面的，同人皆不願置辯，待第三者自取證於事實。所以成仿吾屢次因辯論學理而大罵文學研究會排出異己，廣招黨羽，我們都置而不辯，因為我們知道成君辯論是極沒有意味的事。」[4]

　　創造社作家一再在翻譯問題上責難文學研究會作家，然他們卻未能正視自己翻譯德文作品時所出現的錯譯現象。梁俊青於 1924 年 5 月 12 日、6 月 10 日《文學旬刊》上發表《評郭沫若譯的〈少年維特之煩惱〉》和《致郭沫若信》，指出他的許多錯譯。同時還指出成仿吾、郭沫若在《創造週報》上的譯錯的許多德文詩。可惜郭、成不僅不接受，反而對梁俊青作了諸多攻擊，而且把矛頭指向文學研究會作家。郭沫若在《時事新報·文學》第 131 期上發表《郭沫若致文學編輯信》，其文說：「在上海方面有一部分最卑劣的編輯者，懷很私仇而又不敢正正堂堂以直報怨，時常假名匿姓，暗刀傷人，於是猶未快時更慫恿少年徒黨妄事攻擊。」對於這種指責沈雁冰、鄭振鐸以「編者」的名義答道：「編者的責任，只在於許多稿

---

[4]　《文學旬刊》第 131 期 1924 年 7 月 21 日。

件選擇文藝的技術不太差的，評論不太沒有理由的，把它們發表出來，至於文中的辭句與理由，自有在題下署名的作者負責。」[5]在另一處又指出「郭君有『借刀殺人』之誤，這就是郭君所言為隱指我們的證明。……然而可惜事實上證明出來，梁君和郭君和成君認識的程度，實在十倍於和我們中間任何人認識的程度。事實上證明梁君決不是我們可以利用來『殺人』的『刀』」。而且表示「郭君及成君等如有學理相質，我們自當執筆周旋，但若仍舊毫無佐證謾罵快意，我們敬謝不敏，不再回答。」[6]梁俊青本人接著也發表了《我對於郭沫若致〈文學〉編輯一封信的意見》，指出那篇評論本想寄給創造社的，不料恰好我和成仿吾討論郭君和成君在創造週報上譯錯了許多德文詩的問題，那時成君夜郎自大，不肯認錯，我因此感覺到成君自驕自傲之不足與言，便將該文投至《文學週刊》……『文學研究會』何嘗借刀殺人？我梁俊青又何嘗借此以出風頭？[7]此後，果然雙方未再繼續論辯，歷時三年的爭論終於結束。此場爭論的原因郭沫若事後在《創造十年》中反思道：「那時的無聊的對立只是在封建社會中培養的舊式的文人相輕，更具體地說，便是『行幫』意識的表現而已。」[8]這確是直率之言。

　　但是我想除了意氣之外，其主要原因還是應該歸屬於各自的文學主張。現在我把他們各自的文學主張簡要地介紹如下，看看他們的爭論焦點在哪裡。先說文學研究會。文學研究會成立之時就舉起了「文藝為人生」的旗幟。他們將啟蒙精神、民眾意識和社會關懷作為自己鍥入的文學立足點。《文學研究會宣言》宣稱「將文藝當

5　《〈成仿吾與鄭振鐸〉按語》，《時事新報・文學》105 期。
6　《〈郭沫若致文學編輯信〉附言》，《時事新報・文學》第 131 期。
7　《時事新報・文學》第 133 期 1924 年 8 月 4 日。
8　《郭沫若全集・文學編》第 12 卷第 140 頁。

作高興時的遊戲或失意時的消遣的時候，現在已經過去了。」《文學旬刊》的《宣言》更明確地指出「我們以為文學不僅是一個時代，一個地方，或是一個人的反映，並且也是超於時與地與人的；是常常立在時代的前面，為人與地的改造的原動力。」在此定位下，文學研究會形成了一系列的文學主張。在文學內容上，認為「文學是表現人生的東西；不論他是客觀的描寫事物，或是主觀的描寫理想，總須以人生為對象；讚美罷，也須是讚美人類生活全體中可讚美的每動作每思想每情緒；感傷罷，也須感傷人類生活全體中可感傷的每動作每思想每情緒；決不能把離開了人生的東西算做文學。」[9] 在文學使命上，認為「中國現代文學家應當提倡的是感情的衝動的文學，不是理性的玄邃的文學；是血與淚的文學，不是花與月的文學；是灰色的慘澹的俄國文學，不是貴族的雍容爾雅的英美文學。」[10] 還認為文學應當「表現個人對於環境的情緒感覺，欲以作者的歡娛與憂悶，引起讀者的同樣的感覺，或以高尚飄逸的情緒與理想，來慰藉或提高讀者的乾枯無澤的精神與卑鄙實利的心境。」[11] 朱自清又認定民眾文學的價值在於「有一種『潛移默化』之功，以純正的，博大的趣味，替代舊有讀物戲劇等底不潔的，偏狹的趣味；使民眾的感情潛滋暗長，漸漸地淨化，擴充。」[12] 在創作方法上，文學研究會強調反映人生與社會真實狀況的現實主義，認為「中國的黑暗的現狀，亟待謀經濟組織底更變，非用科學的精密觀察描寫中國底多方面的病的現象之真況，以培養國人革命底感情不可，非採用自然主義作今日底文學主義不可。中國文學採用自

---

[9] 玄珠：《中國文學不發達的原因》，《文學旬刊》第 1 期 1921 年 5 月 10 日。
[10] 李開中：《文學家的責任》，《文學旬刊》等 8 期 1921 年 7 月 20 日。
[11] 西諦：《文學的使命》，《文學旬刊》第 5 期 1921 年 6 月 20 日。
[12] 《民眾文學底討論》，《文學旬刊》第 27 期 1922 年 2 月 1 日。

然主義是適應環境。」[13]然他們又認為「僅僅是直率的憤慨，直率的呼號，直率的歡娛，直率的思想表現在紙上的，也不能便算是文學，至少也應該說是不能算做好的文學。」[14]他們強調文學的真實，而真實是建立在對普遍的、永久的人類生活的真實把握基礎上的，並非一時、一地、一人之真；這種真實是通過冷靜觀察和理性剖析獲得的，不是僅僅停留在感覺的層面上。這是現實主義觀念下的真實。他們將這種「真實」當作衡量文學作品價值的主要標準，自覺地與「美」的標準保持著距離。沈雁冰說「我覺得現在大多數的愛美者，實在已徑誤走進了『假美主義』的牛角尖裏。」[15]於是他希望國內的文藝的青年「再不要閉了眼睛冥想他們夢中的七寶樓臺，而忘記了自身實在是住在豬圈裏。」[16]因此，在他們看來，當時遍地荊棘的中國最需要的是能催人警醒的反映現實真相的文學，而不是精緻、典稚、美麗的個人文學。

再說創造社的文學主張。創造社作家的主張有明顯的浪漫主義傾向。他們認為藝術是內心情感的表現。郭沫若多次表達過這樣的觀點：「文藝是迫於內心的要求之所表現」（《批判意門湖澤本及其他》）。成仿吾也認為「文學是直訴於我們的感情，而不是刺激我們的理智的創造；文藝的玩賞是感情與感情的融洽，而不是理智與理智的折衡，文學的目的是對於一種心或物的現象之情感的傳達，而不是關於他的理智的報告」。「文學始終是以情感為生命的，情感便是他的終始。」[17]以情感為本位，顯然有別於文學研究會以文學為

---

[13] 之常：《支配社會底文學論》，《文學旬刊》第 35 期 1922 年 4 月 21 日。

[14] 西諦：《雜譚》，《文學旬刊》第 41 期 1922 年 6 月 21 日。

[15] 《雜感》，《文學》105 期 1924 年 1 月 14 日。

[16] 《「大轉變時期」何時來呢》，《文學》第 103 期 1923 年 12 月 31 日。

[17] 《詩之防禦戰》，《創造週報》第 1 號 1923 年 5 月 13 日。

人生的主張。正是定位在對感情的真實傳達的要求上，他們強調
藝術是出自內心的要求，是藝術家內心的自然發生，原不必有什
麼預定的目的。鄭伯奇說：「自然發露，才足以感動人，不然便是
勸善，便是作偽，那作品只可與宣教師的傳道書、太上老君的感
應篇相媲美，配不上叫藝術的作品。」[18]於是回歸自然，取法自然
成為他們衡量文學價值的主要標準，由是文學呈現出超社會、超
功利的色彩。郭沫若批評托爾斯泰的《藝術論》兩個根本性的錯
誤，就是，「第一，他把藝術的活動完全認為教化的功具；第二，
他把人類的感受性隱隱定為一律平等而且無發展之可能。」[19]基於
他們對文學社會作用的淡漠乃至擯棄，在創作精神上，表現出十
分欣賞「反抗性」。例如郭沫若在《少年維特之煩惱序引》一文中
就說：「反抗技巧，反抗既成道德，反抗階級制度，反抗既成宗教，
反抗浮薄的學識，以書籍為糟粕，以文字為死骸，更幾幾乎以藝
術為多事。」[20]他還說：「一切真正的革命運動都是藝術運動，一
切熱誠的實行家是純真的藝術家，一切熱誠的藝術家也便是純真
的革命家。」[21]由於對反抗的熱衷使他們以叛逆者自居，要求文學
擺脫功利的束縛，要求文學抒發自我的情感，這正是他們對現存
文學狀況的反叛所致。相應的是他們在創作的目的上，致力於尋
找「美」。郁達夫說：「藝術所追求的是形式和精神上的美。我雖
不同唯美主義者那麼持論的偏激，但我卻承認美的追求是藝術的
核心。自然的美，人體的美，人格的美，情感的美，或是抽象的
悲壯的美，雄大的美，及其他一切美的情素，便是藝術的主要成

---

[18] 《新文學之警鐘》，《創造週報》第 31 號 1923 年 12 月 9 日。

[19] 《藝術的評價》，《創造週報》第 29 號 1923 年 11 月 25 日。

[20] 《創造》第 1 卷第 1 號 1922 年 3 月。

[21] 《藝術家與革命家》《創造週報》第 18 號 1923 年 9 月 9 日。

分。」[22]在創作主體上，他們強調自我、個人，崇尚天才。成仿吾認為「詩是天才的創造，天才是能征服一切的困難，不為所限的」（《詩之防禦戰》）。郁達夫也說「文藝是天才的創造物，不可以規矩來測量的。」（《藝文私見》）成仿吾說：「真的藝術家，我們可以簡單地說，他是有偉大的心情而能以人生為藝術的人，他是超人，他是人而神。」[23]對天才的強調使他們追求文學的超凡脫俗性，自覺與時代、社會、民眾保持一定的距離；更多注重文學自身審美價值的實現，明顯地流露出濃郁的「為藝術而藝術」的色彩，與文學研究會「為人生而藝術」有著根本上的不同。

可見文學研究會與創造社爭議的焦點主要是集中在對尚未定型的新文學格局的判斷上，以及對新文學發展的方案上。雙方的分歧主要有兩點。首先由於各自的知識背景不同構成了雙方不同的文學判斷立場。在文學研究會作家的視野中，新文學的出現毫無疑問地是建立在舊文學沒能完成現實的發展需要這一層面上，舊文學的或缺正是新文學得以崛起的契機。所以在建設新文學發展格局的時候，他們更多把反思的重心落實到對舊文學、舊思想的清算上，舊文學的某些惡疾或缺成為他們描繪新文學發展的否定性背景。因而在文學研究會的作家始終不渝的對文以載道、文學遊戲的觀點進行了批判。特別對文學遊戲說，不僅梳理了它的歷史，它在舊文學發展中的地位和作用，尤其注意它在新文學發展中的潛在負面影響以及它在新文學中的變形。在他們的視野裏，創造社提倡的唯美、天才、純藝術等都帶有異域色彩，在某種意義上正是與他們努力批判的遊戲說糟粕殊途同歸的，因而他們深惡痛絕。沈雁冰在「為藝術」

---

[22] 《藝術與國家》《創造週刊》第 7 號 1923 導 6 月 23 日。
[23] 《真的藝術家》《創造週報》第 27 號 1923 年 11 月 11 日。

派的文章中，看到了舊文學娛人與自娛的遊戲文學觀正在起作用，看到了在這種傾向後面隱藏的逃避現實、逃避責任的腐朽氣味，這是他們無法容忍的。因為在他們看來，這不僅僅是新文學內部的問題，同時也涉及到新文學如何與舊文學相區別的新文學自身定位問題。對於「五四」知識者來說，新文學當然應該是啟蒙文學，這是不言而喻的。文學研究會當然繼承五四文學傳統。然他們之所以提倡為人生，很重要的一個原因就是「為人生」補救了舊文學中那種忽視民生疾苦的缺憾，以真情實感的文學去驅除舊文學矯揉造作的歪風，樹立一個大寫的「人」字；而且「為人生」文學業已成為知識者聯繫群眾的紐帶，改造社會的工具。怎麼能夠想像文學又一次與時代人生脫鉤，回到象牙之塔中去呢？所以沈雁冰等人毫不猶豫地將「為藝術而藝術」的追求納入到了逃避現實、認同舊文學之類型中。在他們的批判視野中，「為藝術而藝術」的主張代表了一種低下的庸俗的文學趣味，也代表了一種頹廢無聊的道德水準。於是他們懷疑「為藝術而藝術」倡導者的本人素質、道德責任心，社會使命感是否端正。在他們看來，與創造社的論爭不僅僅是為人生與為藝術誰為主流的論爭，而是新文學、新道德與舊文學、舊道德之爭了。

　　而與文學研究會比較，創造社的知織背景就有很大不同。「為藝術而藝術」的主張顯現出鮮明的歐化色彩。在他們看來，新文學的產生是建立「這個時代更需要什麼」這個全新基礎上的，這基礎是反抗而不是停滯；是創造而不是守成；是源於更為進步的西方而不是源於早該扔進歷史拉圾堆的傳統文學。站在這樣的立足點上，他們認為自己看到了文學研究會所沒有看到的東西。這就是所有現存的文學資源都亟待拋棄，它們已經陳舊過時，只會束縛人們的靈

性與想像，對時代已經提供不出什麼有益的東西了。所以新文學不是在傳統文學的廢墟上去構築新文學的藍圖；而是急需在天才的指引下引進新的文學觀念、新的文學精神，從而建設一個全新的文學世界。因此文學研究會「為人生而藝術」的主張是不值一提的。認為「為人生」的觀念不僅植根於舊文學的土壤，而且是舊文學的一劑補藥。「為人生」賦予新文學的巨大社會作用，在創造社作家看來，仍是將過多的教訓意味、功利色彩交付於新文學，這與文以載道的舊文學觀又有什麼質的差別？「為人生」宣稱能夠反映現實生活的真相，在創造社作家看來，常常流於表面，無形中將文學等同於枯燥的社會論文，這樣的作品怎麼談得上是新文學呢？所以創造社竭誠提倡反抗與創造，反抗一切束縛文學自身發展的東西，包括「為人生」這樣沉重的社會使命；試圖創造出於人類自然本性的真性情文學。在創造社一廂情願的藝術藍圖中，洋溢著帶有明顯空想成分的浪漫主義色彩。這份文學藍圖似乎只在時代精神的傳達上，鮮明地體現了這個時代中覺醒了的一代人所發出的激情，然這種激情由於過分地歐化，一旦遇上務實的「為人生」派，自然會產生糾纏不清的論爭。總之，文學研究會是從文學的社會功能角度構建自己的為人生主張；而創造社主要以文學本體角度構建自己為藝術的主張，因此彼此的論爭是很自然的事情了。

其次，文學研究會與創造社各自不同的創作主體使命感，導致了雙方不同的文學價值判斷。作為五四啟蒙文學觀念的一種，文學研究會的「為人生」主張將自己的著落點降落在對整體社會人生的關注上。他們針對的人生不是一人、一地、一時的人生，而是包括社會各階層的全國的全部的現實人生，於是他們不注意人生飛揚、華麗、理想的一面，更多注意的是骯髒、苦難充滿著血與淚的人生

陰暗面，特別是那些被壓迫被侮辱的第四階級的人生。因此，他們不僅是要求知識份子直面人生，正視人生，而且更希望知識份子能夠以文學為有效武器，擔當起啟蒙民眾、教育民眾的時代使命。所以為人生文學其實應該說是為民眾的文學，它是以群體作為自己的價值依歸的。他們自覺地將文學創作主體使命定位在群體特別是第四階級的代言人上。他們又將被壓迫被侮辱的民眾人生當作文學抒寫的全部，自我似乎只有通過人道主義的態度才能隱晦曲折地表現出來，即使抒寫自身知識份子的人生，他們也強調要將平民立場融入其中。為了有利於民眾接受，他們又主張在文學形式上作出種種大眾化通俗化的調整，《文學旬報》上展開關於「民眾文學」、「語體文歐化」等討論就證實了這一點。可見，文學研究會為人生的文學主張，其目的是啟蒙民眾；其創作主體的創作心態、采取的文學形式都自覺地與民眾靠攏，那麼他們的文學價值必然落實在民眾是否接受，是否因此而覺醒上。民眾的感受也必然成為決定文學作品價值的主要衡量尺規。而作為五四啟蒙文學觀念的另一種，創造社在創作主體及與此相關的文學價值尺度上，其思路與文學研究會截然不同。由於他們將新文學理解為是要徹底擺脫舊文學，認為新文學是一種基於個人內心真情實感的徹底反抗的文學，所以他們儘管沒有反對過血與淚的文學，卻無形中將新文學定位成是擺脫一切束縛的自由的文學，將五四時代「人的文學」更多落實為「個人的文學」，將個人的反抗當作是群體反抗最集中最犀利的典型表現。也就是說，創造社比較完整地體現了五四知識份子中那些「個人主義」的立場，所以他們不願將個人價值的實現，落實在群體價值的實現上，落實在民眾的覺醒上；他們更願意將「個人」定義成是純粹意義上的個人，是撇開了大多數庸眾的「天才」。於是，由「天才」

作為創作主體創作出來的新文學作品必然是遠離民眾、不以民眾的趣味而為趣味的。這樣，文學的價值評判標準自然不再以是否能教化群眾、是否能使群眾覺醒為準繩了，而是以是否發揮了個人的文學創造天賦、是否具有藝術美感為標準了。

由此可見，文學研究會與創造社雙方關於新文學發展方案的爭議，其實是建立在不同話語相互誤解的層次上面的。文學研究會站在群體文學立場上，必然視創造社的個人文學立場為不負責任的行為；創造社高舉個人文學的旗幟，必然將文學研究會對其批評看作是大一統的文學觀念對弱小文學團體的圍剿。因此，雙方都只是從自己的立場去指責對方，事實上都沒有真正理解對方。某種意義上也可以說，他們都沒有真正理解自己的立場。其實群體文學和個人文學，都只是那個時代知識份子以文學來拯救時世的一種方式。文學研究會的「為人生文學」實施的是直接拯救，他們希冀以「為人生」來打通知識份子與民眾的隔閡，希冀與民眾站在同一戰線上共同建構自己的民族和國家；而創造社的「為藝術文學」主張實施的是間接拯救，他們更願意以自己獨立的個人的天才的形象，為這個麻木的愚昧的已失去活力的民眾，樹立一個健康的自然的典範，希望以「藝術」來催醒並凝結民眾的心。所以從文學的最終目標來看，論爭雙方其實是殊途同歸。

然而，這場爭議發生在新文學尚未定型的初期，因此對 20 世紀中國文學的發展產生了深遠的影響。對於這種影響今天我們又作何評價呢？我想說三個方面的思考。第一方面從新文學的定位來思考。文學研究會種種「為人生」的文學觀念，其實是建立在外在的現實世界對文學的要求上的；他們為此設計的現實主義或寫實主義的創作方法，其實也是為了更好地貫徹外部世界對文學的要求。也

就是說，文學需要真實地反映殘酷的現實人生，從而使文學自覺地承擔起變革現實的社會使命。對此我們應該說，文學研究會是站在20世紀中國社會發展進程中來設計新文學發展方案的。在他們的設想中，新文學應該能夠較好地甚至是圓滿地完成它的社會職責和時代使命的。但是，今天我們從另方面來思考，過分強調文學的社會作用，在某種意義上是加重了文學的負擔，特別是以現實變革為價值依歸，很容易使文學淪為現實世界的附庸，從而失去文學自己獨立的本體追求。可以說，文學研究會在其理論闡述中竭力避免文學功利主義的主張，但其實並沒有脫離功利主義的影響和窠臼。從20世紀中國文學的發展過程看，實際上，不僅僅文學研究會，後來的革命文學倡導者，左聯，四十年代的解放區文學，直至新中國文學主流，都沒有避免以外部世界的需要來規範文學發展方向的功利主義弊端。而從創造社的角度講，他們「為藝術」的文學觀念，更多把新文學定位於對文學自身內部發展規律的把握上，希望文學能夠擺脫外部世界的種種束縛，回到文學本體上來。但是，對於災難深重的20世紀初期的中國來說，創造社試圖確立文學審美主體的想法無異是天方夜譚，實際上是以文學內部規律的強調割裂了與外部世界的關係。這一設想其實很難找到它能生存的現實土壤和社會心理基礎，也很容易招致逃避現實不負責任之類的非議。不僅顯得幼稚，一廂情願，而且明顯脫離實際，呈現出鮮明的歐化色彩，因此很難被人所接受。20世紀中國文學的發展進程可以說明這一點。百年以來，類似文學研究會與創造社關於「文學外部世界」與「文學本體」之間關係的論爭始終存在著，但主張文學獨立本體的流派或個人往往曇花一現，從來無法成為文學的主流。這是中國社會的形勢決定的。創造社為藝術的主張能夠在新文學發展伊始出

現，是文學自身覺醒並開始尋找獨立地位的一種標誌。然這種唯美主義的文學主張很快煙消雲散，甚至很快被創造社成員自己所拋棄、所清算；這說明了為藝術的文學主張也許只能停留在思想意識上，永遠無法成為現實。

第二方面從論爭的態度來思考。在試圖釐清新文學發展方向的問題上，不同意見完全可以進行學理的爭論，這是推動文學發展的原動力。但是「為人生」與「為藝術」之爭實際上演變為一場文學研究會與創造社之間的爭吵，原本正正當當的學理辨析變異為一場社團與社團、同人與非同人之間的論爭，很大程度上削弱了論爭本身的文學學理意義，對後世文學產生了負面的影響。我們深深地感到，文學研究會與創造社這場爭論，其實已經蛻變為兩大社團相互爭奪新文學正統，爭奪新文學領導權的運動，雙方的社團本位意識如此之強烈，其中間居然沒有什麼調和的過渡的中間觀點，三年爭論下來，雙方的文學立場居然絲毫沒有變化，即使是自己明顯的偏頗的薄弱環節，也依然不改。比如文學研究會對文學社會作用的過分強調；比如創造社文學批評態度的偏激等等都不能反思。雙方都我行我素，其結果往往使文學論爭失去了它的學理意義。他們更多表現自我精緒的宣洩，使論爭成為打打鬧鬧的難堪風景，最終走進了小集團主義與個人意氣的死胡同。令人更痛心的是，這場論爭的弊端還延續了下來，嚴重影響到了以後「革命文學」的爭論、左聯內部的爭論，給文學史留下了值得反思的教訓。

第三方面從爭議的方式方法上思考。這場發生在新文學初期的論爭，通過梳理我們已經發現雙方的批評明顯缺乏寬容和自由之氣，各執一端而缺乏多元的視野。之所以形成這種局面，一個很重要的原因就在於雙方論爭方式方法的局限。我們看到，在爭論中，

對於對方的理論與觀點，文學研究會或創造社往往是只取一點不及其餘，也就是說自己很少進行完整的學理闡述，也很少對對方的觀點進行完整的評述，更多的是針對自己最敏感的一點或對方最薄弱的一點，展開猛烈的洩憤的攻擊，其結果常常是一葉障目不見森林，容易將論爭引向糾纏不清的泥淖。在批評方式方法上，雙方經常採取以破代立的策略，批判的激情遠遠大於理論建構的熱情。因此，雙方的著重點更多集中在尋找對方觀點的破綻上，停留於單個口號、字句等表層上，而疏於理論開拓，缺乏深厚的底蘊。再加上創造社作家大多具有敏感的詩人氣質，往往容易流於私人意氣的爭執而脫離論爭的主題。論爭的方式方法，很大程度上影響了論爭的質量，甚至改變了論爭的方向。雙方成員後來都成為新文學的中堅力量，但這場論爭暴露出來的弊端，事實上隱蔽地延續了下去，影響了新文學的健康發展和成長。

# 第四章 「革命文學」之爭

　　當人生派與浪漫派之間的激烈爭論漸入尾聲之際，一種「革命文學」的吶喊聲又在中國這一多災多難的大地上響起。我們知道，早在《新青年》時期，早期共產黨人李大釗就發表文章介紹馬克思主義理論。不過在這些文章中，馬克思主義理論還只是一種社會政治的信仰，還沒有人把它與文學革命聯繫在一起，也沒有人把它當作未來新文學的發展方向。但時間流到了 1923 年以後這一狀況就有了初步改變。1923 年 10 月 20 日中國社會主義青年團的機關刊物《中國青年》週刊在上海創刊。該刊面向全國青年，進行初步的社會主義思想教育。先後由惲代英、蕭楚女、李求實等編輯。從 11 月 17 日第 5 期起接連發表了關於革命文學的文章。這些共產黨人面對當時眾說紛紜的新文學，表現出激烈的批判態度。例如敬濟發表在《中國青年》第 5 期上的《今日中國的文學界》一文中就說「中國急於需要的是富刺激性的文學，不是那些歌舞昇平，講自然，講情愛，安富尊榮不知人間有痛苦事的文學。」他還說：「平心而說，小說月報上的東西豈是純人生嗎？葉紹鈞和王統照真粉飾得太厲害。創造社談戀愛那便是純藝術的嗎？這真未免太笑話了。」鄧中夏也說「現在的新詩人實在太令我們失望了……他們對於社會全部的狀況是模糊的，對於民間的真實疾苦是漠視的。他們的作

品，上等的不是怡性陶情的快樂主義，便是怨天尤人的頹廢主義。總歸一句話，是不問社會的個人主義；下等的，便是無病而呻，莫名其妙了⋯⋯若長此下去，民智日昏，民氣日沉，亡國滅種，永不翻身，這不是此輩爛羊頭的新詩人之罪嗎？」在他們的視野中，中國新文學是令人失望的。它沒有真正關心民生疾苦，更沒有發揮文學的積極社會作用。新文學依然只是停留在粉飾太平、表視自我的階段，因此新文學根本沒有追趕上急需變革的中國現實社會發展的步伐。於是鄧中夏接著向新文學提出了希望：「第一，須多做能表現民族偉大精神的作品⋯⋯警醒已死的人心，抬高民族的地位，鼓勵人民奮鬥，使人民有為國效死的精神，文體務求壯偉，氣勢務求磅礡，造意務求深刻，遣辭務求警動，史詩尤宜多做·」「第二，須多作描寫社會實際生活的作品⋯⋯如果新詩人能多做描寫社會實際生活的作品，徹底露骨的將黑暗地獄盡情披露，引起人們的不安，暗示人們的希望，那就改造社會的目的，可以迅速的圓滿的達到了。」[1]秋士（李偉森）在《告研究文學的青年》一文中，號召新文學作家應該「像托爾斯泰一樣到民間去，應該學佛一樣，身入地獄，應該到一切人到了的地方去，應該吃一切人吃了的苦，應該受一切人受了的辱！文學不是清高的事業，不是『雅人韻事』，『雅人』是平民的仇敵，『雅人』是真文學家的仇敵，真『俗人』才是真文學家！」[2]

在這裏，我們可以看出「革命文學」的雛形，那就是文學應當儘量參與到社會革命的進程中，盡力發揮它的號角功能；文學家應該走出書齋，到廣闊天地中去體驗民間疾苦，寫出社會所需要的文

---

[1]　《貢獻於新詩人之前》《中國青年》第 10 期 1923 年 12 月 22 日。
[2]　《中國青年》第 5 期。

學作品來。老實說,這個新文學設計在當時並沒有引起多大的反響。因為當時的社會形勢,「革命」還不過是標語口號,「革命文學」當然更是遙不可及的事;同時,新文學剛剛掙脫功利主義的束縛,文學大解放的本體意識在知識份子心中還相當強烈,從當時文壇的主流來看,大多數人不願意接受新文學再度被功利化的發展方向。但是,隨著時間的推移,中國社會發生了很大的變化,「革命」逐漸轉化為現實,「革命文學」也開始浮出歷史的地表。1924 年以後,不僅有蔣光慈這樣的文壇新人加盟到革命文學倡導者行列,而且像郭沫若、成仿吾這樣的文壇老將也開始改弦易幟,不斷地在《創造月刊》等刊物上發表文章,鼓吹革命文學。而且對革命文學的內涵進行討論,開始用文學與社會的關係、文學與革命的關係等蘇聯拉普文學的理論來論證中國革命文學存在的合理性與必然性。郭沫若在《革命與文學》一文中就明確表述了如下看法:「凡是革命的總就是合乎人類的要求,合乎社會構成的基調的。」還說,「文學是革命的前驅——在革命的時代必然有一個文學上的黃金時代。」「凡是革命的文學就是應該受讚美的文學,而凡是反革命的文學便是應該受反對的文學。」「文學是永遠革命的,真正的文學是只有革命文學一種。」[3] 由此「革命文學」的內涵初步得到了匡定。說明革命文學是一種革命社會思潮在文學上的反映。它的命名代表了被壓迫階級的利益和要求;它的作用是為被壓迫階級代言。因此,它的意義和價值就更多地被放置在社會領域而不是放在文學領域。在革命文學倡導者眼裏,時時流露著唯我獨尊的目光,它不僅被不容置疑地命名為當時的主流,而且還被論證為歷史進步的必然結果。似乎歷史發展到當時,文學發展到當時,就會必然出現革命

---

[3] 《創造月刊》第 1 卷第 3 期 1926 年 5 月。

文學一樣。這樣，他們就確立了「革命文學」存在的合理性和出現的必然性。凡此種種，在以後的論爭中都引起了很大的爭議。

有關「革命文學」的爭議主要發生在 1927 年下半年到 1929年底，大約有兩年半的時間。參與爭論的人員比較龐雜，不過爭論主要發生在太陽社、後期創造社與以魯迅、茅盾為代表的老作家之間；雙方爭論的內容與領域也較寬廣，就革命文學的內涵、革命文學發生的條件、革命文學的作用以及如何看待五四文學等一系列的問題展開了激烈的爭辯，其間不乏嚴肅的學理探討，然也摻雜著許多個人恩怨與宗派情緒。現在我就其爭論過程，梳理出如下幾個問題給予介紹。

一、文學趣味問題。1926 年以後郭沫若、成仿吾等創造社成員不斷在《創造月刊》、《洪水》等刊物上發表文章，以「革命文學」的倡導者與領導者自居，鼓吹革命文學時代已經到來，掀起了一股革命文學的宣傳熱潮。1927 年 1 月 16 日出版的《洪水》第 3 卷第25 期上，成仿吾發表了一篇《完成我們的文學革命》，在這篇文章中，成仿吾批評了五四以來的新文學，認為現在的文藝界普遍「墮落到趣味的一條絕路上去」了。「這種以趣味為中心的生活基調，它所暗示著的是一種在小天地中自己騙自己的自足，它所矜持著的是閒暇，閒暇，第三個閒暇。」成仿吾還亮出了自己批評的靶子，將魯迅、周作人、劉半農、陳西瀅等人一股腦兒納入了「趣味主義」的圈子，將他們推到了逃避時代要求，與革命文學相對立的境地。成仿吾將「趣味」當作革命文學的大敵，當作貶乏魯迅等人的價值依據。所以文學是否要追求趣味便成了評價五四作家的關鍵。該文一發表就有人表示不能完全接受，例如遠中遜說：「我們不能說在文學之中根本不准有趣味，我覺得文學裏完全排斥了趣味的時候，

文學特有的美便會失掉,使我們讀到文學作品和讀代數英文一樣的乾燥。」[4]可成仿吾堅持自己的意見,隨後發表的《文學革命與趣味》一文,不僅堅持認為文學與趣味格格不入,而且還進一步分析了五四作家內心那種所以離不了「趣味」的病態隱秘。說「趣味」可以分「好玩」和「清雅」兩種,好玩的人物是社會的「寄生蟲」,清雅的人物就是「遁世者」。因此,在成仿吾看來,文學上的趣味無疑是不健康的,通過趣味所追求的文學自身美感,無法直面現實人生,也無法擔當起革命時代文學應負的職責。[5]成仿吾的意見得到了創造社同人的贊同,李初梨在《怎樣地建設革命文學》[6]一文中,進一步闡發了文學追求趣味的種種弊端,什麼以趣味為中心把社會的中間分子組織到他們的陣營裏,使他們自己的階級更加鞏固起來;什麼以趣味為護符,蒙蔽一切社會之惡;什麼以趣味為鴉片,麻醉青年等等。這種對趣味的批判很明顯地已經超出文學的範疇,已經和作家的現實處境、階級地位聯繫起來。如此地把趣味變成為一道分水嶺,不追求趣味的作家顯然是創造社的朋友,是革命文學的力量;反之,追求趣味的作家,如魯迅等人,無疑已被放在敵對的地位,成為鴉片的象徵。關於文學要不要趣味的爭論,在整個革命文學的論爭過程中並不是主要的,所占的比重也不是太大。然而它蘊涵的潛臺詞卻是意味深長:一,它明確地劃分了革命文學論爭的雙方,將魯迅當作反「革命文學」的一方加以批判;二,預示著將來的主要論爭方向必然是文學本體與文學功能上。由此正式拉開了革命文學爭論的大幕。

---

[1] 《〈完成我們的文學革命〉的回聲》《洪水》第 3 卷第 30 期 1927 年 4 月 1 日。
[5] 《洪水》第 3 卷第 33 期 1927 年 5 月 16 日。
[6] 《文化批判》第 2 號 1928 鬥 2 月。

　　二、「五四」文學問題。對於「革命文學」倡導者來說，想確立革命文學存在的必然性就有必要重新評價五四以來的新文學。他們必須要說明革命文學作為新文學的新口號，是建立在五四以來新文學沒有完成時代所需要的任務的基礎上的，否則，他們就無法解釋新文學到這時候需要轉向的理由。於是他們全力解構五四新文學，要從五四新文學的失誤與局限中，為革命文學開闢道路。從成仿吾開始，革命文學的贊同者發表了許多反思五四文學的文章，其觀點越來越尖銳。錢杏邨在《英蘭的一生》[7]中便從文學與時代的關係角度指責「十年來的中國作家，始終是在醉生夢死之中，真能看清時代，認清文藝的使命的，實在數不出有幾人⋯⋯作者並沒有看到中國民族性的大改變，也就是沒有注意到這個時代的中國人民⋯⋯作者是在思想方面失敗了，是在時代的面前落伍了。」蔣光慈更進一步指責：「在我們的文壇上，我們顯然看出有許多作家滾入反動的懷抱中去了，在行動方面，他們極力提倡不良的，俗惡的，歐洲資產階級的文化，處處與現代革命的潮流相背馳；而在思想方面，他們極力走入反動的，陳舊的，反社會生活的，個人主義的道路。這批假美主義者才真正是革命的敵人。他們只能引導中國的文化向滅亡的，不上進的，衰頹的方面走去，而不能給與以稍微的利益。他們的思想與行動的結果，只使中華民族墮落，只是使中華民族永遠沉淪於羞辱的奴隸的地位。」[8]錢杏邨、蔣光慈等人指責新文學家的種種罪行，無疑是全盤否定了五四作家存在的價值，將他們作為影響革命進程的羈絆，將他們看作為革命的敵人。而且當時這樣的攻擊態度越來越偏激，隨著偏激程度加深，他們針對的矛頭

---

7　《太陽月刊》第 1 期 1928 年 1 月。
8　《太陽月刊·卷頭語》第 1 期 1928 年 1 月。

也越來越具體，繼成仿吾之後，馮乃超在 1928 年 1 月《文化批判》創刊號上發表的《藝術與社會生活》一文中，又一次嚴厲指責了新文學中幾個有影響的作家，他帶有諷刺意味地剖析了魯迅、葉紹鈞、郁達夫等人的創作，認為他們是「非革命的」，是「隱遁主義」。

由於魯迅的創作代表了五四新文學的卓越成就，同時魯迅本人在新文學陣營中有著很重要的地位，因此，如何評價新文學的問題，其實也就是如何評價魯迅的問題。魯迅成為「革命文學」論爭中最為引人注目的焦點。對於如何看待魯迅的創作成就以及所代表的新文學方向，以太陽社、後期創造社為代表的一方，與語絲社、文學研究會為代表的另一方，觀點相去甚遠。太陽社他們一方認為魯迅等五四新文學作家所開闢的啟蒙文學時代早已結束，文學革命早已過時，當下要由革命文學取而代之。錢杏邨的文章《死去了的阿 Q 時代》最典型地反映了他們這一看法。他在描述了「民族覺醒」、「階級覺醒」的五卅時代之後，以譏誚的語氣幾乎全盤否定了魯迅作品的價值。他說：「魯迅的創作，我們老實的說，沒有現代的意味，不是能代表現代的，他的大部分的創作的時代是早已過去了……他的思想是走到清末就停滯了……除開他的創作的技巧，以及少數幾篇能代表五四時代的精神以外，大部分是沒有代表現代的！」他還說魯迅「始終設有找到一條出路，……是所謂自由思想害了他」。在錢杏邨的闡述中，魯迅的小說題材已經落後於時代，魯迅的意識也沒有超越舊小說所提供的範疇。因此魯迅的創作稱不上是現代的，更稱不上是革命的。為了加強這一觀點，錢杏邨論述了《阿 Q 正傳》與時代之間的所謂巨大落差。他說：「阿 Q 是不能放在五四時代的，也不能放在五卅時代的，更不能放到現在的大革命時代的。現在的中國農民第一是不像阿 Q 時代的幼稚，他們大

都有了很嚴密的組織，而且對於政治也有了相當的認識；第二是中國農民的革命性已經充分的表現了出來……決沒有像阿 Q 那樣屈服於豪紳的精神；第三是中國的農民智識已不像阿 Q 時代農民的單弱……他們是有意義的，有目的的，不是洩憤的，而是一種政治的鬥爭了。」[9]錢杏邨在這裏相當樂觀地估價了當時農村與農民的狀況，將其置身於濃厚的革命氣氛之中，認為現在的農民已經做好了革命的準備，認為現在的農村也已經是革命前夜的農村。錢杏邨的看法很明顯是想推翻五四文學存在的現實基礎，以現實的變動來割裂文學發展的連續性和繼承性，從而為革命文學的出現開闢道路。

面對太陽社和後期創造社如此的指責，以魯迅為首的語絲社、文學研究會成員進行了反駁。魯迅寫了《「醉眼」中的朦朧》一文，對他們提倡革命文學的背景以及動機進行了仔細的梳理。尖銳指出了創造社作家在理論上的模糊和錯誤，他說「革命文學」的內涵至今還比較「朦朧」，太陽社與創造社之所以扛起「革命文學」的大旗，「實在不過是不得已，是從無抵抗的幻影脫出，墜入紙戰鬥的新夢裏去了」；而另外一個不便明言的理由就是拉虎皮作大旗，藉此來批判五四新文學作家。[10]接著魯迅又寫了《文藝與革命》、《太平歌訣》等文章對太陽社、創造社企圖越過阿 Q 時代的心理進行了剖析：「現在所號稱革命文學家者，是鬥爭和所謂超時代。超時代其實就是逃避，倘自己沒有正視現實的勇氣，又要掛革命的招牌，便自覺地或不自覺地必然地要走入那一條路的。……社會停滯著，文藝決不能獨自飛躍，若在這停滯的社會裏居然滋長了，那倒

---

9 　《太陽月刊》第 3 期 1928 年 3 月。
10 　《語絲》第 4 卷第 11 期 1928 年 3 月 12 日。

是為這社會所容,已經離開革命」。[11]魯迅在《太平歌訣》中又說:「近來的革命文學家往往特別畏懼黑暗,掩藏黑暗⋯⋯革命文學家不敢正視社會現象,變成婆婆媽媽,歡迎喜鵲,憎厭梟鳴,只撿一點吉祥之兆來陶醉自己,於是就算超出了時代」這不過是你「閉了眼睛」。[12]魯迅認為目前的社會並不像錢杏邨估計得那麼樂觀,社會仍然處在待啟蒙的阿 Q 時代,五四啟蒙任務還沒有完成,於是在這個時候過早地超越時代,以革命文學來取代啟蒙文學,必然本末倒置,忽視時代與社會的要害問題,造成與黑暗社會、反動勢力相妥協的局面。

魯迅的文章掀起了軒然大波。太陽社與創造社的刊物《太陽月刊》、《創造月刊》、《文化批判》等相繼發表了論爭的文章。特別是1928 年 4 月 15 日出版的《文化批判》第 4 號,簡直就成了魯迅批判專號,圍攻魯迅。這些文章除了一如既往地指責魯迅落後於時代外,並沒有對魯迅之於革命文學時代的質疑作出正面回答,相反,倒似乎是魯迅的「頑固不化」態度激怒了他們。於是在這些文章中,無論基調及措辭較之以往都激烈了許多。他們更多用調侃的筆法對魯迅進行冷嘲熱諷,動輒以「紹興師爺」、「卑劣偵探」、「貪污豪紳」等等惡語相加。其中彭康的《「除掉」魯迅的「除掉」》的文字更是逸出了文學批評的範圍。他說魯迅「知道現在是『殺人如卓不聞聲的時候』當然『害怕』,而他『朦朧』地又看得有『鐵錘和鐮刀』的影子,也有點『害怕』,於是左難右難起來⋯⋯所以坐在『華蓋』底下,也感著『熱風』,發起熱來。於是愈加『朦朧』,使不得不『彷徨』。『彷徨』,便『批判自己』,批判的結果,決意將人逍┤

---

[11]　《文學與革命・回信》《語絲》第 4 卷第 16 期 1928 年 4 月 16 日。
[12]　《語絲》第 4 卷第 18 期 1928 年 4 月 30 日。

義式的抗爭『除掉』，還是不如講『趣味』好」。這段文字說明太陽社和創造社的人已把魯迅當成具有兩面性的小資產階級的代表，或者是傾向於無可挽救的資產階級的對象，成為革命的敵人。何大白在《文壇的五月》一文中說：「對於這次革命文學的論戰……我們可以老老實實告白我們其初是沒算到我們的敵人乃是魯迅周作人等語絲派諸君。」[13]可說是道破了他們的心理。

　　面對新一輪批判狂潮，魯迅非常氣憤反感。魯迅相當清楚地看出太陽社與創造社在批評中所表現出來的人身攻擊的意味，他在反唇相譏的同時，明確地表示了立場。他說「我自信對於創造社，還不至於用了他們的籍貫，家族，年紀，來作奚落的資料。」他進一步說：「舊的和新的，往往有極其相同之點——如：個人主義者和社會主義者往往都反對資產階級，保守者和改革者往往都主張為人生的藝術，都諱言黑暗，棒喝主義者和共產主義者都厭惡人道主義等。」[14]魯迅從革命文學家的所作所為中，更清楚了新與舊的聯繫，找出了阿 Q 時代與所謂的革命時代的共通之處，啟蒙主義者與革命主義者的共同點，從而更加堅定了自己原先的看法。這就是即使在革命時代，阿 Q 時代的問題也還沒有過時，而且它是革命時代必須要解決的問題，否則，革命就無法真正面對自己時代的問題。這兩點是相通的，一以貫之的。魯迅的看法，當時也有許多支持者。甘人的《拉雜一篇答李初梨君》[15]、劉大杰的《吶喊與彷徨與故事新編》[16]、李作賓的《革命文學運動的觀察》[17]等文章都為魯迅打

---

[13] 《創造月刊》第 2 卷第 1 期 1928 年 8 月。

[14] 《我的態度氣量和年紀》，《語絲》第 4 卷第 19 期 1928 年 5 月 7 日。

[15] 《北新》第 2 卷第 13 期 1928 年 5 月 6 日。

[16] 《我們》創刊號 1928 年 5 月。

[17] 《文學週報》第 332 期 1928 年 9 月 2 日。

抱不平。他們都肯定魯迅並不是小資產階級軟弱性的代表，其創作蘊涵著相當深厚的國民性的批判力度；也包含著對民眾血與淚生活的深沉關懷。他的作品無論從思想深度還是從藝術成就看，都是這個時代最優秀之作，也可以說代表著文學未來的發展方向的。茅盾在《讀〈倪煥之〉》一文中說：「我們亦不能不承認，活躍於『五卅』前後的人物在精神上雖然邁過了『五四』而前進，卻也未始不是『五四』產兒中的最勇敢的幾個。沒有了『五四』，未必會有『五卅』罷。」「我還是以為《吶喊》所表現者，確是現代中國的人生。」[18]冰禪（胡秋原）在《革命文學問題》一文中也說：革命文學家在提倡唯一的第四階級文學的時候「還有一件在我們同情於工農階級的痛苦時所萬不能忘記的，就是幾千年我們不肖的祖宗所遺留累積於我們的民族底惡劣的根性與思想。」「深切的表現社會的罪惡，痛苦與悲哀，毫無隱諱地針砭民族的惡劣根性與墮落思想，我以為是我們的文學家應該所有的事。」[19]

　　三、革命文學的內涵問題。這是一個回答當時需要什麼樣的文學的問題。儘管雙方都已經意識到時代正在變動，民眾覺醒的力量，也就是革命的萌芽正在悄悄滋長。然而，由於論爭的雙方對於時代、文學發展方向的看法各據一端，相去甚遠，難以溝通。因此在革命文學的的內涵上，也發生了很大爭議。對於革命文學的內涵，太陽社和創造社的同人有一個相當明確的回答，那就是「宣傳」。他們特別喜愛兩句名言，一句是辛克萊說的「一切的文學，都是宣傳。」另一句是盧納卡爾斯基說的「革命可以給藝術以靈魂，藝術可以給革命以口舌。」在這兩句革命文學的經典中，文學與革

---

[18] 《文學週報》第 370 期 1929 年 5 月 12 日。
[19] 《北新》第 2 卷 12 期 1928 年 4 月 16 日。

命、宣傳緊密地聯繫在一起，革命與宣傳的現實需要成為了文學存在的全部理由。為了更加充分地說明這一理論，他們普遍用馬克思主義的階級分析方法來規範文學，以文學在社會生活中的作用來判定文學的價值。例如彭康在《「除掉」魯迅的「除掉」！》中說：「文藝也是意德沃羅基的一部分，要盡它應盡的義務，它應是無產階級的文藝，因而應是武器的藝術。」忻啟介在《無產階級藝術論》一文中說得更衝動：「有產階級的藝術是欺瞞的，麻醉的。而無產階級藝術，是宣傳的，煽動的，革命的。無產階級藝術，是有為無產階級解放的宣傳煽動的效果。宣傳煽動的效果越大，那麼無產階級藝術的價值亦越高。無產階級的藝術決不像有產階級的藝術般的看起來有趣味的東西，它是給人們底意欲以衝動，叫人們從生活的認識到實踐行動革命去。」[20]如此一來，文學似乎完全是為了對應社會的變動而存在了。於是成仿吾在《全部的批判之必要》一文中說：「文藝決不能與社會的關係分離，也決不應止於是社會生活的反映，它應該積極地成為變革社會的手段。為文藝的文藝是布爾喬亞的麻醉藥，在十字街頭樹起象牙塔的人是有產者社會的走狗。」[21]芳孤在《革命文學與自然主義》一文中給革命文學的內涵下了一個定義，他說：「革命文學是以無產階級的意識，去觀察現代社會上的種種事物，用文藝的手腕表現出來；他所負的使命是要鞏固自己的階級擴大自己的戰線，向一切的反動勢力進攻，以完成無產階級的使命。」[22]蔣光慈對革命文學也提出過定義，他說：「革命文學應當是反個人主義的文學，他的主人翁應當是群眾，而不是個人；他的傾向應當是集體主義，而不是個人主義。……革命文學

---

20 《流沙》第 4 期 1928 年 5 月 1 日。
21 《創造月刊》第 1 卷第 10 期 1928 年 3 月。
22 《泰東月刊》第 1 卷第 10 期 1928 年 6 月。

的任務,是要在此鬥爭的生活中,表現出群眾的力量,暗示人們以集體主義的傾向。」[23]

對於這樣的革命文學定義,魯迅等人都表示了不同意見。姚方仁說「文學趨向革命化是好的,設若硬生生的把他製造出來,實在覺得不妥。」[24]冬芬在《文藝與革命・來信》中說:「在現在,離開人生說藝術,固然有躲在象牙塔裡忘記時代之嫌;而離開藝術說人生,那便是政治家和社會運動家的本相,他們無須談藝術了。由此說,熱心革命的人,盡可投入革命的群眾裏去,衝鋒也好,做後方的工作也好,何必拿文藝做那既穩當又革命的勾當?」[25]魯迅更明確地說:「我是不相信文藝的旋乾轉坤的力量的,但倘有人要在別方面應用他,我以為也可以。譬如『宣傳』就是。……但我以為當先求內容的充實和技巧的上達,不必忙於掛招牌……一說『技巧』,革命文學家是又要討厭的。但我以為一切文藝固是宣傳,而一切宣傳卻並非全是文藝,這正如一切花皆有色(我將白也算作色),而凡顏色未必都是花一樣。革命之所以於口號,標語,佈告,電報,教科書……之外,要用文藝者,就因為它是文藝。」[26]其實在「革命文學」口號中隱藏著文學內部規律與外部世界之間的分裂,它割裂了人生與藝術之間的關係,混淆了文藝與宣傳之間的差異。「革命文學」過分強調外部世界之於文學的要求,忽略了文學自身的藝術性。在某種意義上,「革命文學」消解了文學存在的獨立的本體價值。冰禪在《革命文學問題》一文中,同樣引用馬克思主義理論來定位文學的,卻得出了與革命文學家不同的結論。他

---

23 《太陽月刊》第 2 期 1928 年 2 月。
24 《文藝與時代》《文學週報》第 339 期 1928 年 10 月 14 日。
25 《語絲》第 4 卷第 16 期 1928 年 4 月 16 日。
26 《文藝與革命・回信》《語絲》第 4 卷第 16 期。

說：「藝術的世界，不像政治組織般的直接地依據著經濟事情；所以經濟的理論不能馬上應用到藝術的世界裏去。藝術與經濟的關係，無論如何的嚴密，藝術決不是直接由經濟生活發生的。這是藝術的獨立性。這是根本上和政治法律不相同的緣故。」這裏明確地將文學與政治、法律等區分開來，認為後者可以直接參與到社會變革中去，而文學由於與社會經濟生活的關係沒有那麼密切，其獨立性更加突出。這一區分顯然將文學從所謂「組織生活」、「宣傳教化」等過於沉重的使命中解脫了出來，更加明確了文學自身藝術性的價值。從而與太陽社、創造社所主張的文學都是宣傳形成了鮮明的區別。

革命文學內涵論爭的另外一個方面，是牽涉到「革命文學」表現的內容以及如何表現的問題。太陽社和創造社同人認為革命文學有全力組織生活、宣傳改造社會的使命，其內容及形式必須與以往的文學樣式有所區別。郭沫若認為「凡是同情於無產階級而且同時是反抗浪漫主義的便是革命文學。」(《革命與文學》)成仿吾說得比較具體一點：「一個作品縱然由革命這種事實取材，但他仍可以不是革命的，更可以不成文學。反之，縱然他的材料不曾由革命取來，不怕他就是一件瑣碎的小事，只要他所傳的感情是革命的，能在人類的死寂的心裏，吹起對於革命的信仰與熱情，這種作品便不能不說是革命的。」[27]雖然他們意識到取材不能太狹窄，但是，他們對文學的宣傳作用的過分強調，最終還是把取材的目光定格在「理想」上。林伯修指出我們文學大眾化底目的，不僅要為大眾訴苦，而且緊要的是要明顯暗示寫出他們這些苦痛的由來，「指出他

---

[27] 《革命文學與他的永遠性》《創造月刊》第 1 卷第 4 期 1926 年 6 月。

們以出路，鼓舞著他們的革命的熱情和勇氣使他們走上歷史所指示的革命底光明大道上去。」[28]

這樣就有了暴露文學與歌頌文學的問題。茅盾在《從牯嶺到東京》一文中表達了自己的看法。他說：革命文學「終於自己暴露了不能擺脫『標語口號文學』……有革命熱情而忽略於文藝的本質，或把文藝也視為宣傳工具——狹義的。」他還說：「我們文藝的技術似乎至少須先辦到幾個消極的條件——不要太歐化，不要多用新術語，不要太多了象徵色彩，不要從正面說教似的宣傳新思想。」[29]茅盾指出了革命文學由於在題材、讀者與作用定位上過於狹窄，事實上他們已經走入了標語口號的死胡同，急功近利，主題先行，思想大於形式，其實上破壞了文學自身的藝術規律。

但是太陽社、創造社的作家沒有心平氣和地看待茅盾的意見。他們認為茅盾對革命文學的看法過於悲觀，是混淆視聽，顛覆了革命文學的特性。他們首先檢查茅盾的小資產階級立場，「茅盾先生對於革命有些欠理解，所以對於革命文藝家的行動與革命的關係不很明瞭……茅先生根本是站在小資產階級底立場上，才能斷定革命文學家是欺世盜名……他這個小資產階級底立場並不是革命化底下層小資產階級底立場，而是將變為資產階級底上層小資產階級底立場。」[30]虛白在《文學的新路》一文中說茅盾的動機是錯誤的，「因為『新文藝』的讀者是小資產階級，所以他決心要作為他們的文藝；他的意思就是在那裏暗示『新文藝』的作者都應該做小資產

---

[28] 《1929 年急待解決的幾個關於文藝的問題》《海風週報》第 13 期 1929 年 3 月 23 日。

[29] 《小說月報》第 19 卷第 10 期 1928 年 10 月。

[30] 克興：《小資產階級文藝理論的之謬誤》《創造月刊》第 2 卷第 5 期 1928 年 12 月。

階級的文藝。」[31]在他們看來，茅盾發現「革命文學」的種種負面因素，是因為其階級立場不正確，所以是別有用心的，並不是為了革命文學的健康發展。錢杏邨對茅盾的意見也作出了回應，他在《中國新興文學中的幾個具體問題》一文中說：「普羅列塔利亞文學運動必然是和他的政治運動相聯繫著的，在這種情形之下，文學的形式是不可避免的要接近口號標語，而且常常的是從『標語口號』的形式裏收到了煽動的效果了……我們不能不承認它的幼稚，在另一方面，我們是不得不予以相當的估價的。」[32]這裏的邏輯很清楚，他們是從文學的社會作用的角度來評判文學的價值的。若從文學本體角度去評判文學，早已被他們歸入到「資產階級的文藝批評家」行列。如此一來，「標語口號文學」恰恰成了「革命文學」的標誌，而強調文學自身藝術規律的就成了「反革命」行為。因此，他們認為茅盾之所以強調人生消極面的描寫，是因為茅盾站在沒落的腐朽的資產階級的立場上；他根本沒辦法看到革命的光輝前途，當然只能是悲觀的。「不是做了留聲機吆喝著的出路，而是『幻滅』『動搖』『消沉』。」[33]

茅盾當然不滿意這樣的指責。他寫了《讀〈倪煥之〉》一文，在為自己辯解的同時，忍不住翻了舊帳。他用今日提倡革命文學的創造社諸人自身觀念轉化的例子，論證了激昂的革命之音同樣是從「彷徨苦悶」中一步一步掙脫出來的。這裏無疑地說明「彷徨苦悶」作為一個時代的情緒，對人的世界觀、人生觀的轉化依然具有不可替代的作用。他說：「如果我們能夠心平靜氣的來考察，我們便會

---

[31] 《真善美》第 3 卷第 2 號 1928 年 12 月 16 日。
[32] 《拓荒者》第 1 期 1930 年 1 月。
[33] 克興：《小資產階級文藝理論之謬娛》。

承認,即使是無例外的只描寫了些『落伍』的小資產階級的作品,也有他反面的積極性。這一類的黑暗描寫,在感人——或是指導,這一點上,恐怕要比那些超過真實的空想的樂觀描寫,要深刻得多罷!」茅盾仍然堅持暴露黑暗的必要性和重要性,仍然認為「革命文學」所謂指出理想的寫法過於樂觀,是不符合社會真實的。

　　針對茅盾的意見,太陽社、創造社又作出了回應,說他們不反對暴露黑暗但是暴露不是盲目的暴露,不是以個人趣味主義的暴露,必須「同時還要創造社會未來的光明」[34]。於是他們認為革命文學作家應該在普羅列塔利亞意識的指導下,用新寫實主義方法而不是用茅盾所主張的舊寫實主義方法來描寫,只有這樣,在揭示現實苦痛的同時,才會給人以希望。他們說:「新寫實派的作品,應該站在社會的及集團的觀點上去描寫,而不應該採用個人的及英雄的觀點……不單是描寫環境,並且一定要描寫意志……不單描寫性格,還要由性格當中描寫出社會的活力……應該是富於情熱的,引得起大眾的美感的……應該是有目的意識的。」[35]關於暴露文學還是歌頌文學的爭論,雙方並沒有達成共識,1929 年下半年,有人在總結革命文學論爭的時候,雙方的意見才糅合在一起,關於革命文學的題材和對象不再局限於「第四階級」,所謂大眾「不僅限於一般工人勞動者,而且也把意識游離的小布爾喬亞之類算進」。[36]關於表現內容與表現手法也不再定格在暴露或歌頌的某一端上,「現在中國所有壓迫,束縛,侵略,阻礙無產階級利益的對象,都是我們普羅文學的題材」[37],體現出綜合的傾向。

---

[34] 錢杏邨:《「朦朧」以後》,《我們》創刊號,1928 年 5 月。
[35] 勺水:《論新寫實主義》,《樂群月刊》第 1 卷第 3 期 1929 年 3 月。
[36] 千釜:《關於普羅文學的形式的話》,《白露》第 1 卷第 5 期 1929 年 5 月。
[37] 漢年:《普羅文學題材問題》,《現代小說》第 3 卷第 1 期 1929 年 9 月。

　　四，關於無產階級文學的概念問題。革命文學倡導者最初的「革命文學」概念是很寬廣的。成仿吾在《革命文學與他的永遠性》中說「對於人性的積極的一類，有意識地加以積極的主張，而對於消極的一類，有意識地加以徹底的摒絕，在這裏有一種特別的文學發生的可能。這便是所謂革命文學。」由於對時代性的強調，他們發現革命文學與無產階級文學殊途同歸。何大白在《革命文學的戰野》一文中有典型論述，他說：「普羅列塔利亞是用爭鬥來遂行他的歷史上的任務的階段……一切藝術的武器都是普羅列塔利亞的鬥爭的武器，一切既成文學的形式都是普羅列塔利亞文學──革命文學應當奪取而且應當利用的武器。」很清楚，他們認為現階段的革命任務是由無產階級來完成的，革命目的也是為了解放無產階級。因此在關注無產階級生活，表達無產階級意識上，革命文學與無產階級文學是相通的。雖然革命文學概念適合描寫任何一個歷史時代的被壓迫者文學，但是對於當前這個時代來說，「革命文學」就是「無產階級文學」。

　　然而，對於當前中國是否存在無產階級文學，郁達夫很早就提出了看法。郁達夫在 1927 年 2 月《洪水》第 3 卷第 26 期上，發表的《無產階級專政與無產階級的文學》中說過，「在無產階級專政的時期未達到以前，無產階級的文學是不會發生的……真正無產階級的文學，必須由無產階級者自己來創造，而這創造成功之日，必在無產階級專政的時候」。郁達夫還提出了「大眾文藝」的口號。他說「以為文藝應該是大眾的東西，並不如有些人之所說，應該將他局限隸屬於一個階級的。更不能創立一個新名詞來……而將文藝作為一團體或幾個人的專賣特許的商品的。」[38]郁達夫的意見如同

---

[38]　《大眾文藝‧釋名》《大眾文藝》第 1 卷第 1 期 1928 年 9 月 20 日。

釜底抽薪，矛頭直接指向革命文學的存在問題，也就是說，革命在當前這個時代對文學的要求是否一定落實在無產階級身上，或者說當前中國無產階級是否有條件有能力創造「無產階級文學」？

「革命文學」陣營立即作出了反應，批判郁達夫的超階級理論。麥克昂（郭沫若）批駁道「無產階級革命成了功，便是無產階級的消滅：因為一切階級的對立都已消滅。階級都消滅了，那還有階級文藝的產生呢？」這裏郭沫若的思路與郁達夫的質問，並沒有合拍。在郭沫若頭腦中，無產階級文學要擔當起為無產階級革命搖旗吶喊的使命，要配合無產階級革命取得勝利，其誕生就必須在無產階級革命之前。郭沫若是從現實的需要角度，闡述了無產階級文學存在的合理性，這明顯是停留在理論層面上；而郁達夫質問的，其實上是無產階級文學存在的必然性問題，即要具備那些條件，無產階級文學才可以說是存在的。這更多是站在實踐的角度發出的疑問。由於雙方切入角度不同，雙方都沒有擊中對方的要害，自然，誰也說服不了誰。

但是，論爭迫使「革命文學」提倡者認真地釐清「革命文學」與「無產階級文學」之間的關係，以便自己站在不敗之地。於是1928 年下半年起出現了許多梳理兩者關係的文章。在他們的文章中不再把這兩個概念鐵板釘釘地融合在一起了。典型的例子是克興的《評駁甘人的〈拉雜一篇〉》，其中說：「革命文學是社會的經濟基礎變革底現階段所規定的無產階級文學底一環，但不是他的全體。革命文學與無產者文學同是宣傳新意識形態底文學。不過因社會的客觀條件不同，形式上當然同將來的無產者文學不同。」他還說，「現代的普羅列塔利亞的文學，其主要的任務，就是在用來為普羅列塔利亞的鬥爭的工具……是在發揮革命的意識為一種鬥爭

的工具，不是以描寫普羅列塔利亞的樂園和天國為其重要的任務，不是予普羅列塔利亞以藝術生活的兌現。」[39]這裏「革命文學」與「無產階級文學」至少作了如下的區別：首先，它們出現在不同歷史階段。革命文學出現在無產階級革命的初期，是鼓動革命、組織革命的號角；無產階級文學出現在無產階級奪取政權之後，其描寫對象也有別於革命文學，更多描繪無產階級的「樂園和天國」。其次，它們表現的方式不同。雖然「革命文學」與「無產階級文學」兩者都表現無產階級意識，但是，革命文學主要是通過揭露和批判舊世界來傳達無產階級的革命要求；而無產階級文學由於是誕生在革命勝利之後，它自然更多的是歌頌和肯定，是從正面來展現無產階級的意識。所以說兩者既有聯繫又有區別，它們呼應了不同的無產階級革命階段對文學的不同反映和要求。這樣的說法明顯地有著調和的特點。對革命文學的定位比較多地接受了郁達夫等人的意見，對無產階級文學內涵的闡述更多地傾向於郭沫若等人的看法。但是，這裏沒有解決革命文學的創作主體問題。事實這揚論爭的背後，隱藏著一個誰來領導、組織、參與革命文學的創作？是尚未成熟的無產階級，還是被認為過時了的小資產階級？

五，革命文學創作主體問題。在 1928 年左右的中國文壇上，嚴格地講不存在真正的革命作家，因為無論是革命文學倡導者還是反對者，都不是真正意義上的無產階級。勞動者既因學力上與工作上的限制，無法致力於文學的創造，小有產的空閒階級卻又不能負起革命文學的任務，這意味著革命文學的作家構成已成為論爭雙方關注的重點。創造社起初將自己的文學主張定位在天才、直覺、創造上，強調文學的非功利性，反對將文學當作改造社會的武器，因

---

[39] 《創造月刊》第 2 卷第 2 期 1928 年 9 月。

此，他們一旦加入到非常強調文學社會功用的革命文學的行列之後，自然會遭到這樣或那樣的質疑和指責，「他們竟可以從自悲自歎的浪漫詩人 躍而成了革命家，昨天還在表現自己，今天就寫第四階級的文學。」[40]這一類的指責使創造社成員意識到這一問題的重要性，他們承認目前文壇上的作家主要來自小資產階級，現在的文學青年沒有一個是出身於無產階級的。其意識仍然是唯心的偏重於主觀個人主義的。但是他們同時指出「我以為一個作家，不管他是第一第二……第百第千階級的人，他都可以參加無產階級文學運動；不過我們先要審查他的動機。看他是『為文學而革命』還是『為革命而文學』。」[41]麥克昂也辯解地說：「不怕他昨天還是資產階級，只要他今天受了無產者精神的洗禮，那他所做的作品也就是普羅列塔別亞的文藝。」[42]對於這種階級立場速變論，魯迅表示了懷疑：「我以為根本問題是在作者可是一個『革命人』，倘是的，則無論寫是什麼事件，用的是什麼材料，即都是『革命文學』。從噴泉裏出來的都是水，從血管裏出來的都是血。『賦得革命，五言八韻』，是只能騙騙盲試官的。」[43]魯迅這裏同樣不以階級出身來判定作家身份，然他強調了「革命人」的概念，這顯然是針對革命文學家可以速變的理論。如果郭沫若是從作家意識的轉變來說明「革命作家」存在的可能性，那麼魯迅更多地是從實際創作效果來判斷「革命作家」存在的可能性。事實上，上世紀二十年代末的中國文壇上還沒有出現真正的革命文學，有些作品仍有過去的浪漫主義色彩的殘留；有的作品還沒有完全擺脫舊小說的窠臼；有的作品沒有深入群

---

[40] 甘人：《中國新文藝的將來與自己的認識》，《北新》第 2 卷第 1 期 1927 年 11 月 1 日。
[41] 李初梨：《怎樣地建設革命文學》。
[42] 《桌子的跳舞》，《創造月刊》第 1 卷第 11 期 1928 年 5 月。
[43] 《革命文學》，《民眾旬刊》第 5 期 1927 年 10 月 21 日。

眾，不能瞭解他們的生活而只為輪廓的描寫，遂不免陷於公式化概念化描寫的缺點。因此要從作品實際效果來判斷革命作家的話，顯然沒有人能擔當得起這個稱號。

對於魯迅的思路，革命文學倡導者很不滿意，他們仍在作家如何轉化意識上大做文章。李初梨認為「假若他真是『革命而文學』的一個，他就應該乾乾淨淨地把從來他所有的一切布爾喬亞意德沃羅基完全地克服，牢牢地把握住無產階級的世界觀──戰鬥的唯物論，唯物的辯證法。」（《怎樣地建設革命文學》）麥克昂更是強調革命作家要放棄一切舊有意識，做個徹徹底底的「留聲機」，並且說留聲機的含意「現在就是『辯證法的唯物論』。」為了加強這一觀點，郭沫若還講述了自己從一個狂熱的小資產階級轉化為一個革命文學作家的心路歷程，甚至舉馬克思、恩格斯的例子來說明「留聲機器就是真理的象徵。當一個留聲機器便是追求真理。」[44]在這樣的說法下，李初梨在《自然生長性與目的意識性》一文中下了這樣的斷語：「一個文藝家，應該同時是一個革命家──普羅列塔利亞的先鋒，可以說是大地深處的雷鳴，也可以說是前鋒的怒吼，如果他是一個真正的先鋒，到了這一個階級，他一定可以發出這種聲音……所以無產階級的聲音，就是他自己的聲音。他自己的聲音，也同時是無產階級的聲音。」[45]這裏他所要闡明的是革命文學作家的全部論斷，首先就是要你放棄自己原有的全部意識，然後做一隻擯棄了個人私心雜念的集體主義的「留聲機」。只要做了「留聲機」，你自然就能與無產階級融為一體，肯定就能發出無產階級的聲音。

---

44 《留聲機器的回音》，《文化批判》第 3 號 1928 年 3 月。
45 《思想》第 2 期 1928 年 9 月 15 日。

這樣的論斷很明顯是機械化、模式化的，過分理想，也過分簡單地設計了革命作家的產生過程。而且也貶低了作家獨創性文學勞動的應有價值，或者說，湮沒了文學獨立本體性質的存在，文學只是一種武器，一種工具，而不再是一個具有美感的世界。魯迅敏感地看到了這種文學觀和作家觀的致命缺陷，他在《通信‧回信》中說：「在我自己，是以為若據性格感情等，都受『支配於經濟』（也可以說根據於經濟組織或依存於經濟組織）之說，則這些就一定都帶著階級性。但是『都帶』，而非『只有』。所以不相信有一切超乎階級，文章如日月的永久的大文豪，也不相信住洋房，喝咖啡，卻道『唯我把握住了無產階級意識，所以我是真的無產者』的革命文學家。」[46]魯迅在這裏並沒有否認「性格感情」等文學因素有階級性，但他同時也看到文學因素只帶階級性也是不對的，其中就缺少辯證法。所以他既反對文學的超階級理論，又反對將文學的階級性當作超乎一切的唯一的標準。「一切文藝是宣傳，而一切宣傳卻非都是文藝」，這個論點，就是魯迅對一味強調文學階級性的觀點進行反思和批駁而得出的。應該說，魯迅看到了把革命作家當作「留聲機」所產生的不良影響，同時也看到了革命作家形成產生的艱難，他仍然堅信不可能憑作家是否掌握無產階級意識，就可以認定他成了革命作家。因此，魯迅堅持的仍是作品才能真正判定一個作家的價值和立場。茅盾與魯迅的看法相似。茅盾直接指斥當時的革命文學是「賣膏藥式的十八句江湖口訣那樣的標語口號或做廣告式的無產文學」，並且進一步具體地分析說：新文學「要有燦爛的成績，必然地須先求內容與外形——即思想與技巧，兩方面之均衡的發展與成熟。作家應該覺悟到一點點耳食來的社會科學常識是不夠

---

[46] 《語絲》第 4 卷命 34 期 1928 年 8 月 20 日。

的，也應該覺悟到僅僅用群眾大會時煽動的熱情的口吻來做小說是不行的。準備獻身於新文藝的人須先準備好一個有組織力，判斷力，能夠觀察分析的頭腦，而不是僅僅準備好一個被動的傳聲的喇叭；他須先的確能夠自己去分析群眾的噪音，靜聆地下泉的滴響，然後組織成小說中人物的意識；他應該刻苦地磨練他的技術，應該揀自己最熟悉的事來描寫。」（《讀〈倪煥之〉》），這樣的論爭，由於雙方在如何判定革命作家的思路相去甚遠，各抒己見，最終也只有不了了之。另外，太陽社與創造社之間還有爭奪革命文學誰正宗的爭論。這是一種目空一切的抬高自己貶斥別人的論爭，論爭的範圍已經超出了學術或文學的範疇，姑且不論。於 1930 年 2 月 16 日，在中國共產黨的指導下，魯迅、鄭伯奇、蔣光慈、馮雪峰、沈端先、馮乃超、彭康、柔石、錢杏邨、洪靈菲、戴平萬、華漢等十二人，舉行了以「清算過去」，「確定目前文學運動的任務」為題旨的討論會，會上決定籌建左翼作家聯盟，並於 1930 年 3 月 2 日舉行了成立大會。從而結束了長期的關於革命文學的爭議。

綜觀整個爭議過程，其發生、發展以及最終的收場，雖然枝蔓眾多，然仍有脈絡可尋。我們發現其論爭的實質有如下幾個方面。第一、這場爭議實際上是不同知識份子道路選擇的爭論。二十年代末，隨著中國社會急劇動盪的變化，曾聚集在五四新文學旗幟下的知識份子，經過了五四退潮期的團體分化之後，又一次走到了分化的邊緣。由於對中國社會的評價不同，以及由此產生的自身定位的不同，使這次知識份子團體分化顯得更加複雜和激烈。在這次論爭中唱主角的是太陽社和後期創造社。太陽社有著鮮明的共產黨背景，受到共產黨中央鄧中夏、李立三、瞿秋白的支持。他們是以「無產階級的政治綱領和組織原則為指導」來從事無產階級文學活動

的。但這批人員大都沒有參加過五四文學革命，崛起也都是在二十年代末，其文學活動並不成熟，其革命理論倡導的意義遠遠大於革命文學的創作。後期創造社的資歷要深一點，其中有郭沫若、成仿吾這樣曾參加過五四文學革命的元老，他們還參加過廣州的實際革命工作，因此在革命文學陣營中有較高的威望；而其他的人員，例李初梨、彭康、馮乃超等人都是日本歸來的留學生，他們深受蘇聯拉普與日本無產階級文學運動的影響，具有新知識新理論的結構素養。無論太陽社還是創造社，他們對五四文學革命是相當隔膜的，五四文學革命的價值定位對他們的影響也是相當微薄的。他們之所以積極參與倡導革命文學，是因為他們相信，他們這一代知識份子其重要使命，則是跟上時代前進的步伐，煽動和組織民眾的革命熱情；而文學應該是為這種使命行之有效的表達形式，文學也要參與到革命中去。所以在他們眼裏，文學就是革命的一部分，於是他們是以政黨的一員身份，以集體的一員身份來加盟革命文學活動的。也就是說，革命文學於他們，是革命的意義大於文學的意義，實際的意義大於精神的意義。他們自身的定位首先是作為革命家、其次才是文學家。因此，他們將知識份子存在的價值從精神領域轉移到了現實領域，更多的是從現實功能發揮的角度來評判知識份子的價值。可見太陽社、創造社是立足當下，選擇了現實革命的立場。

　　而作為論爭的另一方，魯迅、茅盾、郁達夫等人在自身定位上顯然有很大不同。經歷了辛亥革命的失敗、五四文學革命的退潮，他們的知識份子理想並沒有因此而發生大的改變，仍堅定地相信對二十年代的中國社會來說，五四文學革命的任務並沒有完成，「啟蒙」永遠是必要的。於是他們對於一種新思潮或新文學主張的態度，往往思考質疑大於肯定捧場。特別這種新主張作為拯救中國的

藥方，急切地介紹到中國來的時候。他們認為中國社會的土壤還是
舊土壤，中國人還是原來的中國人，那麼任何新的理論住住並不能
取得除舊佈新的作用，倒很有可能被舊土壤所同化，很有可能助紂
為虐，表現出負面的作用來。因此，他們認為二十年代末，儘管社
會的角落裏充滿了反抗熱情、革命氣氛，但是這一切表面的意義遠
遠大於實質的意義，並不值得人們過分歡欣鼓舞。我們應該在肯定
反抗熱情的同時，指出他們身上仍然殘留的國民性弱點，清除幾千
年來給予民眾的精神創傷，這樣，才能真正推動社會的進步。因此，
他們更多地秉承了五四文學革命的傳統，將知識份子定位在精神領
域而不是實際革命領域，知識份子的使命也因此不在乎順從並煽動
民眾的革命熱情，恰恰仍然應該是揭露批判大於肯定歌頌。這裏我
們可以看出，魯迅、茅盾等人是站在歷史教訓的基礎上，依傍於五
四新文學傳統，選擇了一個啟蒙知識份子的立場。這與太陽社、創
造社選擇的現實革命立場有很大不同。兩種選擇，兩種立場，必然
會使他們在看同一個問題時產生不同的切入角度、不同的話語，從
而導致觀點的激烈碰撞。

　　第二、這場爭議實質上是不同文學觀念的論爭。論爭雙方的立
場、價值依歸不同，事實上就是雙方文學觀念差異所造成的。太陽
社、創造社的文學觀念其實是一種功利主義的文學觀念。文學對於
他們，首先是改造社會的武器，所以他們特別青睞「一切的文學，
都是宣傳」，他們看重文學的社會作用。確實，在中國這樣一個文
化水平普遍較低的國家裏，文藝的宣傳作用可以說是很大的。但是
他們僅僅注重了這一點，甚至不惜用文學的社會功能來掩蓋文學其
他的特性，特別是文學的審美特性，在他們的視野中蕩然無存了。
由於局限在文學就是宣傳的思路裏，接踵而至的必然是文學活動是

一項集體的活動，要服從於革命的需要，造成文學依附於政治，使文學變為政治的奴婢、政治的工具。文學的主要書寫內容必然偏離了其本體的要求和軌道，變成政治綱領、政治理論的詮釋。當然也談不上對表現內容進行個人創造性的理解和轉換。因此革命文學淪落為標語口號式的文學自然也就不可避免了。

而魯迅等人的文學觀念，雖然也承認文藝是宣傳，但一切宣傳並不全是文藝。這一論述並沒有模糊文學的內部規律與外部作用之間的界限，而且強調文學首先是文學，才能談得上發揮其他作用。魯迅的觀點明顯與太陽社、創造社的不同，在後者急功近利的文學觀點看來，魯迅自然是落伍的、過時的。然而，魯迅等人的文學觀念至少保留了文學的本體特性，把文學與政治、法律的純意識形態之間的界限予以區別。這樣一來，文學的社會作用也被收束在一定的範圍之內，不再去承擔過於沉重的現實使命。魯迅還有一個觀點，就是認為一切文學都帶有階級性，但是，「都帶」並非「只有」。這一思路，前提是認定階級性是文學現實性質的一種，卻並不是它的全部。從文學創作規律來說，假如一味追求階級性，很有可能造成觀念先行，思想大於形象，內容大於形式的弊端，造成文學創作的大忌。同時，魯迅打破了用階級性來選取題材和主題的框框，讓文學的其他特性也參與到文學價值評估體系中來。因此，魯迅等人的文學觀念既汲取了時代的要求，又沒有放棄文學本體的獨立性。太陽社、創造社與魯迅等人的文學觀念，一方只講外部作用，另一方卻兼顧了文學內部規律與外部世界，雙方的話語碰撞自然激烈不可調和了。

第三、這場爭議也可以說是文學批評思維方式的辯證法與形而上學的爭論。在整個論爭過程中除立場、觀念的差異之外，思維方

式的對立對論爭的走向和結果，也起到了很重要的作用。概括起來看他們的思維方式有如下特點。首先，是二元對立的思維格局。對太陽社、創造社來說，這一思維誤區尤為明顯。由於這種簡單的思維方式往往導致持論者的立論角度相當片面，態度流於偏執，結論停留於表面。例如革命文學與五四新文學之間，儘管有很大差異，但我們依然能找到兩者之間的「源」與「流」關係。但是把它擱置在二元對立的思維框架裏，兩者之間這種內在的「源流」關係，就被忽視或者擯棄，造成兩者之間只剩替代和被替代的關係。五四新文學在他們那裏只好作為落後、保守甚至停滯的存在物。這樣，雖然革命文學的合理性、合法性無疑得到了加強，但其局限性也被有意無意地遮蔽起來了。從實際來考察，二元對立思維方式對於革命文學思潮的確立起到了相當大的推動作用，使當時尚不成熟的革命文學過早地居於獨領風騷的地位。但也剝奪了革命文學與其他文學樣式相互交流、多元共存的可能。既挫傷了五四新文學家加盟的積極性，又使革命文學陷入了僵化孤立的境地。其次，是唯我獨尊的傾向。參與論爭的雙方，特別是太陽社、創造社一方，其理論立足點往往不是局限在文學本身，而過於強調自我中心。因此，他們常常不顧現實真相或者不做實際調查，只是憑藉著個人的主觀的好惡就妄下斷言；一旦別人提出質疑，更是不容分辯，或者惡語相向，或者冷嘲熱諷，根本不容他人有不同意見。錢杏邨那篇《死去了的阿 Q 時代》就是典型的個案，那種唯我獨尊的氣味是很濃的。這種自我為中心的傾向還表現在與社團的地位聯繫在一起。在革命文學論爭的背後，太陽社、創造社與語絲社、文學研究會，以及太陽社與創造社之間互相爭奪文壇領導權的意味相當強烈。在論爭過程中，像太陽社、創造社往往喜歡把自己打扮成真理的唯一化身，因

而在他們的推理中，文壇的領導權只能由他們掌握，判斷文壇好惡的標準應該由他們制定。因此當時的許多文學批評常常脫變為排斥異己、唯我獨掌的工具。再次，是明顯的教條主義。在論爭中，像「唯物辯證法」的創作方法，「留聲機器」理論，經濟基礎決定意識形態等等的論述，在太陽社、創造社成員的文章中幾乎隨處可見，這些理論毫無例外地呈現出生搬硬套的痕跡。例如郭沫若的留聲機器理論，顯然是在生吞活剝馬克思主義的相關論述。但由於郭沫若放棄作家的主觀能動性，完全以革命的需要來安排自己的創作，因此與文學創作的內部規律相去甚遠，造成機械、僵化、剛愎自用的論爭風氣，嚴重妨礙了理論探討的深入。

第四、這場爭議很大程度上還是宗派意氣的爭論。綜觀五四新文學以來，大大小小的文學爭議相當頻繁，而參與爭議的人員往往有交叉，有的人活躍於若干次的爭議中，這就難免將上一次爭論中的恩恩怨怨延續下來。因此在這次革命文學論爭中，必然會摻雜進宗派主義、小集團主義和私人恩怨，造成了太多的非文學、非學術的因素。例如太陽社、創造社與魯迅之間的論爭，表面上集中在對新文學的評價等問題上，然兩者之間還摻雜著其他的東西。旁觀者李作賓曾在《革命文學運動的觀察》一文中一言道破天機：「中國的革命文學家對於他們所攻擊的目標—— 據我最近的想見，不特是無意的冤屈對方，而且是有意的。無意的是：他們不瞭解對方，同樣的不瞭解文藝；有意的是：他們想把目前文壇的偶像打倒了，將自己來代替一般人的信仰。……如其魯迅的偶像被他們無條件地打倒了，文壇也許將有清一色的可能。」其實他們與茅盾、郁達夫等人的論爭無不打上了爭奪新文學主流位置、甚至宣洩個人私憤的不光彩烙印。在太陽社、創造社成員的論爭文章中，我們明顯的感覺

到他們對五四新文學的無情貶斥；對已經成名的新文學作家的有意敵視，動輒以「反革命」等聳人聽聞的惡語相加，有時淪為人身攻擊潑婦謾罵一樣。而對於自己及自己文學團體的同人給予過高的評價，超出了實際成就，甚至過意護短，表現出明顯的關門主義。這種宗派意氣的橫行，不僅轉移了人們關注的視線，而且傷害了新文學新舊作家之間的感情，影響了團結。儘管左聯的成立，使這一問題有所反思和清算。不過，宗派意氣是一種頑疾，並不因此而退出歷史舞臺，它在以後的文學論爭中繼續出現，演出了一幕又一幕的文壇悲劇。

綜觀中國現代文學史，「革命文學」爭議是一個承上啟下的轉捩點。一方面，爭議的激烈碰撞，在某種意義上說，五四個人主義文學傳統得到了一個總結。也可以說，個人主義文學觀念作了一次最後的亮相，從此以後，隨著左聯文學的壯大，新文學的主潮開始向集體主義的文學觀念靠攏。時代、社會、民族的宏大觀念對文學的擠壓開始遮蔽文學對個人生活、個人命運、個人情感的關注；民眾的覺醒、階級的反抗、民族的解放開始成為文學書寫的內容，知識份子在文學中的主體地位受到挑戰，直至被迫退出文學的境狀。另一方面，「革命文學」的論爭開始了一個文學書寫的新時代。我們可以很清楚地梳理出從「革命文學」到《在延安文藝座談會上的講話》之間的脈絡。應該說，「革命文學」論爭中的許多問題，如革命文學的主體和對象問題，作家的意識形態問題，以及文學的大眾化問題，雖然論爭雙方沒有達成共識，但是它的梳理和爭論為今後的解決提供了一些思路。因此，我們是否可以把對「革命文學」的論爭看成是《在延安文藝座談會上的講話》的一曲前奏。它在觀念上、組織上和影響上，為日後的《講話》出臺奠定了基礎。所以

我們說這場關於「革命文學」的論爭雖然開創了文學書寫的新時代，但也不容否認，它為中國文學的健康發展帶來了嚴重的負面影響，特別是革命文學的倡導者的文學觀念、思維方式、批評方法開啟了中國極左文學批評之先河。

# 第五章　左翼作家與新月派之爭

　　1926 年，新月社的成員從不同渠道會聚上海。聞一多、徐志摩、饒孟侃、丁西林、葉公超、潘光旦、邵洵美等從北京南下上海，梁實秋、余上沅從南京來到上海，胡適也從歐美遊歷後回到上海。他們大都是歐美留學生，在政治上與文藝上持有相近的觀點，是一批不甘寂寞的自由主義文化人。他們先在 1927 年 1 月招股集資開了一個新月書店。接著於 1928 年 3 月 10 日創辦《新月》月刊。《新月》為綜合性刊物，他們提倡自由主義的政治思想與文藝觀點。他們在政治上宣傳西方的民主自由思想，反對暴力；在文藝上主張文藝自由，既反對「普羅文學」，又反對「三民主義」文學。因而《新月》成為中國 30 年代最有影響的自由主義文人刊物，它既受左翼普羅作家的評擊，又招致當局政府的壓迫。

　　由於新月派在思想上主張自由主義，所以他們既不滿當局政府壓抑思想自由的文藝政策，也不滿各種新興的主義和口號。他們在強調文學的純正性的同時，也反對文學的「階級性」，把剛剛興起的左翼普羅文學作為打擊對象，於是雙方發生了長期的爭議。這場爭議我們可以分兩部分來講，第一部分是新月派與創造社的爭議，第二部分是梁實秋與魯迅的爭議。先說新月派與創造社的爭議。新月派成員在《新月》創刊之前，與創造社的關係還是友好交往的。

聞一多對郭沫若的詩集《女神》評價還是很好的，郭沫若也因此多次向他們約稿。梁實秋曾在《創造》季刊、《創造週報》、《創造月刊》上發表過詩歌、翻譯以及文學評論。誠然，梁實秋留美之後，受到白璧德新人文主義的影響，推崇理性與道德，反對浪漫主義，開始與創造社成員在文藝思想上有了分歧。尤其是 1928 年《新月》創刊，主張文藝自由，創作自由，而創造社正熱忱於革命文學的提倡，強調階級鬥爭，強調文學的宣傳功能。因此，創造社對《新月》的評擊是必然的。《新月》創刊號上有一篇徐志摩執筆的發刊詞《〈新月〉的態度》，是屬宣言式的文字，主要是闡述了《新月》的辦刊宗旨，即遵循「不折辱尊嚴和不損害健康」的原則，同時表達了他們共同信奉的「隱健和合乎理性的學說」，還批評了他們認為當時文藝界存在的種種不良傾向，有著挑戰意味。他們既反對感傷派、頹廢派、唯美派、纖巧派、稗販派、淫穢派，也反對功利派、熱狂派、攻擊派、訓世派、偏激派、標語派、主義派。在他們心中就是要用理性來約束不純正的思想，使文學能獨立發展，擺脫政治和商業的干涉。他們的矛頭針對不健康的文學，同時對「革命文學」的提倡表示了不滿。創造社作家反彈了，認為判斷思想的標準要從社會與階級的意義上去檢討，要運用辯證法的唯物論來認識社會的方向，於是猛烈地評擊新月派。彭康於 1928 年 7 月 10 日出版的《創造月刊》第 1 卷第 12 期上發表《什麼是健康與尊嚴》一文，針對《新月》標榜的「不折辱和不損害健康」的原則批判道：「然而『健康』是誰的『健康』？『尊嚴』又是誰的『尊嚴』？」「折辱了他們的『尊嚴』，即是新興的革命階級獲得了尊嚴，『妨害』了他們的『健康』，即是新興的革命階級增進了健康。」彭康認為阻撓新興勢力發展的，在歷史進展中必將被消滅，「在現在這樣的『混亂的

年頭』，舊支配勢力是註定了要消滅的運命，他們的『尊嚴』與『健康』是無論怎樣都保持不住的。」至於《新月》發刊詞所說「現在，我們在思想上是有了絕對的自由，結果是無政府的凌亂」的話，彭康更是痛斥：「現在我們在思想上有了絕對的自由嗎？只要一看現在是什麼情形，誰都不會相信這句話。不是有因帶了某種書籍而被殺的麼？不是有被封的雜誌和書店麼？自由在哪裡？更何言『絕對』！」彭康還指出「偏激」就是要「對於敵對的階級一定要『仇恨』，要鬥爭」。整篇文章充滿了革命的情緒，稍微欠缺的是學理。

　　創造社對新月派的人權主張也進行了批判。新月派對當局政府的文化政策不滿，為爭取言論自由進行過激烈的抗爭。《新月》剛創刊時主要刊登文學作品，從第 2 卷第 2 號起，討論人權的文章開始大量出現，胡適的《人權與約法》、《我們什麼時候才可有憲法？》、《知難，行亦不易》、《我們走那條路？》等文章要求當局政府儘快結束訓政，實行民主制度。梁實秋在《新月》上發表《思想自由》、《論思想統一》等文章，反對侵犯言論自由的權利，要求思想自由與自由教育。羅隆基在《新月》上也發表過《論人權》、《專家政治》等文章，評擊當局政府的專制統治。於是當局密令查禁《新月》雜誌以及新月書店出版的《人權論集》。還由潘公展、王健民等人發表批判文章，結集為《評胡適反黨義近著》。然胡適他們對當局政府還有依賴心理，保持一種改良的態度。而左翼作家站在民間立場，持一種革命態度。所以，新月派與創造社在政治立場上是不同的，為此進行爭議也是不可避免。彭康於 1930 年 1 月發表在《新思潮》第 2、3 合刊上的《新文化運動與人權運動》對胡適的改良態度進行了批評。他說胡適忽視了文學與政治的關係，所以不

知道如何取得言論自由的方法。他主張「我們要思想言論的自由，第一決不是胡適等人的從資產階級自由主義的立場主張無產階級對統治階級批判的自由。第二決不是搖尾乞憐來討自由，而是以鬥爭的方式來奪取自由。」「要有批判的自由，便要鬥爭，但還要更進一步的推翻鉗制自由的政權，要這樣才能獲得徹底的自由。」鄭景也發表《一條改良主義的死路》，認為胡適的人權主張是想「引起一些落後的人們的幻想，以緩和與消滅中國的革命。」[1]馮乃超發表《胡適之底烏托邦》[2]一文，指出胡適列舉的貧窮、疾病、愚昧、貪污、擾亂五大革命對象，只是中國社會的表面現象，他認為要實現革命的理想，需要打倒帝國主義、買辦階級和封建階級殘餘。

梁實秋於 1928 年 6 月在《新月》第 1 卷第 4 號上發表《文學與革命》一文，宣傳天才論與人性論。他說：「一切的文明，都是極少數的天才的創造。科學，藝術，文學，宗教，哲學，文字，以及政治思想，社會制度，都是少數的聰明才智過人的人所產生出來的。當然天才不是含有絲毫神聖的意味，天才也是基於人性的。」他說，「自從人類的生活脫離了原始的狀態以後，文學上的趨勢是文學愈來愈有作家的個性之渲染，換言之，文學愈來愈成為天才的產物。天才的降生，不是經濟勢力或社會地位所能左右的，無產者的階級與有產者的階級一樣的會生出天才，也一樣的會不常生出天才！所以從文學作品之產生言，我們也看不見階級的界限。文學是沒有階級性的。」而在文學與革命的關係上，梁實秋說「在文學上講『革命的文學』這個名詞根本的就不能成立。在文學上，只有『革命時期的文學』，並無所謂『革命的文學』……就文學論，我們劃分

---

[1]　《新思想》第 7 號 1930 年 7 月 1 日。
[2]　《巴爾底山》第 1 卷第 4 號 1930 年 5 月 11 日。

文學的種類派別是根據於最根本的性質與傾向，外在的事實如革命運動復辟運動都不能借用做量衡文學的標準。並且偉大的文學乃是基於固定的普遍的人性，從人心深處流出來的情思才是好的文學，文學難得的忠實──忠於人性；至於與當時的時代潮流……滿不相干，對於文學的價值不發生關係。因為人性是測量文學的唯一的標準。」梁實秋在人性問題上還強調「文學家所代表的是那普遍的人性，一切人類的情思，對於民眾並不是負著什麼責任與義務，更不曾負著什麼改良生活的擔子。所以文學家的創造並不受著什麼外在的拘束，文學家的心目當中並不含有固定的階級觀念，更不含有為某一階級謀利益的成見。文學家永遠不失掉他的獨立。」梁實秋還提到了文學的普遍共同人性問題，他認為偉大的作品都「是全人類的公同的人性的反映。文學所要求的只是真實，忠於人性。凡是『真』的文學，便有普遍的質素，而這普遍的質素怎樣才能相當的加以確實的認識，便是文學家個人的天才與夙養的問題」，於是梁實秋否認「大多數的文學」，他說，「主張所謂『大多數的文學』的人，不但對於文學的瞭解不正確，對於革命的認識也是一樣的不徹底.無論是文學或是革命，其中心均是個人主義的，均是崇拜英雄的，均是尊重天才的，與所謂『大多數』不發生若何關係。」於是他最後說「吾人平心靜氣的研究，以為『革命的文學』這個名詞實在是沒有意義的一句話，並且文學與革命的關係也不是一個值得用全副精神來發揚鼓吹的題目。」

　　梁實秋的言論很快受到了馮乃超的批評。馮乃超在《冷靜的頭腦──評梁實秋的〈文學與革命〉》一文中，指責梁實秋對革命的認識是錯誤的，革命不是真假領袖之爭，而是應某種社會需要而發生的變革。他同時指出天才受環境所決定，「決定詩人，哲學家，

或藝術家的活動方向的——他們的人生觀或世界觀，受他們的生存時代的，圍繞他們的社會環境的規定；一部分是環境的傳統的見解，而別一部分是與環境的衝突而發生的。所以，我們要研究歷史上的文學的意義，不能不從社會環境，社會心理，世界觀及人生觀上出發。」由此可見，文學是有階級性的。「在階級社會的裏面，階級的獨佔性適用到生活一般的上面。言語，禮儀，衣食住，學術，技藝，乃至一切的生活內容。這決不是德謨克拉西的，是有階級性的。貴族的王孫，他的『人性』就是『落花秋月』的一類的『感慨』，和晨昏囚在黑暗的工人不會發生任何的關係。」最後他論述了革命文學的必然性，「無產階級的階級爭鬥的目的以為只是在食慾的滿足的見解是不正當的。這是『宇宙史的』鬥爭，它的實行是替全人類一切的文化的傳統及要替人保證『人性』的全展開與確立的可能性。無產階級文學是根據於無產階級的藝術的憧憬，同時，無產階級若沒有自身的文學，也不能算是完成階級的革命。在這一回『革命期中的文學』，它必然地是革命文學——無產階級文學。」[3]

　　1929 年 9 月梁實秋在《新月》第 2 卷 6、7 號合刊上又發表了《文學是有階級性的嗎？》的文章，認為資產階級有時造成社會不公平的現象，但資產的造成與人的聰明才力有關，為了擁護文明，也就必須擁護資產。他指出當時宣傳無產階級文學理論的書文法艱澀，句法繁複，連宣傳品的資格都欠缺。他否定文學的階級性，認為無產階級文學理論是錯誤的，「錯誤在把階級的束縛加在文學上面。錯誤在把文學當做階級爭鬥的工具而否認其本身的價值。」他再次強調文學是表現這基本人性的藝術，好的作品永遠是少數人的專利品，一般勞工勞農需要的藝術只是通俗的戲劇、電影、偵探小

---

[3]　《創造月刊》第 2 卷第 1 期 1928 年 8 月。

說之類，如果作家逢迎群眾，將會變得淺薄。同時，他指出文學家要在理性範圍之內自由創造，追求真善美，反對描寫對無產階級歌功頌德的文學。此外，梁實秋還提出要「看貨色」的要求，他抄錄了兩首無產階級詩歌進行諷刺，從而否定了無產階級文學的價值。梁實秋在這裏論述了文學的一些相關的規律，提出的其實是一些中肯意見。

但是他對無產階級的諷刺挖苦，否定文學的階級性，引起了熱忱於革命文學的作家的反駁。馮乃超在《階級社會的藝術》中反駁道，「人性離開指定的社會及時代，就變成抽象的概念。梁實秋的錯誤在於把人性普遍化永遠化，而不能從特定的社會及歷史形態中去具體的認識它，因此表現這個最基本的人性之文學也是永遠的普遍的，就是超乎時代的，『超於階級的』。」他還指出了階級和藝術有著莫大的關係，階級不同，對同一文學或藝術的態度是不同的。他認為梁實秋是替資本家服務的說教者，應被稱為「資本家的走狗」。[4] 馮乃超的謾罵使這次爭議越來越遠離了學理，最後變成了一場以人身攻擊為主的爭吵。為了攻擊梁實秋，葉靈鳳運用了漫畫筆法，寫了一篇小說，取名就叫《梁實秋》，發表在他自己編輯的《現代小說》第 3 卷第 3 期上，小說中的『梁實秋』看到一個俄國車夫和一個中國車夫因口角而打架，『梁實秋』想為中國車夫辯護，反被巡捕抓到監獄中，後由胡適寫信幫助才獲釋。對於馮乃超的批駁和葉靈鳳的謾罵，梁實秋在《新月》第 2 卷第 9 號上發表回應文章《「無產階級文學」》，他先批評《拓荒者》上的無產階級文學，又指出葉靈鳳的小說《梁實秋》完全是捏造，並且說寫這篇小說的作家已與魯迅發起「自由運動大同盟」，如果他觸犯了「布爾

---

[4]　《拓荒者》第 1 卷第 2 期 1930 年 2 月 10 日。

喬亞氾的虎鬚」之後，是否真的搖尾乞憐，只好等著看。爭議雙方的謾罵與人身攻擊，使梁實秋與左翼創造社作家的關係變得水火不容。

　　創造社在五四時期主張浪漫主義，以大膽的反叛精神來倡導個性解放，二十年代末，他們受國際的普羅文學的影響轉向提倡階級鬥爭的學說，而新月派成員在五四落潮之後，反而更冷靜地反思中國新文學的缺憾，所以創造社與新月派之間存在著政治和文學觀念上的差異。同時，新月派為了維護文學的純潔性，反對各種政治勢力對文學的干預，尤其害怕新興的革命文學佔據中國文化的中心位置，因此，他們的衝突是必然的。他們爭議的焦點是文學與政治的關係，創造社希望用革命的方式推翻當局政府，奪取政權，從而創建一種全新的無產階級文學。而新月派則主張對當局政府進行徹底的改良，從而使作家能有更多的自由寬廣的寫作空間。創造社雖然對梁實秋的人性論進行了激烈的批判，張揚文學是革命的工具，但是這兩個命題本身不符合文學的本體特徵，再由於當時革命文學倡導者的普羅文學理論沒有實行本土的轉化，因此沒有真正優秀的作品出現，反而長期遮蔽了新月派中的合理成分，直至上世紀八十年代展開了關於「人性論」和「為文藝正名」的大討論，才有所糾正。

　　再說梁實秋與魯迅的爭議。梁實秋與創造社爭論的同時，與魯迅也展開了一場漫長的爭議。爭議之前，梁實秋對魯迅雜文的藝術價值還是頗為推崇的。他曾經對魯迅的《華蓋集續編》表示讚賞，說「魯迅先生的文字，極諷刺之能事，他的思想是深刻而辣毒，他的文筆是老練而含蓄。諷刺的文字，在中國新文學裏是很不多見的，這種文字自有他的美妙，尤其是在現代的中國。」[5]魯迅與梁

---

5　《華蓋集續編》《時事新報・書報春秋》1927 年 6 月 5 日。

實秋第一次正面交鋒是在 1927 年末。魯迅寫了《盧梭與胃口》，對梁實秋的《盧梭論女子教育》片面解讀盧梭提出批評，認為梁實秋對於他人的學說只把合自己胃口的容納之並宣揚之，這樣必然產生偏見。認為梁實秋提倡的「賢母良妻教育」，無非是要使女子「成為完全的『弱不禁風』者」這完全是符合從古至今的中國「粗橫強大的男人」們的「胃口」的。然而，更為激烈的爭論還在稍後圍繞文學人性與階級性問題上的展開。梁實秋 1926 年 10 月 27、28 日在《晨報副刊》上發表《文學批評辯》，說「普遍的人性是一切偉大的作品之基礎」，並且把人性作為文學批評的標準。後來發表了《文學與革命》和《文學是有階級性的嗎？》堅持他的人性論。因此，魯迅與梁實秋就文學的人性與階級性問題進行了爭論，同時也涉及到翻譯問題，但歸根結底，仍是探討文學的階級性。

魯迅於 1928 年 1 月 14 日在《語絲》第 4 卷第 5 期上發表《文學與出汗》，批駁梁實秋的人性論。他從進化論的角度論證人性不是永久不變的，「我們的脾氣，恐怕未來的人也未必會明白。要描寫永久不變的人性，實在難哪。」而且以出汗為例，指出對於描寫小姐和工人的出汗，就有著「香」與「臭」的階級差別。率先揭示文學中人性與階級性的關係。其關鍵是如何從理論上正確把握到文學中人性與階級性的兩重性。可是，梁實秋從 1928 年 3 月《新月》創刊號上發表《文學的紀律》開始，就強調「文學發於人性，基於人性，亦止於人性」，只有「表示出普遍固定的人性」，才能成為「有永久價值的文學」，接著於 1928 年 6 月又發表了《文學與革命》重申文學「基於固定的普遍的人性」。並且提出文學「沒有任何使命，除了他自己內心對於真善美要求的使命」，認為文學是「天才的產物」。1929 年 9 月 10 日，梁實秋又在《新月》第 2 卷 6、7 號合刊

上發表《論魯迅先生的「硬譯」》，他指出曲譯和死譯都不應存在，而魯迅的翻譯離死譯不遠了，還舉了魯迅的幾段譯文為例證明魯迅的硬譯是多麼晦澀難解。面對梁實秋的挑戰，魯迅寫了《「硬譯」與「文學的階級性」》的長文，予以批駁。指出梁實秋能看懂《苦悶的象徵》而看不懂他譯的無產階級文學理論，其中固然有原文易解不易解的原因，但梁實秋否定硬譯的意圖，還在於抹殺文學的階級性。於是魯迅把爭議的重點放在階級性的問題上。其中從社會學的角度說了二段幾十年以來一直有人樂於引用的話：「文學不借人，也無以表示『性』，一用人，而且還在階級社會裏，即斷不能免掉所屬的階級性，無需加以『束縛』，實乃出於必然。自然，『喜怒哀樂，人之情也』，然而窮人決無開交易所折本的懊惱，煤油大王那會知道北京撿煤渣老婆子身受的酸辛，饑區的災民，大約總不去種蘭花，像闊人的老太爺一樣，賈府上的焦大，也不愛林妹妹的。」另一段是說：「文學有階級性，在階級社會中，文學家雖自以為『自由』，自以為超了階級，而無意識底地，也終受本階級的階級意識所支配，那些創作，並非別階級的文化罷了。例如梁先生的這篇文章，原意是在取消文學上的階級性，張揚真理的。但以資產為文明的祖宗，指窮人為劣敗的渣滓，只要一瞥，就知道是資本家的鬥爭的『武器』──不，『文章』了。無產文學理論家以主張『全人類』『超階級』的文學理論為幫助有產階級的東西，這裏就給了一個極分明的例證。」[6]魯迅在這裏繼續堅持他在革命文學爭論中所闡發的一貫主張。他一方面堅持「無產者文學是為了以自己們之力，來解放本階級並及一切階級而鬥爭的一翼」，另一方面再次表明，「據我所看過的那些理論，都不過說凡文藝必有所宣傳，並沒有誰主張

---

6　《萌芽月刊》第 1 卷第 3 期 1930 年 3 月 1 日。

只要宣傳式的文字便是文學」。如果回想起魯迅 1928 年批評「革命文學」家時說的話，「一切文藝，是宣傳……那麼，用於革命，作為工具的一種，自然也可以……但我以為一切文藝固是宣傳，而一切宣傳卻並非全是文藝」（《文藝與革命》）。關於階級性，魯迅也說人都受支配於經濟，「則這些就一定都帶著階級性。但是『都帶』，而非『只有』。」（《文學的階級性》）可見魯迅在當時的社會環境中，以社會學的觀點來看，他在文學的人性與階級性、文學與政治、文學與宣傳等關係問題的看法，並沒有完全忽視文學本體性的特徵。對於梁實秋提出要看「貨色」的要求，魯迅也表示贊同，然他認為中國這幾年缺少好作品，但現在就要貨色則是無理要求。對於硬譯問題，魯迅指出他翻譯的目的只為了自己和一部分想瞭解無產階級文學理論的讀者，他表示自信並無故意的曲譯，並希望中國有一兩個誠實的俄文翻譯者，陸續譯出好書來。

梁實秋在《新月》第 2 卷第 9 號上又發表了反駁文章《答魯迅先生》，認為魯迅的批評文章主旨不清，只是咬文嚼字的說俏皮話。說自己只是在紙上爭自由，而魯迅參加中國自由運動大同盟，恐怕不會專在紙上寫文章來革命。梁實秋在同一期《新月》上還發表了《「無產階級文學」》，批評魯迅對「看貨色」這一要求的態度有矛盾，「魯迅先生舉盧那卡爾斯基的作品為『無產階級文學』的代表時，那態度真有點像『戰士』的勇敢，底下躲躲閃閃的態度便是其軟如綿，太快的縮了。」隨後，梁實秋還發表了《「普羅文學」一班》、《所謂「文藝政策者」》等文章，他一方面否定左翼革命文學的藝術價值，另一方面對魯迅翻譯蘇聯文藝政策的必要性提出懷疑，批評蘇聯文藝要求清一色，剝奪了作者的思想自由。可見魯、梁的爭議並不僅僅在於翻譯方法，更多的在於兩人政治信仰和文學觀念的對

立。其實,他們並沒有深入討論翻譯的學理問題,卻陷入了關於階級性、看貨色的糾葛之中,甚至出現了許多人身攻擊,實在可惜。不過,梁實秋的抵制並未能阻止三十年代大量的無產階級文藝理論被翻譯到中國來,而這些急於求成的翻譯作品在質量上確實也存在一些問題。

除了階級性和翻譯問題之外,魯迅還對《新月》上發表的「好政府主義」文章進行了批評。1929 年 5 月《新月》第 2 卷第 3 號上發表了梁實秋《論思想統一》要求思想自由和自由教育,反對當局用三民主義來統一文藝作品,強調藝術的獨立價值,同時,他也不贊成鼓吹階級鬥爭的文藝作品,「凡是宣傳任何主義的作品,我都不以為有多少文藝價值,文藝的價值,不在做某項的工具。文藝本身就是目的。」不久梁實秋在《新月》第 2 卷第 5 號發表《論批評的態度》,對批評界中的一些不嚴正的態度進行了批評,反對說俏皮話的風氣,反對在批評時攻擊個人。梁實秋在《新月》第 2 卷第 8 號上又發表《「不滿於現狀」,便怎樣呢?》說許多人不滿於現狀,卻不誠懇地去求一個積極醫治現狀的藥方,而是冷嘲熱諷地發表一些雜感,他認為「真關心現狀的人,沒有不想法尋找一個最好的藥方而勸病人服下的。」魯迅於 1930 年 1 月 1 日在《萌芽月刊》第 1 卷第 1 期發表《新月社批評家的任務》,其中說,「新月社中的批評家,是很憎惡嘲罵的,但只嘲罵一種人,是做嘲罵文章者。」他認為新月社是揮淚維持治安,他們想要的自由只是想想而已,是不能實現的。《萌芽月刊》第 1 卷第 5 期上又發表魯迅的《「好政府主義」》,指出梁實秋抨擊了三民主義、共產主義等藥方,對好政府主義卻很留戀,魯迅認為好政府主義這張藥方,是不必醫生才配搖頭,誰也會將他貶得一文不值的。1936 年 6 月《新月》停刊,9

月新月書店因虧空轉讓給商務印書館，新月派也停止了活動。然梁實秋與魯迅後來又以個人身份發生過幾次爭議，他們就「第三種人」、蕭伯納訪華、小品文等問題都發生過爭議。在這些爭議中，梁實秋雖然自由主義立場未變，但他在 1933 年對政府當局查禁普羅文學書籍表示過強烈反對，在 10 月 28 日的《益世報·文學週刊》上發表《文藝自由》的文章，認為普羅文學理論雖有不健全的地方，但它的以唯物史觀為基礎的藝術論有許多點是顛撲不破的真理。認為「當局不努力釜底抽薪，不設法改善民眾生活，而偏要取締投民眾所好之普羅文學，這就是愚昧。」同時，他承認了文學也有階級性的，然「階級性只是表面現象。文學的精髓是人性描寫。人性與階級性可以同時並存的，但是我們要認清這輕重表裏之別。」[7]這裏顯示出梁實秋作為自由主義知識份子那種追求客觀公正、追求思想自由的胸懷。

左翼作家與新月派的激烈爭議，促使五四新文學陣營更大分裂，新月派走向了解體，左翼文學雖然得到了長進，但使自己更走向封閉。他們重視革命宣傳，忽視文學本體的藝術價值的極左傾向更趨嚴重。就拿人性問題說，這場上世紀三十年代對梁實秋人性論的爭議似乎為後五十年定了調，影響的深廣無法言說。這種批判，在四十年代延安整風時期，針對王實味等人的人性、人類之愛的觀點進行了一場清除，強調「只有帶著階級性的人性，而沒有什麼超階級的人性。」這比魯迅的觀點更絕對化了，給庸俗社會學的「人性等於階級性」觀點留下了隙口。解放以後，對人性與人道主義的批判更為猛烈，五十年代對「右派」分子的批鬥，對人性論的批判調子越來越高，採取無分析，口號式的一概否定態度；六十年代對

---

[7]　《人性與階級性》，《益世報·文學週刊》1933 年 12 月 16 日。

巴人、錢谷融等人的人性論、人道主義論的批判，曾有人把它上升為政治問題，敵我問題。作家涉及人性的描寫便鮮有不遭批判的。這就導致文藝界談「人」色變。文化大革命時期，已不再是對人性的理論批判，而出現了人性喪盡、獸性橫行、蹂躪人權、草菅人命的悲慘局面。文化大革命一結束，人們才翻然憬悟，對人性問題不得不作深沉的反思。誠然，這種反思受到了西方人本主義思想和話語資源的影響，獲得了西方人學觀念的參照系，從而深化了對中國人學問題的思考。1977 年文藝界在重評一些被文化大革命否定的文學作品時，就涉及了人性與人道主義在文學創作中的地位問題，似乎回到了梁實秋與魯迅的爭議的起點上。八十年代關於人性問題的大討論，思想界與文藝界同時展開，相互影響和推進，使問題不斷獲得深化。概括起來有三種意見最具代表性：第一種是自然本性說，把人性看成是人類與生俱來的自然本性，朱光潛即持此說；第二種是社會屬性說，認為社會關係或人的社會性是人與動物的主要的本質區別，而人的自然屬性是非本質方面的，應當從人性的內涵中排除。不過他們大多糾正了用階級性取代或涵蓋社會性的看法，指出在階級社會中階級性即使是社會性的重要內容，也不宜將二者直接等同起來；第三種是社會屬性和自然屬性統一說，認為人性是社會性和自然性的統一。持論者強調人不是抽象的社會物，而是社會動物，儘管人的自然屬性已為社會屬性所滲透，但也不能忽視和排除人的自然屬性。在這次討論中，人性即階級性的舊說受到了廣泛的批評。最有力的批評是來自關於「共同人性，普遍人性」的論證。理論家們從不同的角度探討了共同的普遍人性。其一，是從人的一般本性立論，認為共同人性是人的自然性和社會性中共有的基本特性，如饑餐渴飲、康樂病苦、語言思維、血緣倫常等基於人的

生理結構和人的基本生活而產生的基本天性。凡是屬於人類都共同
具有的，它們不是抽象的，而是具體地存在於人的社會實踐之中。
其二，是從社會共同性立論，認為一定時代的人，包括不同階級的
人們都是共同生活在一起的共同體內，如民族、國家、家庭等。這
些社會共同體是共同人性的現實基礎，在此基礎之上生成的非階級
或超階級的社會共同性，如愛國性，民族性，以及進取的願望、發
展的要求等等。同時，人類對自然鬥爭的工具，同一的語言及思維
邏輯等，都也屬於階級性所無法涵蓋的共同人性範疇。其三，是從
共同心理現象立論，認為人在自己的歷史演進中經歷了大致相同的
階段，在物質生活的需求、心理、感情、審美意識等方面，積累了
共同的因素，這種共同的思想感情和共同的心理狀態便是共同人
性，倘若不存在共同的人性，人與人之間就無法溝通與接觸，人類
就構不成一個統一社會。其四，是從純粹人際關係立論，認為人們
彼此間以相互傾慕為基礎的關係，即性愛、友誼、同情、舍已精神
等等方面存在著純粹的關係，這就是共同人性。這次有關人性問題
的討論，在具體問題上論者難免有所分歧，但大家對於人類存在著
共同的人性，普遍的人性，有了共識，回到了梁實秋的原點上。歷
史這一番折騰，使我們損失了很多，是必須要記憶的，決不能讓它
重演。

# 第六章 「文藝自由」之爭

　　關於「文藝自由」的爭議是上世紀三十年最引人注目的爭議。
1930 年 6 月 29 日、7 月 6 日《前鋒週刊》第 2、3 期上發表《民族
主義文藝運動宣言》，與當局政府的三民主義文藝政策，民族主義
文藝活動相配套。這是直接與正在興起的左翼文藝運動相抗衡的，
從而展現出無產階級黨性與資產階級黨性之間意識形態的政治對
抗。在中國新文學運動趨向文學的高度政治工具化的過程中，除
了左右兩翼的政治對壘之外，新文學運動的自由空間也受到種種擠
壓，觸及到文學現代轉型在文學運動中如何繼續進行的現實問題，
因而引發了有關「文藝自由」之爭議。1931 年 12 月 25 日胡秋原
在上海創辦《文化評論》旬刊，並在創刊號上發表了《真理之檄》
和《阿狗文藝論》文章，說「我們是自由的智識階級，完全站在
客觀的立場，說明一切批評一切。我們沒有一定的黨見，如果有，
那便是愛護真理的信心。」並且指出「現在是一個偉大的轉型期，
一切進步的智識分子正不應該放棄了這嚴重關頭的責任」，而自由
的智識階級在繼續承擔新文化運動的反封建文化使命的同時，還
要以新的文藝理論方法，分析各種帝國主義時代的意識形態。於
是，胡秋原首先對民族主義文學運動發起批判，「文學與藝術，至
死也是自由的，民主的。因此，所謂民族文學，是應該使一切真正

愛護文藝的人賤視的」。接著胡秋原推進到對於文學的政治工具化的批判，「藝術雖然不是『至上』，然而絕不是『至下』的東西。將藝術墮落到一種政治的留聲機，那是藝術的叛徒」。因此，胡秋原在《勿侵略文藝》中認為中國新文學運動以來包括「普羅文學」、「民族文學」在內的所有文學，「我覺得都不妨讓他存在，但也不主張只准某一種文學把持文壇。而誰能以最適當的形式，表現最生動的題材，較最能深入事象，最能認識現實把握時代精神之核心者，就是最優秀的作家。」

　　這就引發了主要來自左翼作家的反彈，當時便有譚四海發表《「自由智識階級」的「文化」理論》，痛斥胡秋原「為虎作倀」，批評《文化評論》社，「在現在人們批得你死我活的時候，該社同人卻要去學從前俄國未做農民運動時的民粹派式的批評。」[1]《文藝新聞》社也發表《請脫棄「五四」的衣衫》的文章，予以批評，認為「目今的文化運動，不是學者們的，不是智識者群或僅是學生大眾的；它是滲和了廣大勞苦群眾的血和淚，斷臂折肘的悲絕所精煉的，如大眾一般英雄，如大眾一般勇往的火力！」[2]但真正引起左翼作家注意的是胡秋原在一個月之後發表的《錢杏邨理論之清算與民族文學理論之批評》，他認為錢杏邨的理論依據是日本青野季吉的「目的意識論」。「『目的意識』者，就是作品上露骨的政治口號乃至政論的結論之一意，極模糊的政治理論之機械底運用之一意」，「將這『目的意識』應用到作品上來，遂成為『政治暴露』及『進軍喇叭』之理論，遂至抹殺藝術之條件及其機能，事實上達到藝術之否定」。因此，他否認錢杏邨的「藝術是作為感情與思想的

---

[1]　《中國與世界》第 7 期 1932 年。
[2]　《文藝新聞》第 45 號 1932 年 1 月 18 日。

社會化的手段」的定義，認為藝術的本質在於形象思維。他同時反對錢杏邨的批評方式，認為是千篇一律，定型公式，缺乏獨特的創造性[3]。瞿秋白於 1932 年 5 月 23 日在《文藝新聞》第 56 號上發表《「自由人」的文化運動——答覆胡秋原和〈文化評論〉》，指出「自由人」要求「文藝自由」，不過是「幫助統治階級」來「攻擊無產階級文藝」，從而定下了批評胡秋原的基調。洛揚（馮雪峰）也立即寫了《「阿狗文藝」論者的醜臉譜》發表於 1932 年 6 月 6 日《文藝新聞》第 58 期，指出胡秋原「不是為了正確的馬克思主義的批評而批判了錢杏邨，卻是為了反普羅革命文學而攻擊了錢杏邨；他不是攻擊杏邨個人，而是進攻整個普羅革命文學運動。」此文的發表，將胡秋原對錢杏邨的個人批評擴展為對整個普羅文學批評，從此拉開了關於文藝自由論爭的大幕。原左聯成員蘇汶（杜衡）於 1932 年 7 月在《現代》第 1 卷第 3 期上發表《關於〈文新〉與胡秋原的文藝論辯》，指出論爭的雙方都是依據馬克思主義的，只不過左翼作家「負著政治的使用」而「實踐」；而胡秋原「背著真理的招牌」卻「只要書本」。進而他提出「在『智識階級的自由人』和『不自由的，有黨派的』階級爭著文壇的霸權的時候，最吃苦的，卻是這兩種人之外的第三種人。這第三種人便是所謂作者之群。」他既諷刺胡秋原是個書呆子將來「有做一個蒲力哈諾夫的希望」，又反對左翼作家提倡文藝大眾化，是純粹的目的文學。在文學主張上，蘇汶其實是支持胡秋原的，力爭文學的自由權，反對文學與階級的結合，認為左翼文壇是只要政治，不要文學；只要煽動，不要文學。蘇汶加入「自由文學」爭論之後，使爭論日益激烈化。瞿秋白、周揚、馮雪峰、茅盾、魯迅、胡風等人紛紛著文參與爭議。周

---

[3] 《讀書雜誌》第 2 卷第 1 期 1932 年 1 月。

揚於 1932 年 10 月在《現代》第 1 卷第 6 期上發表《到底是誰不要真理，不要文藝？》，指出蘇汶是明裏罵胡秋原，暗地裏攻擊左翼文壇。認為蘇汶「故意把文學和革命機械地對立起來，好像文學和革命是勢不兩立的，好像為革命就不能為文學，為文學就不能為革命。這樣，『左翼文壇』不革命則已，要革命就不能要文學了！」同一期《現代》上還發表了易嘉（瞿秋白）的文章《文藝的自由和文學家的不自由》，也駁斥了「自由人」和「第三種人」。認為儘管錢杏邨是個「幼稚的馬克思主義學生」但是他「比起胡秋原先生來，卻始終有一個優點：就是他總還是一個竭力要想替新興階級服務的小資產階級知識份子」。而胡秋原呢，在易嘉看來，則是資產階級的虛偽的旁觀主義者。認為胡秋原發見了「『用形象去思索』的文藝任務，就走到了另一極端，要求文藝只去表現生活，而不要去影響生活」。對蘇汶的意見，易嘉抓住他認為左翼文壇根本沒有文學的看法，指出無產階級決不是什麼「目前主義的功利論者」，他們在文藝戰線上，也是「為著創造整個的新社會制度──整個的新的宇宙觀和人生觀而鬥爭的」。面對左翼文壇的激烈反應，以胡秋原、蘇汶為代表的「文學自由論」者也不甘示弱，繼續寫文章回應左翼文壇，爭議逐漸趨於白熱化。概括起來，這次爭議主要圍繞如下幾個方面展開：

第一個方面是關於政治與文藝的關係。胡秋原認為藝術是獨立的，是不依附於政治的。他並不否認文學與政治有一定的關係，「藝術家不是超人，他是社會階級之子，他生長薰陶於其階級意識形態之中，將他的階級之思想，情緒，趣味，欲求，帶進於其藝術之中，是必然的事實。」[4]但他反對以政治來代替文學，早在 1928 年在「革

---

[4] 《關於文藝之階級性》《讀書月刊》第 3 卷第 5 期 1932 年 12 月。

命文學」論爭時期，他就說過「一種政治上的主張放在文藝裏面，不獨是必然而且在某幾個時期卻是必要的……但是不可忘卻的，就是不要因此破壞了藝術的創造。所以我們只能說，『藝術有時是宣傳』，而且不可因此而破壞了藝術在美學上的價值。」（《革命文學問題》）在我們看來，胡秋原的觀點並不偏頗，他在承認文學與政治有著必然關係的前提下，正確地強調文學創作與政治宣傳的區別，這對於簡單地將文學與政治兩者混為一談之言實在有醍醐灌頂之力。而蘇汶在《論文學上的干涉主義》一文中，也認為文藝與生活有直接的關係，與政治則有著間接的關係，文藝必須通過反映生活真實來為政治服務，來完成它的「永久的任務」。因此他要求批評家不能太熱衷於政治，而必須要把握生活的真實。他說，「我當然不反對文學作品有政治目的，但我反對因這政治目的而犧牲真實。更重要的是，這政治目的要出於作者自身的對生活的認識和體驗，而不是出於指導大綱。」他與胡秋原一樣反對將文藝變成某種政治勢力的留聲機，「如果我們認定了文學的永久的任務是表暴社會的真相以指示出它的矛盾來之所在，那麼我們一定會斷然地反對那種無條件的當政治的留聲機的文學理論，反對干涉主義，要是這種干涉會損壞了文學的真實性的話。我們要求真實的文學更甚於那種只在目前對某種政治目的有利的文學，因為我們要求文學能夠永遠保持著它的對人生的任務。」[5] 關於文藝與政治應該是一種什麼樣的關係，胡秋原認為：「我們固然不否認文藝與政治意識之結合，但是：1，那種政治主張應該是高尚的，合乎時代最大多數民眾之需要的；如樸列汗諾夫所說，『藝術之任務，其描寫使社會人起興味，使社會人昂奮的一切東西。』2，那種政治主張不可主觀地過

---

[5]　《現代》第 2 卷第 1 期 1932 年 11 月。

剩，破壞了藝術之形式；因為藝術不是宣傳，描寫不是議論。不然，都是使人煩厭的。」(《勿侵略文藝》)胡秋原、蘇汶都提倡文藝的自由論，然胡秋原與蘇汶有一點是不同的，胡秋原將文藝自由論與啟蒙精神聯繫起來，認為五四運動雖然在近代文化上記載了光輝的劃時代的一頁，但並沒有完成反封建文化的使命，因此，今後的文化運動就要繼續完成五四的遺業。

左翼文壇針對文學與政治的關係，撰文闡述較多的人當推瞿秋白，他在《文藝的自由和文學家的不自由》一文中說「一切階級的文藝卻不但反映著生活，並且還在影響著生活；文藝現象是和一切社會現象聯繫著的，他雖然是所謂意識形態的表現，是上層建築之中最高的一層，它雖然不能夠決定社會制度的變更，它雖然結算起來始終也是被生產力的狀態和階級關係所決定的──可是，藝術能夠回轉去影響社會生活，在相當的程度之內促進或者阻礙階級鬥爭的發展，稍微變動這種鬥爭的形勢，加強或者削弱某一階級的力量。」馮雪峰用丹仁筆名發表的《關於「第三種文學」的傾向與理論》一文，也談到文學與政治的關係，他說：「文藝作品不僅單是反映著某一階級的意識形態，它還要反映著客觀的現實，客觀的世界。然而這種的反映是根據著作者的意識形態，階級的世界觀的，到底要受著階級的限制的。」在批評蘇汶觀點時，馮雪峰特別指出了以蘇汶為代表的一類知識份子的根本性弱點，是他們的「鄙棄群眾的觀念」，這一弱點直接「障礙他們對於客觀事實與革命的明確的認識」，對群眾的漠視、鄙棄在很大程度上即含著「反無產階級、反革命的性質的」。[6]從當時現實的社會環境來看，爭議雙方的意見在理論上都有一定道理，然也有偏頗。胡秋原和蘇汶反對將

---

6  《現代》第 2 卷第 3 期 1933 年 1 月。

文藝墮落為政治的附庸，卻沒有對文藝在階級鬥爭中的能動作用給以較多的肯定，文藝固然不完全是政治，應當反對藝術即政治的觀點，但徹底脫離政治的文藝也是無法存在的，在此問題上，胡、蘇倆通過否定帶有政治色彩的文藝，其中包括民族主義文藝、三民主義文藝、無產階級文藝，從而追求自由文藝，顯然無視左翼作家在現狀逼迫下進行創作的艱辛，還使雙方的溝通在最初就缺少了理解和包容。同樣，一些左翼作家出於現實革命鬥爭需要，以一種完全主觀化的願望來要求文學，置文藝自身發展規律於不顧，一廂情願地陶醉於對文學的自我設計之中，這也必然引起爭議對方的不滿和厭惡。

　　第二個方面是關於文學的階級性。蘇汶於 1932 年 10 月在《現代》第 1 卷第 6 期上發表《「第三種人」的出路》一文中說：「我們現在不必空空地討論文學有沒有階級性，像這樣初步的問題是誰也會得這樣回答：文學是有階級性的。這個，我當然也承認。在這裏，問題是應當這樣分別提出的：（A），所謂階級性是否單指那種有目的意識的鬥爭作用？（B），反映某一階級的生活的文學是否必然是贊助某一階級的鬥爭？（C），是否一切非無產階級的文學即是擁護資產階級的文學？」針對這三個問題，蘇汶作了層層分析，最終得出結論。他認為在階級社會裏，文學有階級性，但並不是文學的所有方面都是有階級性的，階級性只表現在「那種有目的意識的鬥爭作用」的部分，而且，文學作品反映某一階級的生活決不能因此就意味著贊助某一階級的鬥爭，它只是真實客觀地反映生活罷了。另外，蘇汶認為一切非無產階級的文學，未必一定是擁護資產階級的文學，作家也決不是只有革命和反革命兩條路可走。胡秋原在《關於文藝之階級性》一文中對文學的階級性分四個部分進行闡

述。他首先引用樸列汗諾夫的「文藝是生活之反映」這一論斷出發，大膽地指出「在文明社會，直接影響於藝術者，不是社會經濟，而是社會＝階級心理。」「然而，這不是說，某一種藝術就是某一階級的……一種藝術作風，型式以及傾向，可由各種階級以各種不同的動機來接受，……因此，文學之階級性的問題，不是一個簡單方程式似的問題了。」胡秋原還以歐洲和俄國歷史上大量的事例來進一步論證這種複雜性，最終得出結論：「研究意識形態固不可忽略階級性，然而亦不可將階級性之反映看成簡單之公式，不可忽略階級性因種種複雜階級心理之錯綜的推動，由社會傳統及他國他階級文化傳統之影響，通過種種三棱鏡和媒體而發生曲折。」[7]胡秋原的觀點比蘇汶的觀點當然更進了一步，更有學理性。

左翼理論家對文學階級性的闡述主要是通過對蘇汶、胡秋原的批駁來展開。綺影（周揚）認為胡秋原是口頭上承認文學的階級性，並且還罩了一大套「複雜」、「曲折」、「動搖」和「朦朧」的幌子，但其實「文學階級性」對胡秋原來說，只是一個抽象的名詞，他完全陷於了客觀主義的文藝消極論，而其最終目的是要遮掩文學的階級鬥爭的積極的實踐作用。他認為「藝術現象自身就是一種階級鬥爭的現象」，「而文藝本身就是政治的一定的形式」。[8]谷非（胡風）的觀點與綺影的觀點如出一轍。他在《現階段上的文藝批評之幾個緊要問題》一文中，認為胡秋原一切錯誤議論的總根源是他否認了藝術的階級性。針對胡秋原提出的「藝術者，是思想感情之形象的表現，而藝術之價值，則視其所含蓄的思想感情之高下而定。所以，偉大的藝術，都具有偉大的情思。」（《阿狗文藝論》）谷非反駁說：

---

[7]　《讀書月刊》第 3 卷第 5 期。
[8]　《自由人文學理論檢討》，《文學月報》第 5、6 期合刊 1932 年 12 月。

「我們要指出，生活之表現、認識與批評，雖然也是藝術能有的功用，但不是它『唯一的目的』，因為這不是藝術底決定的特徵，不是藝術奉仕社會的最有效的機能。藝術是，我們以為，心理與意識形態即思想與感情有形象而社會化的手段，其目的是組織生活。」他還認為正是因為胡秋原的認識沒有達到這個階段，所以一談到藝術的價值問題，就只能將它與「所含蓄的思想感情之高下」聯繫在一起，而這恰恰是百分之百的觀念論的說法，因此谷非得出了與胡秋原完全不同的結論：「我們以為，藝術的價值是作品的歷史內容決定的。換言之，偉大的藝術作品是以階級的主觀和歷史的必然相一致的階級底需要和必要為內容的。」（《現代文化》第 1 期 1933年 1 月）

第三個方面是關於文學的價值功能。蘇汶認為文學的「絕對的」「永久的」任務是「作為時代的里程碑的文學，便可以來完成從切身的感覺方面指示出社會的矛盾，以期間接或直接幫助其改善的那種任務。」（《論文學上的干涉主義》）因此，他認為文學的價值是多方面的，決不僅僅限於「鬥爭武器」一個作用。他指責左翼文壇「在目前顯然拿文藝只當作一種武器而接受」（《「第三種人」的出路》）。與此相對，左翼作家堅持文學就是階級鬥爭的工具，無產階級就是要把文學當成改造世界、教育群眾的有力武器。左聯執委會 1931年 10 月 15 日通過的《告無產階級作家革命作家及一切愛好文藝的青年》宣稱：「無產階級作家和革命的作家，一切愛好文藝的青年，你們的筆鋒，應當同著工人的盒子炮和紅軍的梭標槍炮，奮勇的前進！」[9]這一口號明確了文學的武器作用。瞿秋白說：「新興階級為著自己的解放而鬥爭，為著解放勞動者的廣大群眾而鬥爭；他們要

---

[9] 《文學導報》第 1 卷第 6、7 期合刊。

改造這個世界，還要改造自己──改造廣大的群眾」，「所以新興階
級要革命──同時也就要用文藝來幫助革命。」於是他說「文藝
──廣泛的說起來──都是煽動和宣傳，有意的無意的都是宣傳。
文藝也永遠是，到處是政治的『留聲機』。問題是在於做那個階級
的『留聲機』，並且做得巧妙不巧妙。」(《文藝的自由和文學家的
不自由》馮雪鋒當時也認為「一切的文學，都是鬥爭的武器；但決
不是只有狹義的宣傳鼓動的文學，才是鬥爭的武器……而非狹義的
宣傳鼓動文學，它越能真實地全面地反映了現實，越能把握住客觀
的真理，則它越是偉大的鬥爭的武器。」(《關於「第三種文學」的
傾向與理論》

關於自由文藝的爭論，實際上涉及文學政治化中一個較為深層
的問題：政治審美化中文學的階級性需要，與政治工具化中文學的
黨性要求之間所產生現實性的衝突，是否會直接影響到新文學運動
的多元發展？魯迅顯然意識到了這一點，所以他沒有參加對「自由
人」的批判。這是因為魯迅十分注意克服左翼文學運動中的「左」
傾幼稚病，希望戰線擴大，正是基於這種認識，在這次論爭開始時，
他不能不考慮到胡秋原對普列漢諾夫文藝理論的某種程度的信仰
和對「民族主義文學」的相當程度的憤懣，因而從擴大戰線的大局
出發，採取了慎重穩妥的做法。而且當左聯機關刊物《文學月報》
第 4 期發表了一首謾罵胡秋原的長詩《漢奸的供狀》，詩中充滿了
辱罵和恐嚇，魯迅立刻給該刊編輯寫信，闡明了「辱罵和恐嚇決不
是戰鬥」的至理名言。於是，到了討論的後期才參與了對第三種人
的爭議，發表自己的看法。他在《論「第三種人」》、《又論「第三
種人」》兩篇文章裏，既沒有把「第三種人」劃入敵人的營壘，又
沒有對文藝與政治的關係作簡單化的解釋。他除了批評蘇汶詆毀大

眾化文藝連環圖和唱本以外，著重剖析了蘇汶等人想做第三種人而做不成第三種人的矛盾心理，「生在有階級的社會裏而要做超階級的作家，生在戰鬥的時代而要離開戰鬥而獨立，生在現在而要做給與將來的作品，這樣的人，實在也是一個心造的幻影，在現實世界上是沒有的。要做這樣的人，恰如用自己的手撥著頭髮，要離開地球一樣」；然後指出：「總括攏來的，蘇汶先生是主張『第三種人』與其欺騙，與其做冒牌貨，倒還不如努力去創作，這是極不錯的」，因為「左翼作家並不是從天上掉不來的神兵，或國外殺進來的仇敵，他不但要那同走幾步的『同路人』，還要招誘那些站在路旁看看的看客也來同走呢」。魯迅認為在激烈的階級鬥爭中，文藝上的第三種人必然要分化，有的可能與革命共鳴，有的可能將革命曲解。魯迅在這裏的用意是在敦促第三種人改變不偏不倚的中立態度，所以他強調爭取同路人的重要性。魯迅的態度應該說是對的。

這場爭議的轉折是 1932 年 11 月 3 日，上海出版的中國共產黨中央機關刊物《鬥爭》第 30 期上發表了署名歌特的文章《文藝戰線上的關門主義》，該文認為「中國左翼文藝運動，所以一直到今天都沒有發展的原因，主要是我們的右傾消極與『左傾空談』」，「但是，使左翼文學運動始終停留在狹窄的秘密範圍的最大的障礙物，卻是『左』的關門主義」。這裏嚴肅地指出了「左傾空談」文學黨性的現實危機性。「這種關門主義，第一，表現在對『第三種人』與『第三種文學』的否定。我們的幾個領導同志，認為文學只能是資產階級的或是無產階級的，一切不是無產階級的文學，一定是資產階級的文學，其中不能有中間，即所謂『第三種文學』」——「這種文學不僅存在著，而且是目前中國革命文學中最佔優勢的一種。

（甚至自稱無產階級的文學作品，實際上也還是屬於這類文學的範圍）」，所以「革命的小資產階級的文學家，不是我們的敵人，而是我們的同盟者。我們對於他們的任務，不是排斥，不是謾罵，而是忍耐的解釋說服與爭取。只有這樣，才能實現無產階級對於小資產階級的領導」。這裏修正了無產階級黨性的左傾空談，實際上承認了「第三種人」和「第三種文學」在文學多元發展中已經佔據主導的地位。「這種『左』的關門主義，第二，表現在文藝只是某一階級『煽動的工具』，『政治留聲機』理論，照這種『理論』看來，凡不願做無產階級煽動家的文學家，就只能去做資產階級的走狗。這種觀點，顯然把文學的範圍大大的縮小了，顯然大大地束縛了文學家的『自由』」。因為「在革命的小資產階級的文學家中間，有不少的文學家固然不願意做無產階級的『煽動的工具』或『政治留聲機』，但是他們同時也不願意做資產階級的『煽動的工具』或『政治留聲機』，他們願意『真實的』『自由的』創造一些『藝術的作品』」。所以，「我們對於不能像我們一樣做的文藝家，應該給他們以『自由』，因為事實上我們也沒有法子強迫他們像我們一樣的去做。我們的任務是在教育他們，領導他們，把他們團結在我們的周圍，而不是把他們從我們這裏推開去。」實際上歌德在反對文學的政治工具化的同時，客觀上已承認了「文藝自由」對於文學多元發展的重要性。這樣，在確定「第三種人」的「同路人」地位以及其文學創作的「自由」之後，關於文學批評的標準也得到了相應改正：「文學作品都有階級性，但絕不是每一文藝作品，都是這一階級利益的宣傳鼓動的作品，甚至許多文藝作品的價值，並不是因為他們是某一階級利益的宣傳鼓動品，而只是因為他們描寫了某一時代的真實的社會現象……許多揭破現社會的矛盾，描寫小資產階級的沒落的

作品，可以不是無產階級的作品，但可以是有價值的文藝作品」。
這裏表明在文學批評中對於藝術性與階級性，要求同樣予以重視，
誠然，他把階級性標準仍然被置於藝術性之前，並且藝術性標準則
主要是限於文學的真實性。然儘管如此，這一批評標準提出仍然有
助於減緩政治霸權文壇的形成，促使了政治專橫文壇的消解。歌特
由楊尚昆證明就是張聞天的筆名，後來他經過刪改，又署名科德在
1933 年 1 月 15 日出刊的《世界文化》第 2 期上公開發表，其影響
自然就大。

　　爭議持續到 1933 年 1 月，《現代》第 2 卷第 3 期發表了蘇汶的
《一九三二年的文藝論辯之清算》，同期也發表了馮雪峰化名洛
揚、丹仁寫的《並非浪費的論爭》和《關於「第三種人」的傾向和
理論》兩文，雙方至此開始變得較冷靜相待，在堅持原有觀點的同
時，也坦承了自己的偏見。馮雪峰還誠懇地檢查了左翼文壇的「宗
派性」，說「所有非無產階級的文學，未必都就是資產階級的文學
的蘇汶先生的話是對的；而且我們不能否認我們——左翼的批評家
往往犯著機械論的（理論上）和左傾宗派主義的（策略上）錯誤。」
他修正原先自己的看法，承認了這次的爭論是新文學內部左翼文藝
家與同盟者之間的爭議，不是敵我鬥爭，與魯迅的態度相一致。蘇
汶也自責先前丹仁先生對他的誤解，「是由於我自己給予了太多的
叫人誤解的機會之故」。同年 3 月 25 日蘇汶編的《文藝自由論辯
集》，由現代書局出版。在編者序中他說「本書的編成，並非就是
由我個人來宣告辯論終結，但據我看，已告一段落是可以說的」。
不過到了 1935 年，蘇汶辭去《現代》的編務，與楊邨人、韓侍桁
合辦《星火》雜誌，辦了「一個完全是自己的刊物」（《星火·前致
辭》），其態度有所變化，這裏姑且不論。

　　當我們今天重新看待這場爭論時，已可以完全摒棄屬於那個特殊時代的意氣和偏見。設身此地想想，當時左翼文壇在蘇聯所謂無產階級文藝理論影響下，將文學作為政治宣傳的工具和階級鬥爭的武器，其對「文藝自由論」以政治的敏感去批判，確也可以理解，蓋有一定的歷史合理性。但是從是否有利於文學的多元發展的角度看，胡秋原、蘇汶等人的文學觀點更多符合文學自身發展的規律。左翼文壇的主張其實是對文學的一種強制要求，一種致命的消解，文學受到過多的外部束縛，必然局限窒息文學的發展。儘管左翼文壇的部分批評家已經意識到「左」的危害性，努力自省迴避「左」的作風，爭取對非革命的各類作家取相容團結的態度。但是在實際文學批評中，一旦涉及文學與政治關係，文學與階級鬥爭時，他們往往又不自覺地表現出「左」的言論和行為。這是一種深刻的歷史現象，是由特定的時代環境和條件所決定的。當初爭議雙方都主張用馬克思主義文藝理論，自稱是「忠實的馬克思主義信徒」。雖然他們都翻譯過蘇聯一些馬克思主義的文藝理論著作，但是他們對文學深層的一系列複雜問題都缺乏充分的認識和足夠的闡釋力。尤其是左翼批評家，他們只意識到了批評方法上的所謂革命，其實他們還無力自審其理論支點仍嫁接在左傾機械論上。因此任何的反省自然都是表層的，即使有良好的願望，也難於真正在理論上劃清界限，沒有足夠的力量在具體批評中保持清醒和冷靜。這當然不只是他們個人的悲哀，更多的是社會在發展中必須由他們這代人來承載的缺陷。不幸的是，這種簡單偏頗幾近於粗暴的批評思維方式，在之後半個世紀的文藝批評中，不僅沒者消失，而且變本加厲，到了延安時期和建國之後，則進入「武器的批判」時代，什麼「文學從屬於政治」、「文藝是階級鬥爭的工具」成為文學界無人敢碰，碰則

遭殃的權威咒語。「文化大革命」十年，更是登峰造極，從而摧殘
了一批又一批作家、評論家的心靈，這對中國文學的發展不能不說
是一個莫大的悲哀。直至上世紀八十年代，通過「為文藝正名」的
大討論才得到澄清。

# 第七章 「幽默小品文」之爭

　　上世紀三十年代的中國文壇，文藝思想、文學流派異常活躍，不同文藝思想的交鋒也顯得十分激烈。繼「文藝自由」爭議之後，左翼文壇又與林語堂為代表的論語派在幽默和小品文的創作問題上展開了另一場爭議。

　　林語堂提倡文學幽默性是很早的。1924 年 5 月 23 日他在《晨報副刊》上發表《徵譯散文並提倡「幽默」》，要求翻譯必須在忠實原文的基礎上富有幽默性。林語堂說，他早就想做一篇論幽默的文章，「講中國文學史上及今日文學界的一個最大的缺憾（『幽默』或作『詼摹』略近德法之音）。素來中國人雖富於『詼摹』而於文學上不知道來運用他及欣賞他。」當時林語堂的目的只是想打破文壇過於嚴肅正經的「道學面孔」。所以他主張「在高談學理的書中或是大主筆的社論中不妨夾些不關緊要的玩意兒的話，以免生活太乾燥無聊。」同年 6 月 9 日他又在《晨報副刊》上發表《幽默雜話》：「幽默二字原為純粹譯音，行文間一時所想到，並非有十分計較考量然後選定，或是藏何奧義」。他還認為「幽默」的特徵在於「凡善於幽默的人，其諧趣必愈幽隱，而善於鑒賞幽默的人，其欣賞尤在於內心靜默的理會，大有不可與外人道之滋味，與粗鄙顯露的笑話不同。」是時，幽默論對整個社會的影響不大，林語堂本人也僅

僅是提出而已，尚無具體持續寫作的實踐。然八年後的 1932 年 9 月林語堂創辦《論語》之後，就不遺餘力，大倡幽默之風了。其幽默觀也發生了質的變化。幽默從「玩意兒」轉變為「到底是一種人生觀，一種對人生的批評」，「人生是永遠充滿幽默的，猶如人生是永遠充滿悲慘、性慾，與想像的。」他還把幽默這一概念與訕笑、嘲謔、謾罵、諷刺和機警等做了比較，認為「訕笑嘲謔，是自私的，而幽默卻是同情的」，「諷刺每趨於酸腐，去其酸辣，而達到沖淡心境，便成幽默。欲求幽默，必先有深遠之心境，而帶一點我佛慈悲之念頭，然後文章火氣不太盛，讀者得淡然之味。幽默只是一位冷靜超遠的旁觀者，常於笑中帶淚，淚中帶笑。」[1] 林語堂還把幽默分成廣義的和狹義的，廣義的幽默主要指那些令人發笑的文字，而狹義的幽默則不同於淺薄的滑稽和辛辣的冷嘲。他強調自己提倡的是後者狹義的幽默。在這個思想指導下，他在《論語》半月刊上專門開闢「幽默文選」專欄，選載古今幽默文字，同時發表各種談幽默的文章，一時之間，文壇上關於幽默的創作和爭論此起彼伏，熱鬧非凡。正如鄭伯奇所描述的「自從林語堂先生發刊《論語》，公開地提倡幽默以後，中國的寂寞文壇上，東也是幽默，西也是幽默，幽默幽默，大有風行一時之慨。於是，老作家，新作家，既成作家，前進作家，大家提起筆來，都要讓一脈幽默的氣息，滾滾然從筆底流出。」[2] 在熱鬧聲中，韓侍桁在 1932 年 12 月 9 日的《申報·自由談》上發表《談幽默》，他從幽默與中國國民性的關係出發，認為中華民族是一種完全不能理解幽默的蠻野的民族，因為「幽默既不像滑稽那樣使人發笑，也不是像冷嘲那樣使人在笑後覺得辛辣，

---

[1] 《論幽默》，《論語》第 33、35 期 1934 年 1 月 16 日、2 月 16 日。

[2] 《幽默小論》，《現代》第 4 卷第 1 期 1933 年 1 月。

它是極適中地使人在理知上以後在情感上感到會心的甜蜜的微笑的一種意味。」林語堂對此表示贊同，發表了《會心的微笑》[3]，進一步闡述自己關於幽默的看法。無獨有偶，邵洵美也出來嘗試給幽默下定義，他在《論語》第 84 期上發表《一位真正的幽默作家》，其中說，「幽默不是諷刺，後者的笑裏藏著刀，而前者的笑裏藏著體貼與溫存。幽默也不是滑稽，這分別可用微笑與大笑來譬喻……我時常想，孔子所說的『關雎樂而不淫，哀而不傷』，與其說是節制情感的教言，倒不如說是解釋幽默的真義。」在邵洵美看來，幽默是有生命的，但沒有野心；是靜的，不是動的；是知足的，不是無厭的；是忠厚的，不是輕薄的；是內在的，不是外表的。當時，參與「幽默」討論的人不少，徐訏在《幽默論》中說：「人有時候要抽煙，要吃一點糖果，要喝一點茶，要喝一點酒，要喝一杯霜淇淋，一瓶汽水，也要喝一點山泉……這在人可以一生而沒有，但是遇到了就有另外一種滋味，這種滋味常常是屬於心靈……在文章上說來，就是『幽默』。」[4] 這裏道出了幽默就是人生活藝術的「點心」，這確實說出了林語堂有關幽默的真義。還有一種幽默、趣味同等論。這是周劭在《讀中郎偶識》一文中提出來的。他說：「《論語》提倡幽默，幽默猶『趣』也……趣則如山上之色，水中之味，花中之光，女中之態，雖善說者不能下一語；知之者：其惟會心者乎？今有人釋幽默為『會心的微笑』，殊未知三百年前之中郎，早以會心釋『趣』。是則趣與幽默，固為一家，今之解趣者絕鮮，而曲解幽默者眾矣！」[5] 這裏說幽默就是趣味尚有一定的道理，但如果反

[3]　《論語》第 7 期 1932 年 12 月 16 日。
[4]　《論語》第 44 期 1934 年 7 月 1 日。
[5]　《論浯》第 32 期 1934 年 1 月 1 日。

過來，說趣味就是幽默則萬萬不可，蓋周劭也是心知肚明的。這些意見，從本質上看，大多數人的理解是大同小異的。

　　1934 年 4 月林語堂與陶亢德創辦《人間世》半月刊，之後於 1935 年 9 月又與陶亢德、徐訏合辦《宇宙風》，這兩個刊物除繼續倡導幽默外，還承載了林語堂另一個文學理想，即對小品文的培植並發揚光大。他在《人間世・發刊詞》中說：「人間世之創刊，專為登載小品文而設」，「蓋小品文，可以發揮議論，可以暢泄衷情，可以摹繪人情，可以形容世故，可以札記瑣屑，可以談天說地，本無範圍，特以自我為中心，以閒適為格調，與各體別，西方文學所謂個人筆調是也。」「宇宙之大，蒼蠅之微，皆可取材，故名之為《人間世》。」林語堂認為幽默本是小品文另外之一格，兩者之間應相輔相成，以抒發性靈為目標。誠然提倡性靈並非林語堂首創。早在 1932 年 2 至 4 月間周作人在輔仁大學作《中國新文學的源流》演講時就提倡過性靈。他認為「五四」新文學運動是明末公安派性靈文學的繼承，而袁宗道、袁宏道、袁中道三兄弟的「獨抒性靈，不拘格套」的主張和創作即為其代表。林語堂在此時只不過是呼應周作人。他在《〈新的文評〉序言》中說「周作人先生提倡公安，吾從而和之，蓋此種文字，不僅有現存風格足為模範，且能標舉性靈，甚有實質，不如白話文學招牌之空泛。」由於林語堂的極力推崇，論語派刊物上又掀起了一股袁中道熱。林語堂之所以推崇袁宏道等人，是因為他認為袁宏道提倡的性靈文學正是他在西方接受的克羅齊、斯平加恩的學說。克羅齊從直覺即藝術的基本觀念出發，認為直覺本身就是表現，文學藝術是人的情感的反映，否認文學作品與社會生活的聯繫，也否認作家世界觀對創作的直接影響。斯平加恩代表的是表現主義，主張就文論文，只承認各作品有活的個

性，其他任何外來的標準和紀律都與藝術無關，藝術只是作家在某時某地的一種心境的表現。詩人之成功與失敗即在其能否完善的純美的表現自己。於是林語堂認為文學創作應「就文論文，就作家論作家，以作者的境地命意及表現的成功為唯一美惡的標準，除表現本性之成功，無所謂美，除表現之失敗，無所謂惡；且認任何作品，為單獨的藝術的創造動作，不但與道德功用無關，且與前後古今同體裁的作品無涉。」[6]既然藝術只是個人個性的表現，那麼性靈的突出就顯得無比重要了。為了解釋「性靈」，林語堂借助「神感」一詞，他說：「精神到時，不但意到筆隨，抑且筆在意先，欲罷不能，一若佳句之來，胸中作不得主宰，得之無意之中，腕下有鬼自驅弛之，胸中作不得主宰，得之無意之中，故托為『神感』之說……神感乃一時之境地，而性靈賴素時之培養。一人有一人之個性，以此個性無拘無礙自由自在表現之文學，便叫性靈。」[7]綜觀林語堂的幽默觀、性靈觀，其核心就是「自我之情」和「閒適筆調」。他推廣的小品文因此而削弱了政治色彩，突顯濃郁的個人情感。此意反映到刊物上，就是嘲諷時政的文章減少，談個人生活細微的作品增多。當然這些超脫社會現實的主張與新文學的發展是有距離的，蓋不大合時宜罷。

　　林語堂最初倡導幽默之舉，魯迅原本表示肯定。他還深刻分析過當時社會幽默得以流行的原因和積極作用。魯迅在《從諷刺到幽默》一文中寫道：「倘不死絕，肚子裏總還有半口悶氣，要借著笑的幌子，哈哈的吐他出來。笑笑既不至於得罪別人，現在的法律上也尚無國民必須哭喪著臉的規定，並非『非法』，蓋可斷言

---

[6]　《〈新的文評〉序言》，《語絲》第 5 卷第 30 期 1929 年 10 月 7 日》。
[7]　《論性靈》，《宇宙風》第 11 期 1936 年 2 月 16 日。

的。」[8]在魯迅看來，此時的幽默可以是老百姓發洩內心不滿的一種方式。因此，魯迅對林語堂創辦《論語》最初仍持支持態度，並為《論語》寫了不少文章，遵循該刊的幽默風格。例如他在《論語》上發表的《由中國女人的腳，推定中國人之非中庸，又由此推定孔夫子有胃病》、《學生與玉佛》、《誰的矛盾》等等。看起來，魯迅對林語堂的不滿，並不是針對林語堂所提倡作為文學風格之一種的幽默，而是圍繞林語堂對生活、文學所持的一種「閒適」態度。林語堂曾在多篇文章中強調「閒適」的重要性，在《敘〈人間世〉及小品文筆調》中，他認為小品文的筆調就是「閒適之筆調，語出性靈，無拘無礙而已」，又說《人間世》「專提倡此種娓語式筆調，使用此種筆調，去論談人間世之一切」。[9]他在《論談話》一文中還說：「談話與小品文最雷同之點是在其格調之閒適。無論題目是多麼嚴重，多麼重要，牽涉到祖國的慘變和動亂，或文明在瘋狂政治思想的洪流中毀滅，使人類失掉了自由、尊嚴，甚至於幸福的目標，或甚至於牽涉到真理和正義的重要問題，這種觀念依然是可以用一種不經意的、悠閒的、親切的態度表示出來。」他還說，「有閒的社會，才會產生談話的藝術，這是很明顯的；談話的藝術產生，才有好的小品文，這也是一樣明顯的。」[10]其實，林語堂所妄想的有閒社會，有閒生活，對中國來說是做不到的。當時中國正處在「榆關失守，熱河吃緊」，老百姓面臨的是最起碼的生存問題，那有舒適、悠閒的生活可言呢？對林語堂閒適產生文學的看法，魯迅更不贊同，在《「題未定」草（六）》一文中加以反駁說：以陶淵明為例，

---

8  《申報・自由談》1933 年 3 月 7 日。

9  《人間世》第 6 期 1934 年 6 片 20 日。

10  《人間世》第 2 期 1934 年 4 月 20 日。

「就是詩，除論客所佩服的『悠然見南山』外，也還有『精衛銜微木，將以填滄海，刑天舞干戚，猛志固常在』之類的『金剛怒目』式，在證明著他並非整天整夜的飄飄然。這『猛志固常在』和『悠然見南山』的是一個人，倘有取捨，即非全人，再加抑揚，更離真實。」[11]魯迅對林語堂更加不滿的，是林語堂在 1933 年 6 月 20 日同其家屬躲入海格路一家小公寓裏，不敢參加楊杏佛遺體入殮及追悼會。於是，魯迅白天參加了楊杏佛的遺體入殮儀式，晚上就悲憤難抑地給林語堂寫了一封短信，信中說：「前函令打油，至今未有，蓋打油亦須能有打油之心情，而今何如者。重重迫壓，令人已不能喘氣，除呻吟叫號而外，能有他乎？不准人開一開口，則《論語》雖專談蟲二，恐亦難，蓋蟲二亦有談得討厭與否之別也。天王已無一枝筆，僅有手槍，則凡執筆人，自屬全是眼中之釘，難乎免於今之世矣。」[12]1933 年 9 月《論語》創刊周年，魯迅應林語堂之請寫了《「論語一年」》，文中對《論語》雖然有所肯定，但也有所批評，同時魯迅明確表示「我不愛『幽默』，並且以為這是只有愛開圓桌會議的國民才鬧得出來的玩意兒……在中國是不會有的。」[13]林語堂刻意地要將幽默與諷刺區分開，認為「本刊的主旨是幽默，不是諷刺，至少也不要似諷刺為主。」[14]而魯迅認為在當時的社會背景下，「雖幽默也就免不了改變樣子了，非傾於對社會的諷刺，即墮入傳統的『說笑話』和『討便宜』。」[15]他們兩人的分歧的根本點在於：林語堂要求做人做文都超然物外，從容冷

---

[11]　《海燕》第 1 期 1936 年 1 月。

[12]　《魯迅書信集》，人民文學出版社 1976 年版，上冊第 381 頁。

[13]　《論語》第 25 期 1933 年 9 月 16 日。

[14]　《編輯後記》，《論語》第 6 期 1932 年 3 月 7 日。

[15]　《從諷刺到幽默》，《申報・自由談》1933 年 3 月 7 日。

靜，持閒適態度；而魯迅要求與時代共命脈，持積極進取態度，故提倡傾向於社會批評諷刺。對此魯迅坦率地說：「他所提倡的東西，我是常常反對的，先前，是對於『費厄潑賴』，現在呢，就是幽默。」（《「論語一年」》）除魯迅之外，胡風也指出林語堂的幽默不能不受到限制。他說：「第一是，如果離開了『社會的關心』，無論是傻笑冷笑以至什麼會心的微笑，都會轉移人們的注意中心，變成某種心理或生理的愉快，『為笑笑而笑笑』，要被『禮拜六派』認作後生可畏的『弟弟』。第二是，就是真正的幽默罷，但那地盤也是非常小的。子彈呼呼叫的地方的人們無暇幽默，赤地千里流離失所的人們無暇幽默，彳亍在街頭巷尾的失業的人們也無暇幽默。他們無暇來談談心靈健全不健全的問題。世態如此淒惶，不肯多給我們一點幽默的餘裕，未始不是林氏的『不幸』罷。[16]當時反對林語堂以幽默閒適來迴避現實的文章態度都十分明確。有人認為「文學負有組織社會心理的職素，文學不應是茶餘酒後助興解頤的小玩意兒；為了苦悶的民族苦悶的社會，我們該企望著積累和增強戰鬥精神，無須乎以使人笑的幽默文字求憂鬱的一時解放。」[17]也有人認為「我們現在所需要的小品文，不在於它的雅馴，沖淡，漂亮的閒適。而是在於能用著小形的作品，籍這特定的藝術形象，傳達或暗示，對於目前社會現象的批判。」[18]針對當時幽默小品文成了文壇上一種時髦的現象，有人也不無幽默地說：「一部好作品的產生，是由於作家的精細的觀察和他的偉大的經歷及其他的條件寫成的，幽默並不能使一個傻子變成聰明人。」[19]

---

[16] 《林語堂論》《文學》第 4 卷第 1 號 1935 年 1 月 1 日。
[17] 枼犬：《憂鬱解放與幽默文字》《現代》第 4 卷第 5 期 1934 年 3 月 1 日。
[18] 王淑明：《我們需要怎樣的小品文》，《小品文與漫畫》1935 年 3 月。
[19] 鄭重：《幽默與時髦》《現代》第 4 卷第 6 期 1934 年 4 月 1 日。

　　魯迅與林語堂爭議的另一個焦點是關於小品文如何發展，如何導向的問題。小品文創作在五四新文學時期就已發展，魯迅並不否認小品文這種文體本身，他說：「只要並不是靠這來解決國政，佈置戰爭，在朋友之間，說幾句幽默，彼此莞爾而笑，我看是無關大體的，就是革命專家，有時也要負手散步；理學先生總不免有兒女，在證明著他並非日日夜夜，道貌永遠的儼然。」所以，魯迅以為「小品文大約在將來也還可以存在於文壇。」[20]魯迅將小品文分為「文學上的小擺度」和「戰鬥的小品文」，並且認為前者「可以靠著低訴或微吟，將粗獷的人心，磨得漸漸的平滑。」而後者卻「是匕首，是投槍，能和讀者一同殺出一條生存的血路的東西」。[21]他反對的依然是在國難當頭之時，只是以「閒適」為主的小品文。關於林語堂的小品文，胡風也有個評價的，他說：「他的以及《人間世》裏面一部分的小品文，在形式上已經承襲了『語錄體』，和文言訂下了『互惠條約』，在內容上漸漸走進了士大夫的閒居情趣，身邊瑣事，以至懷古的幽思。文學上的這個反常的現象，和現實社會的逆潮互相照應，甚至那些被五四文學革命運動轟散了的鬼魅也改頭換面地獲得了公民資格。」（《林語堂論》）野容（廖沫沙）也發表《人間何世》的文章，矛頭直指《人間世》和林語堂：「主編《論語》而有『幽默大師』之稱的林語堂先生，近來好像還想謀一個兼差，先前是幽默，而現在繼之以小品文，因而出版了以提倡小品文相標榜的《人間世》。有了專載小品文的刊物，自然不能不有小品文『大師』，這是很邏輯的登龍之道吧。」[22]左翼文壇為了倡導戰鬥小品文，自己創辦了《新語林》、《芒種》、《太白》等刊物，其中似陳望

---

[20]　《一思而行》，《申報・自由談》1934 年 5 月 17 日。
[21]　《小品文的危機》，《現代》第 3 卷第 6 期 1933 年 10 月。
[22]　《申報・自由談》1934 年 4 月 14 日。

道主編的《太白》影響最大，該刊提倡戰鬥小品文，並且將科學小品文與大眾教育聯繫起來，認為科學小品文不僅能引發大眾對科學的興趣，而且還能告訴他們一種活的科學知識。當時有一批科學家例如柳湜、賈祖璋、顧均正、周建人等人都開始從事科學小品文的創作，為中國的科普作出了成績。

對小品文的看法有各種不同意見。施蟄存和康嗣群在 1935 年編輯發行了一本《文飯小品》的刊物，在《創刊釋名》中，康嗣群說：「這一二年來，小品文似乎在文壇上抬了頭。因為抬了頭，於是招了許多誹謗。有的說小品文是清談，而清談是足以亡國的。有的說小品文是小擺設，而小擺設是玩物喪志的東西。有的說小品文不是偉大的作品，而我們這個時代卻需要偉大的作品。這種種的誹謗，其實都不是小品文本身招來的。而是『小品』這個名字招來的，倘若當初不把這種文字稱為『小品』，而稱之為散文或隨筆，我想一定不至於受到這許多似是而非的攻擊的。因為品不品倒沒有關係，人們要的是『偉大』，當偉大狂盛之年，而有人來抬出『小品文』這個名稱，又從而提倡之，這當然幽默得要使一些偉大的人物感到不自然了。」他的態度是「『小品』也許是清談，但不負亡國之責；也許是擺設，但你如果因此喪志，與我無涉。」編者的態度決定了刊物的傾向。《文飯小品》雖然只出了六期，但它不僅刊載了大量趣味閒適的小品，而且參與了當時關於小品文的爭論。施蟄存當時反對魯迅的一些雜文，就在《文飯小品》上發表，《服爾泰》一文，認為魯迅的雜文雖有宣傳作用，但缺少文藝價值，不應是真正的文學作品。他以法國服爾泰為例：「服爾泰當時那種小冊子，目的雖然是在於鼓吹自由，宣傳正義，但因為多是對準了時事發的話，一定不免有許多悻悻然的氣概。這種文章，在當時的讀者群中

的確很有效力，但如果傳給後世人看起來，讀者所處的社會環境既不相同，文字的感應力一定也會得兩樣了，那時服爾泰的文章的好處一定沒有人能感受到，而其壞處卻必然會在異代的讀者面前格外分明。」[23]從文學審美方面來看，他們明顯屬於支持林語堂的一方。然客觀地說，施蟄存的看法不無道理，態度也是中肯的，他既從社會功用性方面肯定了某類文章在特定時期的特定作用，又清晰地看到因時代環境的不同而產生的閱讀心態、作品效應的差異。當時支持林語堂，反對左翼批評小品文閒適筆調的人如謝六逸認為：「提起筆來寫小品，就是『閒適』。沒有閒適，便不能寫『小品』……在寫小品之先，即令忙迫，但既寫小品，就是表示那時已經閒適，因此『閒適』並非小品之罪。」[24]而沈從文則從另一個角度來評價林語堂的小品文，他說：「要人迷信『性靈』，尊重『袁中郎』，且承認小品文比任何東西還要重。真是一個幽默的打算！編者的興味『窄』，因此所登載的文章，慢慢地便會轉入『遊戲』的方面去。作者『性靈』雖存在，試想想，二十來歲的讀者，活到目前這個國家裏，那裏還能有這種瀟灑情趣，那裏還宜於培養這種情趣？這類刊物似乎是為作者而辦，不是為讀者而辦的。」[25]沈從文在文學審美上，雖然一貫堅持文學的自由性、獨立性，但是他也清楚地看到了林語堂文學主張的局限性和不合時宜。這一評價令人值得深思。面對風行一時的幽默小品文，郁達夫出語驚人，認為當時的中國，小品文還不算流行，「若到了國民經濟充裕，社會政治澄清，一般教育進步的時候」，小品文的產量還要增加，功效還要擴大。[26]郁

---

[23] 《文飯小品》第 3 期 1935 年 4 月 5 日。
[24] 《小品文與漫畫》1935 年 3 月。
[25] 《談談上海的刊物》《大公報》1935 年 8 月 18 日。
[26] 《小品文雜感》《小品文與漫畫》1935 年 3 月。

達夫的見解不僅深刻而且有預見性。此外,支持林語堂的刊物有簡又文主編的《逸經》、海戈主編的《談風》、黃嘉德和黃嘉音主編的《西風》等。

與此同時,論語派與魯迅及左翼文壇的爭議,前後還涉及「文人相輕」、「方巾氣」、「西崽」三個方面的不同看法。一、關於「文人相輕」。「文人相輕」是林語堂先提出來的,他於 1935 年 1 月 16 日在《論語》第 57 期上發表《做文與做人》說:「文人好相輕,與女子互相評頭論足相同。」指責當時文壇是白話派罵文言派,文言派罵白話派,民族文學罵普羅,普羅罵第三種人,大家爭營對壘,成群結黨,類似於妓女互相謾罵。此後,他又在《今文八弊》中再次延伸了這一觀點,將文人的門戶之見,攻訐之行歸因於「丫頭醋勁」。林語堂所言並非完全子虛烏有,當時中國社會環境複雜,各種思想、學派紛紜,文壇爭論也異常激烈,確有一些文人或為利益所迫,成為某種政治勢力的附庸,或為私心所怨,泄個人意氣於文章。但林語堂把這種現象看重了,以偏概全,徹底否定是非功過,否定爭論對真理、正義的辨析作用,要求文人在任何時候都保持心平氣和、從容閒適的心態,其實生活中是很難做到的,也是不現實的。對林語堂提出的「文人相輕」,魯迅認為它「不但是混淆黑白的口號,掩護著文壇的昏暗,也在給有一些人『掛著羊頭賣狗肉』的。」因為「文學的修養,決不能使人變成木石,所以文人還是人,既然還是人,他心裏就仍然有是非,有愛憎;但又因為是文人,他的是非就愈分明,愛憎也愈熱烈。從聖賢一直敬到騙子屠夫,從美人香草一直愛到麻風病菌的文人,在這世界上是找不到的。」魯迅以他一貫堅持的戰鬥精神,滿懷激情地呼籲「文人不應該隨和」,而應該「唱著所是,頌著所愛,而不管所非和所憎;他得像熱烈地

主張著所是一樣，熱烈地攻擊著所非，像熱烈地擁抱著所愛一樣，更熱烈地擁抱著所憎——恰如赫爾庫來斯緊抱了巨人安太烏斯一樣，因為要折斷他的肋骨。」[27]魯迅的文章很快有了異議，魏金枝在《芒種》第 8 期發表《分明的是非和熱烈的好惡》，喟然長歎「文人相輕，不外乎文的長短，道的是非，文既無長短可言，道又無是非之分，則空談是非，何補於事！已而已而，手無寸鐵的人呵！」這一觀點其實代表了當時很大一部分文人的心態，他們既對現實不滿，又無勇氣和信心反抗，甚至有時還以清高自許。而魯迅再次振臂力行自己的「熱烈地愛與憎」的宣言，他接連寫下了幾篇論「文人相輕」的文章，肯定地說「文人的鐵，就是文章」[28]在另一篇文章中又說：「在現在這『可憐』的時代，能殺才能生，能憎才能愛，能生與愛，才能文。」[29]陳子展在《太白》上發表《文人相罵論》表明了自己的態度，他說：「我不反對文人相輕，也不勸止文人相罵。倘若有人為了真理，為了正義，說得文雅一點，為了道，罵人於道有利，不免偶然罵人，他就是載道派，我也並不菲薄。再如有人為了意氣，為了性靈，說得文雅一點，為了志，罵人以為得志，不免常常罵人，他就算言志派，我也不會恭維。」言下之意，他不同意林語堂那種超然物外的態度。

　　二、關於「方巾氣」。1934 年 4 月 28、30 日及 5 月 3 日林語堂在《申報·自由談》上連續發表《方巾氣研究》，認為「在批評方面，近來新舊衛道派頗一致，方巾氣越來越重。凡非哼哼唧唧文學，或杭唷杭唷文學，皆在鄙視之列。今天有人雖寫白話，實則在

---

27　《再論「文人相輕」》《文學》第 4 卷第 6 期 1935 年 6 月。
28　《三論「文人相輕」》《文學》第 5 卷第 2 期 1935 年 8 月。
29　《七論「文人相輕」》《文學》第 5 卷第 4 期 1935 年 10 月。

潛意識上中道學之毒甚深，動輒任何小事，必以『救國』『亡國』掛在頭上……」將左翼文壇的批評比作方巾氣、道學氣。同時，他將以「中國無幽默」來批評《論語》的人說成「只有一些一知半解似通非通的人，還未能接受西方文化對幽默的態度。這種消極摧殘的批評，名為提倡西方文化實是障礙西方文化，而且自身就不會有結實的成績。《人間世》出版，動起杭喲杭喲派的方巾氣，七手八腳，亂吹亂擂，卻絲毫沒有打動了《人間世》。」這明顯是在批評魯迅，於是魯迅在 5 月 4 日寫信給林語堂，說「先生之所謂『杭育杭育派』，亦非「必意在稿費，因環境之異，而思想感覺，遂彼此不同，微詞窅論，已不能解，即如不佞，每遭壓迫時，輒更粗獷易怒，顧非身歷其境，不易推想，故必參商到底，無可如何。」[30] 信中既有規勸林語堂不要太多疑的意思，又表明這類人產生的社會背景，他們寫文章與林語堂爭論並非為了揚私名，賺稿費而已。對於方巾氣，《太白》上有文章這樣反駁林語堂：「抵死不肯談『牙膏管蓋子』者固然是『方巾氣』，而以為唯有『牙膏管蓋子』是天地間唯一妙文者，亦未始不是『方巾氣』。倘因『世上沒有絕對的真理』，就以為『世上竟無真理』，雖然好像一無什麼『氣』，可是骨子裏就有一種變相的『方巾氣』。」[31]

　　三、關於「西崽」。林語堂在《人間世》第 27、28、29 期上連續發表《今文八弊》，第一條是「方巾作祟，豬肉薰人」，是批評左翼文壇「抹殺幽默小品之價值」的。第二條「隨行隨失，狗逐尾巴」，其中有云：「其在文學，今日介紹波蘭詩人，明日介紹捷克文豪，而對於已經聞名之英美法德文人，反厭為陳腐，不欲深察，求一究

---

[30] 《魯迅書信集》上冊第 536 頁。
[31] 卞正之：《「言志」與「載道」》，《太白》第 1 卷第 9 期 1935 年 7 月。

竟。此與婦女新裝求入時一樣，總是媚字一字不是，自歎女兒身，事人以顏色，其苦不堪言。」魯迅認為指的是自己，於是在《「題未定」草（三）》中說明自己為什麼要翻譯介紹波蘭、捷克的文學，實因「中國境遇，頗類波蘭，讀其詩歌，即易於心心相印，不但無事大之意，也不存獻媚之心……誠然，『英美法德』，在中國有宣教師，在中國現有或曾有租界，幾處有駐軍，幾處有軍艦，商人多，用西崽也多，至於使一般人僅知有『大英』，『花旗』，『法蘭西』和『茄門』，而不知世界上還有波蘭和捷克。」[32]而第三條「賣洋鐵罐，西崽口吻」。林語堂認為「今人一味仿效西洋，自稱摩登，甚至不問中國文法，必欲仿效英文……此類把戲，只是洋場孽少的怪相，談文學雖不足，當西崽頗有才。此種流風，其弊在奴，救之之道，在於思。」魯迅在《「題未定」草（二）》中進行了反擊：「西崽之可厭不在他的職業，而在他的『西崽相』。這裏之所謂『相』，非說相貌，乃是『誠於中而形於外』的，包括著『形式』和『內容』而言。這『相』，是覺得洋人勢力，高於群華人，自己懂洋話，近洋人，所以也高於群華人；但自己又係出黃帝，有古文明，深通華情，勝洋鬼子，所以也勝於勢力高於群華人的洋人，因此也更勝於還在洋人之下的群華人……倚徙華洋之間，往來主奴之界，這就是現在洋場上的『西崽相』。但又並不是騎牆，因為他是流動的，較為『圓通自在』，所以也自得其樂，除非你掃了他的興頭。」魯迅認為如此的「西崽相」才是真正令人深惡痛絕的。

　　重新面對七十多年前的這場爭議，我在《中國現代文學流派漫談》（臺灣秀威資訊科技股份公司出版）一書的第十章《論語派》中曾談過如何看待論語派的三點意見：即一、要承認個人主體獨

---

[32] 《文學》第 5 卷第 1 期 1935 年 7 月。

立性與自由主義的合法性；二、要認識「幽默閒適」與文學現代
性的關係；三、要認識到工業文化生產時代，商業文化機制的生
成，會產生精英文學與大眾文學共存的格局，以便滿足社會的文
化消費需要。這是從理論上來說明的。而現在我想以另一個角度
談談對這場爭議的再認識。首先我們要正確地給林語堂定位；其次
我們要瞭解林語堂在三十年代中葉為什麼要提出幽默和小品文的
話題。只有弄清了這些問題，才能有助於我們歷史地客觀地認識這
場爭議。

　　林語堂無疑是愛國的。他的一生，無論在國內還是國外，對中
華民族始終懷有濃厚真摯的感情。「語絲」時期，他曾以激烈的方
式加入到反對黑暗當局的行列中，與魯迅結下了深厚的戰鬥友誼。
三十年代，他雖然戰鬥的勇氣和熱情有所委頓，但對政黨的抨擊、
國民性的反思及理想之中國的嚮往仍時時見現於文字。去美國以
後，得知中國爆發了抗日戰爭，就念念中國之戰事，感歎「思之令
書生愧死。每思此枝筆到底有何用處？」[33] 在美三十年，他拒絕加
入美國國籍，隨時準備回故土定居。在百忙之中還親自擔任子女們
的中文教師，以防止他們長居國外而遺忘了中國的傳統文化，赫然
一片赤子之心。林語堂在文學上當屬自由主義之列。從創辦《論
語》開始，他始終打出不涉及黨派政治的中間旗號。宣稱「不拿
別人的錢，不說別人的話」，「不附庸風雅，更不附庸權貴」。林語
堂不是政治家，他對時局的批評，不過是從一個愛國的、有良知的
自由知識份子的立場出發，用一介書生，或一個學者的方式進行批
評。儘管如此，他的中間路線不容於左派，同樣也不見容於右派。
右派文學團體「微風文藝社」曾刊登「聲討魯迅林語堂」的「檄文」，

---

[33] 《在美編〈論語〉及其他》，《宇宙風》第 74 朝 1938 年 9 月 1 日。

將林語堂與魯迅並提加以「審判」[34]。可見在當時中國，自由知識份子想在政治的夾縫中生存是有多麼艱難。對文學創作，林語堂遵循的是自己的文學理念。他認為文學最重要的是「真」，「不管你存意為人生不為人生，藝術總跳不出人生的。文學凡是真的，都是反映人生，以人生為題材。」（《做文與做人》）而藝術只要是真的，即使不吶喊，也是為人生。所以題材可以是宇宙之大，也可以是蒼蠅之微，關鍵是要抒自我之真情。他提倡幽默、性靈即是此意，與別人提倡遊戲文字根本不同。遊戲文字必裝出丑角面孔，專說慌話；而幽默專說實話，要寓莊於諧，打破莊諧之界限。林語堂並不反對文學表現政治。他只是反對以道學的面孔，借著文學的外衣來表現政治。當然，作為一個自由主義作家，林語堂在強烈展示其自由個性的同時，也綻露出他的局限性。我們知道，中國上世紀三十年代是一個極其混亂的社會，外憂內患，人心惶恐。別的姑且不論，就拿文化思想界來說，統治者加強了對文學運動的鉗制，特別是對進步文學家個人的陷害和殺戮。其中他侄子林惠元 1933 年 5 月 19 日在家鄉漳州以「通匪嫌疑」罪被政府當局殺害。事隔一個月，6 月 18 日中國民權保障同盟總幹事楊杏佛被特工暗殺。林語堂與楊杏佛既是中央研究院的同事，又同是中國民權保障同盟的領導。這兩件事使林語堂痛感時世險惡，性命難全，由此產生「欲據牛角尖負偶以終身」的念頭，於是學乖，任雞來也好，犬來也好，總以一阿姑阿翁處世法應之。這種明哲保身的辦法，就是寫文章時少談政治，少惹是非，多談生活瑣事。當然，這時的林語堂與早期那個敢於肉搏擊鬥，毀咒惡罵的林語堂實在有了天壤之別，這種變化顯然導致了他所編刊物風格的變化。

---

[34] 《聲討魯迅林語堂》《申報》1934 年 7 月 26 日。

對於林語堂從《論語》到《人間世》、《宇宙風》主編風格的變化，歷來研究者有不同看法。林語堂在《自傳》中說，在十分危險中，為了「樹立自衛」的機制，就採用「滑口擅辯」的辦法。林語堂將自己的轉變歸屬於一種自衛行為，從某種意義上講，林氏的作為無可厚非，應該理解。任何一個時代，先驅先賢畢竟都是少數，更多人首先要滿足生存需要。論語派雜誌得以暢銷的原因，大概就是它們既避過政治鋒芒，苟全性命於亂世，又能保留一點自己說話的園地，可以發發牢騷，出出悶氣的緣故。錢杏邨在《現代十六家小品・林語堂小品序》[35]中也有個分析。他認為在一個社會的變革期中，由於黑暗現實的壓迫，文學家有三種路可走。一種是打硬仗主義，魯迅是代表；二是逃避主義，周作人是代表；三是幽默主義，這些作家，打硬仗既沒有勇敢，實行逃避又心所不甘，諷刺未免露骨，說無意思的笑話會感到無聊，其結果，就走向了「幽默」一途，這是不得已而為之的辦法。這裏錢杏邨準確把握了林語堂作為自由主義作家的雙重心態，既想保性命之全，又不甘心對社會弊病完全沈默。儘管他們品評時弊的熱情會因為當局統治的專橫而趨於細微，但是那種關心時事的特徵在他們身上從未徹底消失過。關於林語堂的轉變也有人歸結為一個戰士的蛻變，例如悍膂（聶紺弩）在《再談野叟曝言》（《太白》第 2 卷第 1 期 1935 年 3 月）一文中，認為林語堂從戰鬥中沒有得到什麼光榮的戰績，只得到失敗的創傷，而這創傷使他容易傷感地想到在戰鬥中所受的犧牲無謂，想到早知今日，倒不如根本不戰鬥的好，這樣的心情，使他回復到戰鬥以前的自己而成為敵人底精神的俘虜。以上多人的分析都有其合理的方面，然林語堂的轉變可能與他當時的經濟狀況也有關係。據施

---

[35] 光明書局 1934 年版。

建偉先生在《林語堂在大陸》[36]中推算，在三十年代初期，林語堂月平均收入近 2000 大洋，在當時的文化圈中可謂是經濟大腕，優越的經濟地位，在客觀條件上使他可以享受閒適生話的樂趣。而他的個性也喜歡追求生活的舒適和享受。而人一旦要你在現實的貧窮與富有之間抉擇的時候，往往會為了後者而放棄一些原以為崇高的東西。於是，林語堂的退縮自守，完全是由於他的人生觀所決定，雖然是為了自我利益而屈服的，但畢竟也是人之常情，情有可原的。

魯迅與林語堂的人生觀不同，所以可以說這場爭議是兩種人生觀的爭議。從整個爭議的情況來看，無可否認，對林語堂來說多少有點委屈。他多次表白：「前半《論語》，不知是憑何一股傻氣，不有此傻氣，至今尚不見得有其他文人敢冒此大不韙，提倡幽默。當日只想辦一如西洋之幽默刑物而已，並未叫全國讀幽默文，尤不望轉移什麼文風。」[37]他又說：「《論語》提倡幽默，也不過提倡幽默而已，於眾文學要素之中，注重此一要素，不造謠，不脫期，為願已足，最多希望於一大國中各種說官話之報外有一說實話之報而已，與救國何關？《人間世》提倡小品文，也不過提倡小品文，於眾筆調之中，看重一種筆調而已，何關救國？」(《今文八弊》)可見，林語堂的努力都只是圍繞自己的刊物，貫徹自己的文學宗旨，而幽默閒適作為文學風格多元中之一元，無論由誰來提倡都屬正常的文學建設，不應該受到討伐。可惜林語堂提倡的結果是「個人筆調也錯，小品文也錯，幽默也錯，談古書也錯，甚至談人生也錯，雖然個人筆調，小品文，幽默，古書，大家都在跟我錯裏錯。」(《寫

---

[36] 北京十月文藝出版社 1991 年版。
[37] 《寫中西文之別》《宇宙風》第 6 期 1936 年 12 月 1 日。

中西文之別》）這裏我們又如何來看待林語堂的委屈呢？答案可能
是：對林語堂個人來說，提倡幽默小品，提倡性靈閒適恰得其時，
的確無可非議。但對當時中國的現狀來說可能不得天時。在這次「幽
默小品文」的爭議之前，左翼文壇已經與新月派、自由人、第三種
人展開過爭論，其焦點都是圍繞文學與政治的關係、文學的藝術標
準及作家的創作自由等問題，論爭的結果雖然當時無法用是非來分
清，但是左翼的意見確實也有了影響。林語堂在這之後企望一種「私
人化」的寫作，勢必會受到左翼文壇的反對。作為自由主義作家，
林語堂有權保持自己談論政治自由，他的言論一旦作為文字公佈於
刊物，必然涉及觀點的正確與否，面臨公眾話語的評判。因此左翼
文壇就一些政治觀點對林語堂展開批評是必然的反應。林語堂在
《四十自敘》中說：「生來原喜老百姓，偏憎人家說普羅」，如在《論
語》中時有抨擊政府當局的言論一樣，在《人間世》、《宇宙風》中，
他也時有反對無產階級和革命鬥爭的言論。對此，魯迅都予以了回
音，也是情理之中的事。

　　誠然，這場爭議，與左翼文壇對胡秋原、蘇汶的批評有許多相
似之處。林語堂、胡秋原、蘇汶都堅持作家的獨立性和文學創作的
自由性，反對文學與政治聯姻，將文學變成政治的傳聲筒。他們都
主張文學的真實性，認為只要是真的文學就是反映人生的文學，因
此，不應該在體裁、內容、風格上限制作家的創造。但這兩場爭議，
也有不相同的地方。胡秋原、蘇汶辯論時的理論依據主要是所謂馬
克思主義以及蘇聯革命文藝理論，他們與左翼文壇的論爭主要在文
學的階級性，文學與政治的關係等問題上展開，較少涉及具體的文
學作品。而林語堂卻是排斥共產主義理論，主要從西方人本主義、
表現主義以及中國傳統文化中尋求理論支柱。他與左翼文壇的爭議

更多是關於作品的格調、內容及體裁。在論爭規模上，比前場爭論也要小，左翼作為一個集團的力量並不突出，基本是以個人的身份發表文章，是一次比較平等的討論。雖然不能說其中完全沒有一點誤會及個人意氣之見，但從整個關於幽默小品文的爭議來看，還是比較就事論事，較少私人之間的恩怨攻擊和謾罵。魯迅對林語堂的批評主要是針對他的閒適觀，說明它在當時社會裏的危害性，時有規勸之意，並不是對林語堂本人的攻擊，更不是對林語堂進行歷史評價。事後有人利用魯迅的批評，無限上綱上線，作為對林語堂的歷史定論，顯然是一種相當輕率、粗暴的研究方法。我們今天應該承認，林語堂在創作實踐上提倡幽默，推崇性靈小品文，對現代文學特別是散文寫作的發展無疑是一種極大的豐富和貢獻。隨著社會的日趨進步，國家的日趨隱定，林語堂所提倡的閒適小品文，當今再一次得到了廣大讀者的普遍認可，這是歷史對其藝術性的肯定。

# 第八章 「兩個口號」之爭

　　所謂「兩個口號」之爭，就是 1936 年以魯迅和周揚為代表的兩派左翼作家圍繞「國防文學」和「民族革命戰爭的大眾文學」兩個口號進行的激烈爭論。它的經過基本上是這樣的。「九・一八」事變後，日本帝國主義不斷擴大對中國的侵略，尤其 1935 年華北事變後，民族危機空前嚴重。抗日救亡成為中華民族的共同任務。於是中國共產黨中央於 1935 年 8 月發表了《為抗日救國告全體同胞書》即《八一宣言》，提出停止內戰，一致抗日的主張。1935 年底和 1936 年初，「上海文化界救國會」和「北京文化界救國會」先後成立，號召全國文化界聯合起來共同抗日，當時上海文藝界的中共組織失去了與中央的聯繫，他們只能從外國報刊的有關報導來瞭解國內外形勢和黨內情況。他們從《國際通訊》和《救國時報》上，看到了共產國際季米特洛夫的《法西斯的進攻與共產國際的任務》，以及王明《論殖民地和半殖民地的革命運動與共產黨的策略》和《八一宣言》，從中瞭解到有關建立反帝民族統一戰線、「國防政府」、「抗日聯軍」等精神。此外，他們還看到了王明指令蕭三給「左聯」負責人的信。這封信在肯定左聯的一些成績的同時，也批評了左聯的關門主義錯誤，並且要求解散左聯，另行組織一個能夠團結廣大作家的團體。魯迅基本上同意這一意見，但認為應該發表宣

言。左聯的中共領導起初表示同意，後來不知因何種考慮，致使左
聯在 1936 年 2 月無聲無息中解散了，並且將「國防文學」作為文
藝界的抗日民族統一戰線的口號提了出來。

　　「國防文學」的名稱，是由周揚提出來的。他在《「國防文學」》
一文中說：「在戰爭危機和民族危機直迫在眼前，將立刻決定中國
民族的生死存亡的今日，『國防文學』的作品在中國是怎樣的需要
呀。」[1]1936 年 2 月，周揚等人在《生活知識》雜誌第 1 卷第 11
期刊出「國防文學」特輯，發表了一組文章，正式把「國防文學」
作為文藝界的抗日民族統一戰線的口號提了出來，並展開討論。周
立波、何家槐、張尚斌、王夢野、萌華、叔子等人都發表文章，表
示贊同這一口號。可是，徐行卻先後發表了《評「國防文學」》、《再
評「國防文學」》和《我們現在需要什麼文學》等文章，用階級分
析的方法去透視「國防文學」論者的政治姿態，反對建立民族統一
戰線和「國防文學」，指責「國防文學」陷入了「愛國主義的污池」
把「仇敵化為兄弟」，是「瞎說」，和「胡言」。徐行的觀點，遭到了
國防文學論者的反駁。永修、廉崖分別發表《國防文學的社會基礎》
和《國防文學否定論者的根源》，指責徐行犯了機械的取消論錯誤，
把自己孤立起來，跟托洛茨基反對國際上的反戰反法西斯聯合戰線
的口吻相似。周揚則在《關於國防文學——略評徐行先生的國防文
學反對論》和《現階段的文學》等文章中說徐行的錯誤根源，是他
對於統一戰線理論和中國目前形勢之完全無理解；說徐行根本否認
或者簡直不知道，反帝聯合戰線是中國民族革命的主要策略。並且
認為「國防文學」是在新形勢下提出來的口號，「它要號召一切站
在民族戰線上的作家，不問他們所屬的階層，他們的思想和流派，

---

[1]　《大晚報・火炬》1934 年 10 月 27 日。

都來創造抗敵救國的藝術作品，把文學上的反帝反封建的運動集中到抗敵反漢奸的總流。」「國防的主題應當成為漢奸以外的一切作家的作品之最中心的主題」[2]。郭沫若也發表《國防‧污池‧練獄》的文章同情和支持「國防文學」口號，認為「凡是非賣國的，非為帝國主義作倀的人或作品，都和我們的目標相近，我們都可以和他們攜手」。但他又認為「國防文學」最好擴大為「國防文藝」。而「國防文藝」應該是「作家關係間的標幟，而不是作品原則上的標幟」，指出作品「並不是一定要寫滿蒙，一定要寫長城，一定要聲聲愛國，一定要句句救亡，然後才是「國防文藝。」[3]經過討論「國防文學」口號產生了廣泛影響，得到了不少作家的認同，並相繼出現了「國防音樂」「國防詩歌」「國防戲劇」「國防電影」等口號，形成了一個「國防文學」運動。《光明》、《文學》、《文學界》等刊物構成了「國防文學」論者的主要陣地。周揚、艾思奇、徐懋庸等人的文章構成支持「國防文學」的最有代表性的見解。並且在 1936 年 6 月 7 日成立了「中國文藝家協會」，通過協會的簡章和宣言。協會吸納成員 111 名，郭沫若、茅盾也參加了，魯迅由於對解散「左聯」和「國防文學」口號有不同意見，因而沒有參加。

　　1936 年 4 月 20 日，馮雪峰以黨中央特派員身份由陝北瓦窯堡來到上海工作。他的一個主要任務就是向上海文藝界傳達黨的抗日民族統一戰線政策。他先跟魯迅傳達了抗日民族統一戰線政策精神，隨後與魯迅、胡風、茅盾研究了當時上海文藝界狀況，決定提出「民族革命戰爭的大眾文學」的口號，並由胡風寫了《人民大眾向文學要求什麼》一文，在 1936 年 5 月 31 日第 3 期的《文學叢報》

[2]　《現階段的文學》《光明》第 1 卷第 2 號 1936 年 6 月。
[3]　《文學界》第 1 卷第 2 號 1936 年 7 月 10 日。

上發表。「民族革命戰爭的大眾文學」這一口號究竟是怎樣形成的，是誰最早提出來的，是有不同說法的。從最早發表文章看，無疑應該是胡風為最早提出者，然唐弢說馮雪峰曾對他說過「『民族革命戰爭的大眾文學』口號是由魯迅提出的，魯迅在提出這個口號時曾與胡風、馮雪峰商量，後來又徵求了茅盾的意見」。[4]而魯迅自己的說法是：「『民族革命戰爭的大眾文學』這口號不是胡風提的，胡風做過一篇文章是事實，但那是我請他做的，他的文章解釋得不清楚也是事實。這口號，也不是我一個人的『標新立異』，是幾個人大家經過一番商議的，茅盾先生就是參加商議的一個。」[5]茅盾在《我走過的道路》中回憶道：「魯迅說：現在打算提出一個新口號—『民族革命戰爭的大眾文學』，以補救『國防文學』這口號在階級立場上的不明確性，以及在創作方法上的不科學性。這個口號和雪峰、胡風商量過。雪峰插嘴道：這個新口號是一個總的口號，它是無產階級革命文學的繼承和發展，可以貫串相當長的一個歷史時期；而『國防文學』是特定歷史條件下的具體口號，可以隨著形勢的發展而變換。魯迅說：新口號中的『大眾』二字就是雪峰加的。又問我有什麼意見。我想了一下道：提出一個新口號來補充『國防文學』之不是，我贊成，不過『國防文學』這口號已經討論了幾個月了，現在要提出新口號，必須詳細闡明提出它的理由和說明白它與『國防文學』口號的關係，否則可能引起誤會。這件工作別人做是不行的，非得大先生親自來做。魯迅道：關係是要講明白的，除非他們

---

4　《中國現代文學運動史料編年》，山西高校聯合出版社 1996 年版中冊第 364 頁。

5　《答徐懋庸並關於抗日統一戰線問題》，《作家》第 1 卷第 5 期 1936 年 8 月 15 日。

不准提新口號。」[6]可是，胡風的說法有所不同，他說：「馮雪峰到上海當天我到魯迅家就見到了，第二天或第三四天在魯迅三樓後房談話時，他說『國防文學』口號他覺得不好，從蘇聯剛回來（？）的潘漢年也覺得不妥當似的，要我另提一個，我就提了這個口號。第二天去時（他暫住魯迅家），他告訴我，周先生也同意了，叫我寫文章反映出去。我當晚就寫了這篇文章，第二天拿給他看。第三天見到時，他還給我說，周先生也看了，說可以，叫我給什麼地方發出去。我交給聶紺弩和光華大學學生馬子華等編的《文學叢報》（第三期）發表了」。胡風又說「只是閒談中他要我提的，提出時，我用的是『人民文學』……但馮雪峰說我們用慣了，可以改成『大眾文學』。其餘他都同意，沒有討論，當晚他向魯迅談過，魯迅同意了。第二天見到時他就叫我寫文章反映出去。文章，他看過，他也給魯迅看過，沒有改動一個字。後來問題鬧大了，周揚、夏衍們組織大圍剿，馮雪峰才請魯迅公開答覆徐懋庸，並請魯迅聲明是魯迅提的，請我寫了文章。這是為了抵抗周揚、夏衍們的攻勢，好像為我解脫，其實是為他自己在『上海文藝界地下黨組織』即周揚、夏衍們裏面受到的圍攻解圍。為顧全大局，魯迅只好承擔了這個責任。魯迅在答徐文中對『國防文學』的妥協態度也是馮雪峰為了安撫周揚們提的……提出口號時，茅盾全不知情。只是馮雪峰要魯迅這樣提時可能先取得了茅盾的同意……所以他對口號問題採取了曖昧的騎牆態度。」[7]胡風的回憶與馮雪峰、魯迅、茅盾的說法具體問題上雖然有差異，但是他們畢竟都一致同意「民族革命戰爭的大眾文學」口號的提出。龍貢公、聶紺弩、張天翼、路丁等人則陸

---

6　《茅盾全集》第 35 卷第 62 頁。
7　《胡風全集》第 6 卷第 572-574 頁。

續在《夜鶯》、《文學叢報》、《現實文學》、《作家》等刊物上發表文章，表示贊同這口號。此外，魯迅等 63 名文藝界人士於 1936 年 7 月 1 日發表了《中國文藝工作者宣言》。但設有成立社團。兩個口號的論爭據全國當時 300 多種報刊的不完全統計，發表的相關文章多達 480 多篇，可見其激烈的程度。

「民族革命戰爭的大眾文學」一提出，就引起了周揚、徐懋庸等「國防文學」論者的反對。他們以為這是胡風個人的意見，有意跟「國防文學」口號相對抗，是對文藝界統一戰線的重大妨礙，紛紛在《文學界》、《光明》以及《質文》等刊物上發表文章，批駁胡風和「民族革命戰爭的大眾文學」口號。徐懋庸率先在 1936 年 6 月 10 日《光明》第 1 卷第 1 期上發表《「人民群眾向文學要求什麼」》一文，批評胡風提出的口號「籠統和空洞」，不宜作為文學的口號。說胡風隻字不提「國防文學」口號則是「故意標新立異，要混淆大眾的視聽，分化整個新文藝運動的路線」，並且認為只有「國防文學」口號，才為群眾理解和擁護，事實上已經成了「一個最廣泛的動員文學上的一切民族革命力量的中心口號了。」周揚於 6 月 25 日《光明》第 2 期發表了《現階段的文學》一文，指責胡風犯了一個「嚴重的基本認識的錯誤」，「不瞭解民族革命統一戰線的重要意義」。並且認為「國防文學」已經是一種存在，已經有了新的大團結，已經創造了「國防文學」作品，他例舉《八月的鄉村》、《生死場》以及《賽金花》等。

「民族革命戰爭的大眾文學」受到非難後，魯迅當時在病中，由馮雪峰筆錄，魯迅口述了《答托洛斯基派的信》和《論現在我們的文學運動》兩篇文章。同年 7 月《文學界》第 1 卷第 2 號上發表了《論現在我們的文學運動》。《現實文學》第 1 號上同時發表了

《答托洛斯基派的信》和《論現在我們的文學運動》。前一篇文章主要斥責托派陳仲山（陳其昌）的無恥讕言，表示自己是共產黨的同志，贊成共產黨的抗日統一戰線政策。後一篇談的是兩個口號的問題。魯迅說：「民族革命戰爭的大眾文學，是無產階級革命文學的一發展，是無產革命文學在現在時候的真實的更廣大的內容。」「新口號的提出，不能看作革命文學運動的停止，或者說『此路不通』了。所以，決非停止了歷來的反對法西斯主義，反對一切反動者的血的鬥爭，而是將這鬥爭更深入，更擴大，更實際，更細微曲折，將鬥爭具體化到抗日反漢奸的鬥爭，將一切鬥爭匯合到抗日反漢奸鬥爭這總流裏去。決非革命文學要放棄它的階級的領導的責任，而是將它的責任更加重，更放大，重到和大到要使全民族，不分階級和黨派，一致去對外。這個民族的立揚，才真是階級的立場。」在兩個口號的關係上，魯迅認為「民族革命戰爭的大眾文學，正如無產革命文學的口號一樣，大概是一個總的口號罷。在總口號之下，再提些隨時應變的具體的口號，例如『國防文學』『救亡文學』『抗日文藝』……等等，我以為是無礙的。不但沒有礙，並且是有益的，需要的。」同時指出民族革命戰爭的大眾文學的批評和創作不應「太狹窄」，要「廣泛得多，廣泛到包括描寫現在中國各種生活和鬥爭的意識的一切文學。」茅盾在同期《文學界》上發表了《關於〈論現在我們的文學運動〉》一文。這是寫給《文學界》編者的信，表示支持魯迅對兩個口號的解釋——兩個口號不是對立的，而是相輔相成的。同時批評了胡風在提「民族革命戰爭的大眾文學」口號時的不當之處，認為魯迅的文章「卻是明確而且扼要，而且觸及的現文壇的重要的問題，已經很多。」

　　然而《文學界》編者不僅把魯迅的文章排在後面，而且在茅盾
千把字的文章後面，加了一個幾百字的《附記》。其中寫道：「國防
文學」口號提出後，已被全國文學界「正確地接受，熱烈地擁抱，
成了現階段的中國民族革命戰爭文學的中心口號」。而「民族革命
戰爭的大眾文學」口號提出者，卻無視「國防文學」口號的存在，
且其理論基礎顯然犯了錯誤，因此，在讀者中起了不良影響，認為
「同一運動而竟有對立的兩派，大背『統一戰線』的原則」。所以
「民族革命戰爭的大眾文學」這口號，是不是能夠表現現階段的意
義，是一個值得討論的問題。整篇《附記》沒有一句話贊成魯迅關
於兩個口號可以並存的意見。《文學界》是由周揚主編的，《附記》
的意見實際上就是周揚的意見。接著 8 月 10 日出版的《文學界》
第 3 號上出了「國防文學」特輯，發表 17 篇文章，其中 16 篇文章
都表示贊同和支持「國防文學」口號，反對「民族革命戰爭的大眾
文學」口號。只有茅盾的《關於引起糾紛的兩個口號》一文，肯定
了兩個口號可以同時存在，並指出要否認「民族革命戰爭的大眾文
學」口號，便是「宗派主義」、「關門主義」的表現。此外，茅盾還
指出「民族革命戰爭的大眾文學」口號適用於左翼作家的創作口
號，而「國防文學」口號則是郭沫若說的「全國一切作家關係間的
標幟」，不是作家的創作標幟。同時提出在抗日旗幟下聯合起來的
作家在創作上要有更大自由的觀點。而茅盾文章原稿由編者送周揚
「審查」時，周揚寫了一篇反駁文章《與茅盾先生論國防文學的口
號》，在《文學界》同期上發表，完全否定了茅盾提的所有觀點。
例如周揚反對兩個口號並存；反對「民族革命戰爭的大眾文學」作
為左翼作家的創作口號，堅持「國防文學」是創作口號；並且拒絕
了對他的批評，認為茅盾濫用了關門主義和宗派主義的名辭。當然

也反對創作要有更大自由的觀點。於是茅盾又寫了《再說幾句——關於目前文學運動的兩個問題》，抓住周揚的關門主義和宗派主義兩個問題進行了回擊。該文發表於 1936 年 8 月 23 日出版的《生活星期刊》第 1 卷第 12 期上。

徐懋庸於 8 月 1 日寫信給魯迅，對魯迅和「民族革命戰爭的大眾文學」作了指責。指責魯迅半年來「助長著惡劣的傾向」；指責「民族革命戰爭的大眾文學」口號是危害聯合戰線的，而魯迅對它的解釋不能自圓其說；指責魯迅對於現在的基本政策不瞭解，「只以特殊的資格去要求領導權」；還指責魯迅不看事只看人，看人又看得不准，這是造成魯迅近半年來錯誤的根由。這種挑戰，對魯迅造成了極大的刺激。於是他在馮雪峰的協助下，抱病寫了《答徐懋庸並關於抗日統一戰線問題》。魯迅全面地反駁了徐懋庸的指責。首先，表示擁護和參加抗日統一戰線；其次，表明自己對於文藝界統一戰線的態度，「我贊成一切文學家，任何派別的文學家在抗日的口號之下統一起來的主張。」明確指出「作家在『抗日』的旗幟，或者在『國防』的旗幟之下聯合起來；不能說：作家在『國防文學』的口號下聯合起來，因為有些作者不寫『國防為主題』的作品，仍可以從各方面來參加抗日的聯合戰線；即使他像我一樣沒有加入『文藝家協會』，也未必就是『漢奸』。『國防文學』不能包括一切文學，因為在『國防文學』與『漢奸文學』之外，確有既非前者也非後者的文學。」第三，是表明自己與「民族革命戰爭的大眾文學」口號的關係，說這個口號「是為了推動一向囿於普洛革命文學的左翼作家們跑到抗日的民族革命戰爭的前線上去，它是為了補救『國防文學』這名詞本身的在文學思想的意義上的不明了性，以及糾正一些注進『國防文學』這名詞裏去的不正確的意見，為了這些理由

而被提出,那麼它是正當的,正確的。」第四,談了對兩個口號的看法,認為兩個口號雖然有差別,但應當並存。其他還談了對胡風、巴金、黃源等人的看法以及對周揚等人的意見。魯迅這篇文章的發表產生了很大影響,從此之後,爭論雙方都未繼續發表論辯文章。據徐懋庸說,周揚責怪他擅自寫信給魯迅,闖下了「大禍」並開會批評他。而徐懋庸卻認為雖然是他寫了信,但所寫的內容都是平時周揚等人「向我灌了又灌的那一套」現在把責任全推給他是很不公平的,於是與周揚斷絕了關係。[8]稍後 9 月 16 日徐懋庸在《今代文藝》第 1 卷第 3 期上,發表了《還答魯迅先生》一文,指責魯迅有宗派、行幫主義。流亡日本的郭沫若於 9 月 10 日在《文學界》第 4 號上發表《蒐苗的檢閱》,馮雪峰於 9 月 15 日在《作家》第 1 卷第 6 號上發表《對於文學運動的幾個問題的意見》,這可說已是這場爭論的尾聲了。10 月 1 日魯迅、巴金、王統照、茅盾、郭沫若、林語堂、包天笑、沈起予、洪深、周瘦鵑、陳望道、夏丏尊、張天翼、傅東華、葉紹鈞、鄭振鐸、鄭伯奇、趙家璧、黎烈文、謝冰心、豐子愷等 21 人聯合發表《文藝界同人為團結禦侮與言論自由宣言》,刊於《文學》第 7 卷第 9 號。主張全國文藝界同人應不分派別,為抗日救亡而聯合起來。這就宣告了兩個口號論爭的結束和文藝界救亡統一戰線的初步形成。

　　這場爭論綜合起來看,主要集中在三個焦點上:第一個焦點是關於統一戰線和階級立場。周揚他們把中共中央發表的《八一宣言》作為政治思想依據,也就是提出「國防文學」口號的理論前提,因此,認為「國防文學」就是文學上統一戰線的口號。於是魯迅、胡風、馮雪峰他們提出「民族革命戰爭的大眾文學」口號,就是犯了

---

8　《徐懋庸研究資料》江西人民出版社 1985 年版第 93、94 頁。

分裂抗日統一戰線的錯誤。而魯迅、馮雪峰根據瓦窯堡會議精神，在堅持統一戰線立場的同時，仍堅執民族革命戰爭的大眾文學的普羅性質，決非放棄階級的領導責任，認為民族立場與階級立場是一致的。所以，今天我們可以說兩個口號的爭論，很大程度上就是一場爭辯誰的政治立場政治態度更正確的爭論。第二個焦點是聯合口號與創作口號。這兩個口號能否作為作家在救亡旗幟下聯合的口號和反映救亡現實的創作的口號，關涉到兩個口號是否具有政治和文學上的合法性的問題，因而引起雙方支持者的激烈爭論。周揚既強調「國防文學」可以作為統一戰線的標幟，又可以成為作品原則上的旗幟。而且認為「國防文學」是一種標準，反對「創作自由」。而魯迅認為「國防文學」既不能成為一個聯合口號，同時其作為一個創作口號亦成問題。並且肯定了「民族革命戰爭的大眾文學」作為一個創作口號的可能性。提倡作家創作的自由。第三個焦點是對對方口號的審視及兩個口號的關係。對對方口號的審視，雙方更多地是在排斥性的文學空間內進行的，非難和批判構成了這場爭論的基本史實。其中宗派主義情緒起到了相當作用。當然也有比較寬容的一類文章，顯示出對真理和文學思想的追求，比較好地解決了兩個口號的關係，肯定兩個口號共存互補的關係。

兩個口號的論爭如今已成為歷史的陳跡，其觀點上的分歧似乎也無再有多談的價值，但其歷史的影響是深遠的，兩個口號情結，一旦遇到合適的政治氣候，當年參與口號的論爭者就會自覺地從意識形態角度翻檢口號老賬，以圖把對方置於無法申辯的境地。這種情況一直延續到上世紀的五、六十年代，則分別被用來作為政治迫害的「武器」，使雙方當事人無一倖免。胡風最早被打成「內奸」和「反革命」，關進了大牢。接著在 1957 年的「反右」時，在兩個

口號論爭中「反對周揚」成為馮雪峰罹難的「罪證」之一,而在台前指揮的正是「國防文學」口號的提出者周揚、夏衍。更富有意味的恰恰是 1966 年,江青等人整肅周揚、夏衍時也有「反對魯迅」的一條,乃至下獄的一個罪證。應該說兩個口號本身早已經失去了原有的學術價值和意義,但想不到的是為共產黨內的宗派主義和政治實用主義所利用,釀成了一場一場巨大悲劇和思想混亂。周揚晚年反思這場論爭時曾談到,當時之所以激烈批判「民族革命戰爭的大眾文學」口號,就「因為是胡風提的,所以就要跟他爭論」[9]。從表面看起來,這幾乎確實是宗派的意氣,然其深層意義恐怕很難排除這樣一點,就是左翼文化界內部文化資本的攫取和話語權力的爭奪。這種爭奪的原因可能有兩條:第一條是左翼文化界內部權力結構生態不平衡所引起的紛爭;第二條是左翼文化界內部的政治邏輯與文化邏輯的矛盾衝突的一種自然呈現。為了更深入討論這場兩個口號爭論的深層原因,我現在順著這兩條進行一些簡單的分析。

先說左翼文化界內部權力結構生態的不平衡。在解散「左聯」的問題上,魯迅與周揚等人的矛盾已經發展到絕交的地步。這一情況的發生,一直被解釋為是對魯迅不尊重和對魯迅價值缺少認識,其實這是表面現象,深層原因是「左聯」內部結構生態的不平衡,是對「左聯」這一組織的理解和想像的分歧。「左聯」組織建構上的政黨模式,必然把「非黨」盟員邊緣化,於是就出現了一個悖論性現象:作為「左聯」盟主的魯迅,卻處在這個聯盟的邊緣。而魯迅作為盟主不僅來自他的歷史地位,更是得到中共高層的認同,或者說中共高層有意讓魯迅處在盟主位置的。地位上和意圖中的「有」

---

[9] 趙浩生:《周揚笑談歷史功過》《新文學史料》1979 年第 2 期。

與權力組織結構上的「無」，這種尷尬情形，在「左聯」的前期因馮雪峰的中間協調還未充分顯示出來。但等到馮雪峰調出上海，這種脆弱的個人協調就處於破裂。因為後繼者只服膺於「組織結構」的規律和力量，而輕視「歷史地位」和淡漠「高層意圖」的時候，那種「有」與「無」的尷尬便凸現出來。夏衍在晚年解釋「為什麼不早一點去徵求魯迅的意見」的原因之一是：「解散『左聯』，必須先在黨內取得了一致的意見，這化了約半個月的時間。」[10]從革命黨的組織原則上看，這沒有錯，也是擔保當事人認為自己一貫正確的客觀根據和心理依託。但是在一個僅僅具有左翼性質的文化團體中，黨內優於黨外的等級區分以及伴隨之的其他等級區分，無疑與魯迅對「左聯」的理解和想像大相抵牾，也和黨的實際利益大相徑庭。在一個組織結構中，這種等級區分，每每遮蔽了當事人在內心深處認同這種或更多種的等級區分，並滿足於自己處於更高等級上的權力感和權威感。在「左聯」內部形成了一種「不贊同我的，都是我的敵人」的不良心理，這種權力私有心理在後期創造社就開始顯現，經周揚他們在「左聯」後期及「兩個口號」爭論中更顯得突出。於是造成了對魯迅的輕看和怠慢。而魯迅之所以對「同一營壘中的人，化了裝從背後給我一刀」的「憎惡和鄙視」「在明顯的敵人之上」，是因為魯迅他不僅把「左聯」理解為一個共同對敵的聯合戰線，而且也視為能使一種新主體得以產生的新文化之孕育場所。所以從「左聯」創建伊始，魯迅就從「進學做官」的主體訴求上對聯盟戰友們加以提醒。當然他對中國現實和國民性有著深刻的瞭解，對「左聯」成立時的複雜性也心知肚明，但他仍然看重所謂革命作家有个半，有反抗，有戰鬥的一面，而甘願做「人梯」。但

---

[10] 《懶尋舊夢錄》三聯書店 2000 年版第 205 頁。

是結局卻朝著從「革命作家」向「革命權貴」的方向演變，直至這個他付出心血並寄託希望的聯盟，無聲無息地就「潰散」了。他之所以拒絕參加周揚他們策劃的「文藝家協會」就在於他不願意再成為「革命權貴」、「奴隸總管」結黨營私的工具。他之所以拒絕支持「國防文學」口號，也在於一群「所謂革命作家」竟然把左翼文化的階級屬性一筆抹殺。問題的關鍵在於，周揚們不僅把「國防文學」的口號作為唯一的標準，並且用二元對立的習慣性思維，為這神聖不可侵犯的標準設定了一個對立面──「漢奸文學」。魯迅看穿了周揚心理的「把戲」──「這是用來對付不同派的人的，如對付我」。魯迅曾對馮雪峰說過：「我曾經幾次被人指為『漢奸』，去年小報上又說我將『投降南京』。現在他們（指周揚等）又說我『破壞國家大計』，要將我推到『托派』去！[11]可見一個組織的權力結構失衡，所形成的權力私有心理會造成何等的紛爭惡果。

再說左翼文化界內部政治邏輯和文化邏輯的矛盾衝突。左翼文化界內部政治邏輯和文化邏輯，就是說，中國革命中左翼政黨需要左翼文化為其政治目標服務，而左翼文化本身的政治性也決定了它具有這種服務願望和服務功能。但左翼文化也有本身的文化邏輯，這是以文化的基本價值和文化的基本倫理為基礎的，比如對「平等」、「自由」價值的追求，對「無階級社會」的嚮往，自然也包括基本的人權內容。這兩種邏輯並非必然衝突，所以魯迅才會有「文藝……用於革命，作為工具的一種，自然也可以」的話（《文藝與革命》）。同時，他作為一個文學家才站在被壓迫者立場上支持中國共產黨領導的革命。但是當政治力量為了一個具體，甚至狹隘的目標，而要求左翼文化做出全面犧牲時，兩種邏輯勢必會發生衝突。

---

[11] 《雪峰文集》第 4 卷第 511 頁。

魯迅在理論上堅持「革命之所以於口號，標語……之外，要用文藝者，就因為它是文藝」。同時，魯迅在行為上拒絕一些指令或勸告，如李立三讓他發表巴比賽式的宣言；如馮雪峰勸他加入「文藝家協會」；甚至「黨的負責人」逼迫他參加協會，他都給予拒絕[12]，其意義也正在他堅守的文化邏輯。他承認實際政治的價值，也理解他人的政治選擇，他自己也在能力限度內或可接受範圍內為政治目標盡心盡力，但他卻拒絕將任何政治目標絕對化和終極化；拒絕任何政治逼迫文化本身。於是魯迅在政治邏輯與文化邏輯的和諧或者衝突時，始終保留獨立自主的權力。這是魯迅最寶貴的性格。當然，左翼文化的兩種邏輯還表現為另一個層面。從「革命文學」論爭開始，魯迅一直是被批評的對象。如果抽象地加以概括，那麼周揚們的政治邏輯在於：思維上表現為絕對主義；在主體訴求上表現為「合法性」了的權力追求和社會優越位置的佔有；在倫理學上可能因此而不惜手段地獲得「大眾」的擁護。顯而易見，這是與左翼文化的基本價值和倫理訴求相違背的，反而與魯迅一直致力於批判的國民性相吻合。周揚他們的表埦其實就是國民性在左翼文化內部的一種新型的體現，一種對權威力量的絕對崇拜，對「富、貴」特別對「貴」的嚮往，以及潛意識裏的社會統治欲望。這是被精緻包裝了的阿 Q 主義，魯迅對這種國民性的批判正是他後期致力的工作之一，呈現了最為強勁的文化邏輯。這裏不僅體現出魯迅對文藝與政治的歧途有深刻的認識，而且說明他對中國社會和中國革命複雜性的瞭解和把實際政治相對化的至深意識。可幸的是日後文化必須服務於政治的時候，魯迅已乘鶴西去，避免了難堪。

---

[12] 參見《胡風全集》，湖北人民出版社 1999 年版第 7 卷第 102 頁。

# 第九章　「民族形式」之爭

　　有關「民族形式」的爭論大致是在 1939 年底到 1940 年下半年之間進行的。它是文藝大眾化在民族革命戰爭時期的進一步推進，具有豐富的文化內蘊。最早提出民族形式問題並予以定位的是毛澤東。毛澤東在 1938 年的中國共產黨六屆六中全會上所作的報告《中國共產黨在民族戰爭中的地位》中明確提出，要把「國際主義的內容和民族形式」「緊密地結合起來」，創造「新鮮活潑的，為中國老百姓所喜聞樂見的中國作風和中國氣派」。1940 年 1 月，毛澤東又在《中國文化》創刊號上發表了《新民主主義論》，指出「中國文化應有自己的形式這就是民族形式。民族的形式，新民主主義的內容——這就是我們今天的新文化」。民族形式問題以此成為當時解放區、國統區文化界人士討論的重要問題。解放區文化界人士周揚、艾思奇、蕭三、何其芳、柯仲平、冼星海、陳伯達、工實味等人和國統區文化界人士茅盾、郭沫若、向林冰、葛一虹、胡風、羅蓀等人都發表了意見。有關「民族形式」的爭議，大致圍繞如下四個問題而展開。

　　第一個爭論的問題是民族形式如何形成。民族形式問題爭論初期，「舊瓶裝新酒」的觀點頗有影響。當時的「通俗讀物編刊社」

就把「舊瓶裝新酒」奉為該社的「中心主張」。[1]何容在《舊瓶釋疑》
中有這樣幾個判斷:「第一,我們認為舊瓶本質上是無毒的」;「第
二,我們認為舊瓶能夠裝進新酒去,因為我們試驗過了」;「第三,
我們不僅是利用舊瓶,還希望能改進舊瓶」。[2]向林冰是「舊瓶裝新
酒」論的代表,他在《論「民族形式」的中心源泉》一文中,反
對形式的外礫法則,主張「新質發生於舊質的胎內,通過了舊質
的自己否定過程而成為獨立的存在。因此,民族形式的創造,便
不能是中國文藝運動史的『外礫』的範疇,而應該以先行存在的
文藝形式的自己否定為他質。在民族形式的前頭,有兩種文藝形
式存在著:其一,五四以來的新文藝形式;其二,大眾所習見常
聞的民間文藝形式。那麼,民族形式的創造,究應以何者為中心
呢?」他接著分析了民間文藝形式,是大眾所喜聞樂見的形式和
通俗化的根本前提之後,在談到「內容決定形式」的時候,認為
「民間形式」只在其與封建內容或帝國主義思想相結合的場合,
「才是反動的」;「如果和革命思想結合起來,則是有力的革命武
器」。「這就是說,民間形式的批判的運用,是創造民族形式的起
點,而民族形式的完成,則是民間形式運用的歸宿。換言之,現實
主義者應該在民間形式中發現民族形式的中心源泉。」[3]為了強化
他的觀點,在另一篇題為《民間形式的運用與民族形式的創造》的
文章中,他批評黃繩的時候,不無激憤地說:「像這樣,新的民族
形式的創造,不以民間形式的批判的運用為起點,不從舊形式的內
的自己否定中來發現新形式的萌芽,這完全是純主觀性的騰雲駕霧

[1] 《通俗讀物論文集‧關於「舊瓶裝新酒」的創作方法座談會記錄》漢口生
活書店 1938 年 10 月版。
[2] 《文藝月刊‧戰時特刊》第 2 卷第 8 期 1938 年 12 月。
[3] 《大公報‧戰線副刊》1940 年 3 月 24 日。

的文藝發展中的空想主義路線，這完全是不理解『中國老百姓所喜聞樂見的中國作風與中國氣派』是以大眾生活中所習見常聞的自己作風與自己氣派即民間形式為基礎的。」[4]向林冰在這裏不僅高估了民間形式的自我否定能力，而且還把民間形式當作獨立的因素來看待。上述就構成了民間形式中心源泉論的認識基礎。在這場「民族形式」的論爭中，有的人表面上不一定贊同「舊瓶裝新酒」的觀點，但在認識方法上卻脫離不了「新質發生於舊質的胎內」的思想，例如蕭三在他的《論詩歌的民族形式》一文中，就這樣認為；什麼是詩歌的民族形式呢？「問題有兩方面，即是說發展詩歌的民族形式應根據兩個泉源：一是中國幾千年來文化裏許多珍貴的遺產，《離騷》、詩、詞、歌、賦、唐詩、元曲……二是廣大民間所流行的民歌、山歌、歌謠、小調、彈詞、大鼓詞、戲曲……這一切都是我們的先生，我們應向他們學習，虛心用苦功去學習。」並由此他得出結論：「怎樣去創造新的形式呢？我以為也必得通過歷史的和民間的形式。換言之；新形式要從歷史的和民間的形式脫胎出來。而其結果和收穫還得是民族的形式。」[5]陳伯達在他的《關於文藝的民族形式問題雜記》一文中基本上也有這樣的認識，他說：「不是要為舊形式所束縛，而是要從舊形式的活用中，屈服舊形式，使舊形式服從於新內容，去掉其不合理的部分，增進其合理的部分，並從舊形式的活用中，創造出新形式。」他還說：「所謂民族形式的問題，不只是簡單舊形式的問題，同時也是包含著創造和發展新形式的問題，只是不把新形式的創造從舊形式簡單地截開而已。新形式不能是從『無』產生出來，而是從舊形式的揚棄

---

[4]　《中蘇文化》第 6 卷第 1 期 1940 年 4 月 1 日。
[5]　《文藝突擊》第 1 卷第 2 期 1939 年 6 月 25 日。

中產生出來。」[6]可見舊形式或民間形式對不少論者都有相當的吸引力。

　　舊形式或民間形式對創造「民族形式」的意義，也有人表示過深深的疑問。黃繩在《當前文藝運動的一個考察》一文中指出「所謂利用舊形式，或文藝上民族形式的繼承，不是簡單的對舊文藝的復歸。把繼承當做舊事物的完全的復興，是機械論者的看法。文藝上民族傳統的繼承，為的是文藝的大眾化，以至大眾的文藝的創造，大眾的文藝絕對不是文藝的復興，它是比較更高級的，同時比現在的新文藝是更高級的。」「由於這樣的理解，我們反對舊形式的襲用。襲用舊形式是向舊形式屈服，而不是在更高的基礎上發展舊形式。因而我們就不同意於向林冰先生……對於利用舊形式的理解。[7]葛一虹於 1940 年 4 月 10 日在重慶《新蜀報・蜀道》上，發表《民族形式的中心源泉是在所謂「民間形式」嗎？》，批評向林冰關於利用舊形式和「五四」以來新文藝方面的錯誤看法。他認為「表現新事物而用屬於舊事物的舊形式是決不可能的」，「舊形式雖現今猶是『習見常聞』，實在已瀕於沒落文化的垂亡時的迴光返照……沒有法子逃避其死滅的命運的」。而新文學有「比較進步與完整的新形式」，之所以「普遍性上不及舊形式」，主要還是一般人民大眾的知識程度不高的緣故，因而「目前我們迫切的課題是怎樣提高大眾的文化水準，而不是怎樣放棄了已經獲得的比舊形式『進步與完整』的新形式，」。向林冰與葛一虹關於「民族形式」問題的兩種對立觀點出現後，《文學月報》社和《新華日報》社曾分別於 4 月 21 日和 5 月 9 日舉行「民族形式問題」座談會。在兩個座

---

[6]　《文藝戰線》第 1 卷第 3 期 1939 年 4 月 16 日。
[7]　《文藝陣地》第 3 卷第 9 期 1939 年 8 月 1 日。

談會上，與會者各抒己見，暢所欲言。其座談會的紀錄，分別在《文學月報》第 1 卷第 5 期和 7 月 4 日的《新華日報》上發表。其中有人指出「改造舊形式並不能解決新形式（民族形式）的創造」，「歷史的發展不能一刀兩斷，民族形式就不能離開新文藝已有的成績作為基礎來談，民族形式不能跳過新文藝二十幾年的努力而僅僅以舊形式為其源泉的」。在延安，王實味則針對陳伯達的意見，認為「『舊形式新內容』的提法根本是不合科學法則的。我們知道，一定的內容要求一定的形式，形式要隨著內容推移轉化，『舊形式』如何能適當配合『新內容』？」他還說：「難道文藝上只能有改良，不能有革命麼？這革命並不等於『從無產生出來』，而是從根據我們民族舊文藝的基礎（不等於『舊的民族形式』）接受世界進步文藝成果而來，文藝發展能夠採取飛躍的方式，甚至能夠跑到基礎結構前面，正是文藝這上層建築底能動作用，而且，這能動作用更能夠反作用於基礎結構。」[8]黃繩、葛一虹、王實味的意見都從形式與內容關係的角度堵塞了「舊形式新內容」的可能性。

羅蓀於 1940 年 11 月 12 日在《讀書月報》第 2 卷第 8、9 期上，發表《論爭中的民族形式「中心源泉」問題》一文，比較系統地勾勒了向林冰「民族形式」學說的理論體系。羅蓀認為他的理論主要有三個根據：一是「新質發生於舊質的胎內」，民間形式是舊質，民族形式的產生，必須以民間形式做起點；二是「存在決定意織」，民間形式是大眾「習聞常見」的存在形式，雖然它含有反動的沉澱物，但是由於它是大眾所熟悉的口頭告白的文藝形式，因此它既是民族形式的對立物，又是民族形式的同一物。三是「內容決定形

---

[8] 《文藝民族形式問題上的舊錯誤與新偏向》《中國文化》第 2 卷第 6 期 1941 革 5 月 20 日。

式」，民間形式的批判的運用，是創造民族形式的起點，而民族形式的完成，則是運用民間形式的歸宿。羅蓀認為「這三點理論根據，也許是正確的，但至少要有一個先決條件，那就是在這個民族裏面，除了『民間形式』之外，絕沒有任何形式存在的『場合』。」在此基礎上羅蓀提出了三個問題「第一，民間形式是不是能夠完全代表了中國民族形式的『舊質』呢？第二，民間形式是不是包括了中國形式的『存在』呢？第三，民間形式是不是就意味著『民族文化』呢？如果這三個前提可以完全肯定的話，那麼，向林冰先生的主張便比較的容易成立了。」然問題卻沒有這樣簡單，經過羅蓀的深入細緻分析，對上面三個問題均提供了否定性的答案。「那麼，向林冰先生的『民間形式中心源泉』論的理論體系便失掉其根據了。」

胡風在這個問題上的認識在理論上可能更成熟更有建設性意義。他確立了形式的外礫法則和內容決定形式的命題，從而為民族形式的理論構建打下了基礎，同時也展現了胡風現代性啟蒙思想。他認為「特定的社會層對文藝提出特定的任務，特定的任務要求特定的形式。」而「這新形式的形成，是依著兩個相對立的法則」進行的。第一個法則，就是形式的「外礫的法則」。他引用了Ｖ・Ｍ・弗裏契的意見：「寫著自己的詩的新的社會層，從現在或者甚至是遙遠的過去的、獲得了經濟的社會的成功，因而也就獲得了文化的成功的其他國家的同一社會層借用一定風格上的、體裁（這一次論爭裏面所說的『形式』——胡風）上的構造。」他認為「這一『外礫』的法則，是豐富地從文藝史的現象概括出來的，並不是『純主觀性的騰雲駕霧的文藝發展中的空想主義路線』。」第二個法則，就是「從敵對的社會層所產生的形式脫離，和第一個法則相反對的

法則」。他又引用 V・M・弗里契的意見：「作為對於這以前是支配的，但現在卻失去了力量的社會層的體裁和風格的否定，的對立，特定的社會層形成了自己的體裁和風格。」這裏所說的是文藝史上每一新思潮、新的形式的產生和繁盛，都是通過和前一代的思潮、形式作過激烈的鬥爭而實現的。於是胡風認為「在文藝裏面，社會基礎只有通過了社會心理（文化形式）才能夠得到反映，因而特定文藝形式的崩潰就遠遠地落在產生它的特定社會存在的崩潰後面。如果文藝創作是為了真實地反映現實生話，並不能拋掉這原則去意識地發展某一固有形式，那麼，文藝的發展就不是用『形式本身固有的』內的辯證法平行地去對應存在的發展，而要採用『跳的路線』。新的文藝要求和先它存在的形式截然異質的突起的『飛躍』」。胡風對舊形式或民間形式的危害性有著很大程度的警惕，充分估計到「舊瓶」、「舊質」的毒性。他指出「新的文藝運動就有在世界觀、內容一般的鬥爭之外，還得和作為形式本身的舊形式作鬥爭的必要，尤其是當舊的勢力裝出一個好像只反對新的形式，並不反對新的內容似的面孔的時候，（如五四時代對於『白話詩』，現在對於自由詩的攻擊），尤甚是當舊的形式因為有了完成後的長的支配時期，形成了好像和內容無關的本身的優點似的時候（如有些人對於舊劇形式的擁護），尤其是當舊的形式裝作願意接受『批判』，願意讓出一點地位給『新內容』寄居的時候（如現在的舊瓶新酒理論），這鬥爭就更必要，也更艱難。」[9]

另外，如郭沫若在《民族形式商兌》一文中，通過敦煌發現「變文」的論述，說明不同民族間文藝形式的影響與移植，指出「民間形式的中心源泉事實上是外來形式」，「外來形式經過充分的中國

---

[9] 《胡風全集》第 2 卷第 731、735、736 頁。

化是可以成為民族形式乃至民間形式的」。他認為「『喜聞樂見』被解釋為『習聞常見』，於是中國的文藝便須得由通俗文藝再出發，民間形式便成為民族形式的中心源泉。這個見解我們認為是不正確的。」「一個時代有一個時代的形式，凡是過去時代的形式即使是永不磨滅的典型也無法再興。」「『民族形式』的這個新要求，並不是要求本民族在過去時代所已造出的任何既成形式的復活，它是要求適合於民族今日的新形式的創造。民族形式的中心源泉，毫無可議的，是現實生活。」[10]潘梓年在《民族形式與大眾化》一文中，也認為「民族形式問題的提出，主要的要求是文藝活動與抗戰建國的具體實踐的結合，就是說，要用工農大眾自己的語言來描寫工農大眾自己為獨立、自由、幸福而鬥爭的幸福生活，並為工農大眾所享受」。他認為用中國人的語言描寫中國人的生活的文藝，「就是具有中國氣派與中國作風的文藝，就是民族形式的文藝」。[11]茅盾在《舊形式・民間形式・與民族形式》一文中，則提出一個文學形式是與一定社會階層的興起相關聯的命題。因而得出結論：「由此可見文藝形式這東西，無論在世界哪一國，只要有了同樣的『社會經濟的土壤』以及『階級的母胎』，便會開放出同一類的花來」。並認為舊形式或民間形式都是封建社會經濟的產物，「乃中外各國封建文化所共有，決非中國民族所獨具。如果有人認為這些便是『民族的』，於是要在這些上面建立起什麼民族形式來，或在這些之中導引出民族形式來，那就不免是大笑話了」[12]這次關於「民族形式」的討論範圍較廣，除了重慶、延安之外，成都、昆明、桂林、上海、香港等地的文藝界，都先後開展了討論。在爭議之中，有些人認為

---

[10] 《大公報》1940 年 6 月 9、10 日。
[11] 《新華日報》1940 年 7 月 22 日。
[12] 《中國文化》第 2 卷第 1 期 1941 年 1 月。

民族形式問題是一個文藝創作問題；而另外一些人認為民族形式問題是屬於意識形態領域的問題，這就構成了對其不同回答的認識基礎。正由於對這個民族形式問題有了側重於文學的立場，或者側重於政治的考量，因此就形成了爭議的複雜局面。

　　第二個爭議的問題是對五四新文藝的評價。對五四新文藝的評價和反思是「民族形式」爭議中的一個重要內容，一方面牽涉到對五四文學遺產的重新認識，更重要的一個方面在於建構民族形式時所可能依賴於五四新文藝的程度。受「新質發生於舊質胎內」理論觀念的影響，從「舊質」的角度來理解五四新文藝的形成和重估五四新文藝，是民族形式爭議中比較普遍的一種觀點。郭沫若認為「中國新文藝，事實上也可以說是中國舊有的兩種形式——民間形式與士大夫形式——的綜合統一，從民間形式取其通俗性，從士大夫形式取其藝術性，而益之以外來的因素，又成為舊有形式與外來形式的綜合統一」。（《民族形式商兌》）何其芳說：「我認為五四運動以來的新文學是舊文學底正當的發展。雖然由於中國舊文學的落後性，由於舊文學的形式有的被利用了千多年，有的被利用了幾百年，大部分無法再利用下去，因此大量地接受歐洲文學底影響，它並不是斬釘截鐵地和舊文學毫無血統關係的承繼者。很明顯地，初期的白話詩保留著濃厚的舊詩詞的影響（如胡適、俞平伯、劉大白等的詩集），有些小說也沒有脫離舊小說的窠臼（如楊振聲的《玉君》），後來才在形式上更歐化而在內容上更現代化，更中國化。這是一種進步」[13]羅蓀也有這樣的意見，他在《談文學的民族形式》一文中認為五四新文學運動的初期，不但新詩還保留著舊形式的規律性，而小說都還或多或少地保留著舊小說的寫法與情調。這些意

---

[13]　《論文學上的民族形式》，《文藝戰線》第 1 卷第 5 號 1939 年 11 月 16 日。

見都認為五四新文藝與舊文學或舊形式有著密切的關聯。而有些論者對新文藝的「異質」特徵過於敏感，用一種靜止的民族標準來評價五四新文藝的做法。例如艾思奇在《舊形式運用的基本原則》中，就認為五四新文藝「對於過去的傳統一般地是採取極端否定的態度，因此它的一切形式主要地是接受了外來的影響，或外來的寫實主義的形式，而忽視了舊形式的意義。」「直到今天，我們有新的文藝，然而極缺少民族的新文藝」。[14]黃繩對向林冰的「民間形式中心源泉論」不屑一顧，然他對五四新文藝的「非民族的形式」亦不感興趣。他認為：「新文藝形式是畸形發展的都市的產物，所以對於畸形發展的大學教授，銀行經理，舞女，政客以及『小布林』的表現是不錯的；然而拿來傳達人民大眾的說話，心理，就出毛病。」（《當前文藝運動的一個考察》）

王實味批評了這種靜止的民族標準，認為這是一種「爬行」的觀念。他以發展的眼光，在「民族性」與「大眾性」兩個方面對五四新文藝予以全面的肯定：「新文藝不僅是進步的，而且是民族的。新文藝運動為新民主主義革命運動之一部分，在這個意義上說，更可以說它是大眾的。」「『舊形式』不是民眾自己底東西，更不是現實主義的東西：它們一般是落後的。」「新文藝之沒有大眾化，最基本的原因是我們底革命沒有成功，絕不是因為它是『非民族的』。」（《文藝民族形式問題上的舊錯誤與新偏向》）亦有論者以現代性的文藝視角去看待新文藝的「歐化」現象。周揚在《對舊形式利用在文學上的一個看法》一文中，認為：「新形式，比之舊形式，無論如何是進步的，這一點卻毫無疑義。字彙更豐富了，語法更精密了，體裁更自由活潑了，那就是，準確地去表現現實的那種力量，即對

---

[14] 《文藝戰線》第 1 卷第 3 期 1939 年 4 月 16 日。

於現實的表現力更提高了。」他還說,「新文藝,無論在其發生上,在其發展的基本趨勢上,我以為都不但不是與大眾相遠離,而正是與之相接近的。」[15]羅蓀也認為:「一般攻擊新文藝的人,大抵是說它太歐化,也就是向林冰先生稱之為『移植形式』的。『歐化』與民族化在實質上並不是相衝突的,恰恰相反,他們倒反而是互相有助益的。」(《論爭中的民族形式「中心源泉」問題》)這些評價基本上是符合五四新文藝發展的歷史實際的。

胡風的意見可能更多地體現了新民主主義的精神和世界文學的思維方式。他說:「以市民為盟主的中國人民大眾的五四文學革命運動,正是市民社會突起了以後的、累積了幾百年的、世界進步文藝傳統的　個新拓的支流。那不是籠統的『西歐文藝』,而是:在民主要求的觀點上,和封建傳統反抗的各種傾向的現實主義(以及浪漫主義)文藝;在民族解放的觀點上,爭求獨立解放的弱小民族文藝;在肯定勞動人民的觀點上,想掙脫工錢奴隸的運命的、自然生長的新興文藝。五四新文藝從它們接受了思想、方法、形式,由那思想更堅定了被現實社會鬥爭所賦予的立場,由那方法開拓了創作上認識中國現實的路向,由那形式養成了組織形象的能力。」[16]胡風的精闢說明,使五四新文藝的「新質」呈現出一種明亮亮的面貌,從而成為構建民族形式的有力參照。

第三個爭議問題是對民間形式的認識。「民族形式」爭議中,民間形式與舊形式是兩個大致可以互換的概念。周揚說,「所謂舊形式一般地是指舊形式的民間形式,如舊白話小說,唱本,民歌,民謠,以至地方戲,連環畫等等,而不是指舊形式的統治階級的形

---

[15]　《文藝戰線》第 1 卷第 6 號 1940 年 2 月 16 日。
[16]　《胡風全集》第 2 卷第 744 頁。

式。」(《對舊形式利用在文學上的一個看法》) 也可以說,「舊形式的統治階級的形式」,基本上不在民族形式爭論的範圍內。葛一虹更明確地說,「所謂『民間形式』是什麼呢?是舊形式」,「如鼓詞評書等各地流行的土戲小調及章回小說之類。」由於民族形式爭論的時段在四十年代初,是民族矛盾最為尖銳的時刻進行的,而民族本位意識是爭論者都具有的思想底色,因而對民間形式的重估有時侯就不僅僅是純文學性的行為,多少具有某些政治意識形態的考慮。

有論者從「揚棄」的角度,從「舊質」的可能轉化上來設想利用「舊瓶」的可能性。由此把民族形式的建構與民間形式結合起來。如艾思奇就這樣認為:「中國的舊形式並不離開現實,而是反映現實的一種特殊的方式,方法,或手法。這種手法的特點在於把現實事物的重要的方面作誇張的格式化的表現,這在舊小說和舊戲劇方面都有最明顯的表現。在這種意義上,我們可以說舊形式不是寫實的,而是(借中國畫上術語來說)寫意的」。他還說:「對於舊形式要把握的是它的『合理的核心』。它的強調要點,適度誇張的手法,有許多(而且可以說是大部分)地方是可以照樣保留下來作為運用的基礎的,有許多卻需要依據新的現實情況,用同樣手法、方法創造出來」。(《舊形式運用的基本原則》) 周揚雖然對新文藝的歷史意義有清醒的認識,然他對舊形式亦有某種肯定性的評價:「在舊小說中可以窺見老中國人和舊社會的真實面貌,從民歌,民謠,傳說,故事可以聽出民間的信仰,風俗和制度。整個舊形式,作為時代現實之完全表現的手段,雖然已經不行,但這並不妨礙我們以之為反映現實之一種借鏡,以之為可以發展的民族固有藝術要素,以之為可以再加精製的一部分半製品。要向舊形式學習。」(《對舊形式利

用在文學上的一個看法》）向林冰更富有理想色形，他在《民間形式的運用與民族形式的創造》一文中，一方面認識到舊形式具有「毒性」和「反動性」，但另一方面對舊形式又寄予厚望，認為民間形式的運用，是我們建設民族形式的「創造的科學的起點」，也是「民間形式的運用的合理的歸宿」即所謂「舊瓶裝新酒」。

當然，也有論者對民間形式不抱有希望。如葛一虹就表達了對民間形式的徹底不相信，並預言它即將頹滅的命運。認為舊形式「作為封建殘餘的反映的，舊形式沒有法子逃避其死滅的命運的」，它只是「歷史博物館裏的陳列品」。（《民族形式的中心源泉是在所謂「民間形式」嗎？》）胡風對民間形式始終保持著一種警惕。胡風是從民間形式的內容特徵和形式特徵兩個方面，深刻分析民間形式與封建意識形態之間的內在關聯。他首先指出民間形式「作為生活現實底反映的文藝，雖然是『封建社會下被壓迫被剝削的人民大眾底自己創作』，但客觀上既沒有民主主義的現實存在，主觀上又沒有民主主義的戰鬥觀點，他們底不平、煩惱、苦痛、憂傷、懷疑、反抗、要求、夢想……就只有在封建意識裏面橫衝直撞，恰像追求光明的蒼蠅亂撞在玻璃窗子裏面；不但不能使那些『反抗的動因』得到合理的『歸宿』，而且也不能使那些反抗的實際內容在歷史真理的照明下面呈露出真象，因而封建文藝再也不能向前發展了。」至於民間文藝在大眾中間佔有勢力的問題，胡風認為：「因為它不僅是反映了認識生活的封建觀點，而且雖然是通過封建意識的世界感和世界觀，但依然在某一限度上反映了民族的生活樣相。」不管是故事、鄉土戲、諺語、格言，還是山歌和小調，這些本質上充滿毒素的封建意識卻「是體化在生活樣相裏面，所以，一方面封建意識的傳佈力就特別強烈，一方面即使意識上對於封建意識本身抱有

反感，但依然能夠透過它的曲折線多多少少地看到民族的或自己的生活樣相，而不能不感到某種『親切』。一切對於民間形式的幻想，都是由於不理解這一理會而來的。」[17]胡風當然也承認民間形式的優點，那就是群眾性的形式，故事化的形式，直敘化的形式。但這些形式與內容上的封建意識以及群眾的低理解力恰好構成了一個整體。於是胡風說他並不是不贊成利用民間形式，而是同魯迅一樣贊同利用民間形式，但必須要有一個限制，那就是把民間形式的利用劃歸到普及型文藝創作的範疇。而郭沫若亦有一個頗有啟發意義的看法，認為「民間形式的利用，始終是教育問題，宣傳問題，那和文藝創造的本身是另外一回事。就如教書和研究是兩件事的一樣，教書要力求淺顯，研究要力求精深。」（《「民族形式」商兌》）郭沫若在這裏從根本上取消了民間形式參與構建民族形式的資格。同時，也有論者尖銳地看到了民間形式，形式的潛在危機。如王實味在《民間形式問題上的舊錯誤與新偏向》一文中，在分析了當時延安文藝「民族形式」實踐上發生的毛病之後，指出「這些小調裏的毒素，更必須加以廓清。如果把這當作『民族音樂優良傳統』來接受，那真是要走到泥坑裏去！」因為「樂曲並不等裝上歌詞才有內容，它底旋律就是它底內容。」於是王實味向延安音樂界建議：「大膽地用創造性的新旋律表現新的民族生活現實罷，這樣創作的結果，必然是『民族形式』。」

　　第四個爭議的問題是民眾欣賞力問題。民族形式的建設是與民眾欣賞力的估量不可分割的。持「民間形式中心源泉」論者往往把民眾的欣賞力的存在現狀放在第一位，無批判地加以肯定和強調。如王受真說「第一，我們不能強給與群眾不能理解的文化食糧，所

---

[17] 《胡風全集》第 2 卷第 750、755 頁。

以我要強調舊瓶裝新酒。第二，我們要給與群眾以他們所不熟習的
科學的鬥爭經驗，所以我要強調舊瓶裝新酒。第三，我們認為這是
文化史上一個前進的過程，所以我要強調舊瓶裝新酒。第四，我們
認為這是溶合中國文化與外來文化的一種良好的方法，所以我要強
調舊瓶裝新酒。」[18]可見民眾欣賞力是他們提倡「舊瓶裝新酒」的
根據。周揚雖然特別強調新文藝形式的重要作用，但他又認為「舊
形式為他們所熟悉，所感到親切，因而容易為他們所接受，這一點
有很大關係。舊形式的偏愛，在舊社會沒有完全改造以前，是不會
輕易改變的。甚至到了新的社會，人民意識中舊的趣味與欣賞習
慣，由於一種惰性，還可以延續很長一個時候」。因此，他說「新
文藝」「要盡可能達到它尚未獲得的廣大民眾……有兩面武器，一
面是大眾化的新形式，一面是新內容的舊形式。因為舊形式有廣大
社會基礎，所以利用舊形式就有特別的必要……把民族的，民間的
舊有藝術形式中的優良成分吸收到新文藝中來」。這裏說明是民眾
欣賞力的現狀使周揚採取「新內容舊形式」的辦法。(《對舊形式利
用在文學上的一個看法》)向林冰十分看重「習見常聞」的作用，
認為「『喜聞樂見』應以『習見常聞』為基礎。這是爭取文藝大眾
化──通俗化的根本前提。」因為它「切合文盲大眾欣賞形態的口
頭告白的文藝形式，所以便為大眾所喜聞樂見，而成為大眾生活系
統中所不可缺少的精神食糧」。(《論「民族形式」的中心源泉》)這
就是說民間形式能夠適應民眾的欣賞水平，換言之，就是民眾的欣
賞水平和口味，決定了民族形式創建過程中採取民間形式的重要性。

　　對此，茅盾有不同看法，提出了這樣的反駁：「中國人有中國
人的口味，當然中國口味特別喜愛國貨，而不知民眾之所以能夠接

---

[18] 趙象離等：《關於「舊瓶裝新酒」的創作方法座談會記錄》。

受民間形式，不是口味的問題，而是文化水準的問題，因為民間形式既是封建的農村社會的產物，則其表現方式自然合於農村社會的文化水準；因此，如果為了遷就民眾的低下的文化水準計，而把民間形式作為教育宣傳的工具，自然不壞，但若以之為將要建設中的民族形式的中心源泉，則是先把民眾硬派為只配停留於目前的低下的文化水準，那是萬萬說不過去的謬論。」(《舊形式·民間形式·與民族形式》)胡風更是從動的發展角度來看待民眾欣賞力。首先，他提出了欣賞力是從哪裡來的？「一方面可以是由於生活存在上的，甚至是文藝形式上的『習見常聞』，但另一方面卻是生活存在裏的、隱藏著的甚至是原來常常被大眾自己拒絕的、戰鬥的欲求。前者必須服從後者，在後者的要求下面，被肯定或被否定。進步的文藝所評價的、所要求的、所應高揚的，正是後者而不是前者。對於大眾的欣賞力的適應這一努力，應該服從反映生活真理的原則」。因此他說：「欣賞，也並不是對於現實事物的受動的感應，而是對於現實事物的能動的作用，只要不能否定這一真理，只要表現在文藝裏面的新的東西在大眾的欲求裏有合理的根據，不『習見常聞』的事物（在這裏是文藝形式）不但能夠成為『喜見樂聞』，而且正能夠體現積極的任務」。於是胡風批評向林冰因「不懂這一點，就終於形成了他的對於民間形式的投降主義的理論。」其次，胡風還表述了他在民眾欣賞力問題上的啟蒙思想。他說：「在農民的文藝欣賞力上，不能忘記穿進一條非農民的紅線，以農民為對象的文藝，只要是文藝，也不能脫離現實主義的創作方法，由把握內容到創造形式的方法的支配。只看見『農民占絕對多數』，就以為它會在文藝創造上『起著決定的作用』，因而向自然生長的民間形式或農民的欣賞力納表投降，無論在民族解放或民族形式的創造上，即

使不發生『施住』的作用，但也絕對無從『完成』什麼『重要的』『任務』。」這一卓越的見解，閃爍著現代性意識的光彩。我們知道，在這次「民族形式」爭議中，許多民間形式論者都把民族形式建立在普及型文藝作品的層次上，而胡風則把與大眾欣賞力相當的創作當作「啟蒙的文藝」。他認為「目前的人民大眾底文化生活底差異使藝術力高的文藝和宣傳力廣的文藝還只是一個統一的對立，後者能夠推進前者，前者也能夠推進後者」。胡風的認識顯示著對民族形式問題的超越，把建立民族形式問題嚴格限制在創造「藝術力高的文藝」的範疇內，從而徹底擺脫了在討論中與舊形式、民間形式的糾纏，他斷言：「舊形式或民間形式，不但不能是民族形式底『起點』，而且也不能是大眾化形式底替身。」[19]

我們綜觀這場爭議，論者提出的種種見解，在某種程度上可以說既是側重文學立場和側重意識形態立場衝突的結果，又是現代性啟蒙思想與民眾本位思想內在衝突的結果。所涉及文學內部的問題及文學史的問題，圍繞民族形式的爭論而有了某種程度的清醒認識，這應該說是這次民族形式爭議的收穫。比如對形式的外礫法則的確認，從而確立了移植形式的合法性，這無疑是對舊瓶裝新酒論的致命一擊；並且民間形式、舊形式所蘊含的內容及其形式自身的封建意識性和落後性亦有所剖示；民眾欣賞力的存在狀態亦被大家予以認識和對待；這些都是重要的成果。可惜的是這些成果沒有被以後的文學界所重視和很好地繼承。當文學服務政治的觀點佔據主流以後，那些立足於民眾本位思想背景的文藝作品和活動便風行一時，那些舊瓶新酒之類作品便堂而皇之地登場，這確實成了中國現代文學史上值得認真反思的問題。

---

[19] 《胡風全集》第 2 卷第 759-760、763、775、784 頁。

# 第十章　抗戰時期左派與自由派之爭

　　自 1937 年 7 月 7 日盧溝橋畔燃起中華民族全面抗日的怒火之後，反對日本帝國主義侵略的民族矛盾便迅速上升為主要矛盾，政治上抗日民族統一戰線的建立，推動了文藝上抗日民族統一戰線的建立。《中華全國文藝界抗敵協會發起旨趣》明確指出：「政治上的統一戰線日益鞏固，除了甘心媚敵出賣民族的漢奸，已無一不為親密的戰友，無一不為民族的力量」，所以「散處四方的文藝工作者有集中團結，共同參加民族解放戰爭偉業的必要」。其中列出的名單中，有往昔左聯的重要成員，如茅盾、田漢、陽翰笙、胡風、洪深、馮乃超等及數十位其他左派作家，同時也有國民黨或接近國民黨的作家，如邵力子、馮玉祥、張道藩、王平陵等，還有信奉自由主義的作家，如胡秋原、陳西瀅、凌叔華、梁宗岱等，以及其他不同流派的作家。[1]「中華全國文藝界抗敵協會」（簡稱「文協」）於 1938 年 3 月 27 日在漢口成立。出席大會的代表有 500 多人，來賓 50 多人，日本反戰作家鹿地亙及其夫人池田幸子也應邀參加了大會。周恩來、郭沫若、馮玉祥、張道藩以及邵力子、陳立夫的代表都講了話。大會推舉蔡元培、周恩來、羅曼・羅蘭、史沫特萊等 13 位為名譽主席團，推舉馮玉祥、郭沫若、老舍、田漢等 10 餘人

---

[1]　《文藝月刊・戰時特刊》第 9 期 1938 年 4 月 1 日。

為主席團。大會通過了《告世界文藝界書》、《致日本被迫害作家書》、《向抗敵將士致敬電》。大會還通過了《宣言》和《簡章》，並推舉郭沫若、茅盾、馮玉祥、老舍、巴金、丁玲、許地山、夏衍、郁達夫、田漢、朱自清、胡風、馮乃超、邵力子、沈從文、朱光潛、施蟄存、張恨水等 45 人為理事，周揚、吳奚如等 15 人為候補理事。

「文協」的成立，文藝界在組織上的統一似乎已經實現，但是，思想上卻與政治上一樣，原有的矛盾只不過暫時緩解或擱置，對於文藝的看法更未統一，其實也不可能統一；不僅不同派別之間，而且各個派別內部的思想爭議仍然繼續存在，只是所有的爭議都圍繞著抗日救亡這個中心而展開罷了。既然抗戰高於一切，文學當然要服務於抗戰，那麼抗戰需要什麼樣的文學？這樣就展開了左派與自由派幾次爭議，我現在就梁實秋的「與抗戰無關」；沈從文的「反對作家從政」；施蟄存的「文學貧困」；戰國策派的《野玫瑰》四次爭議給予簡單的介紹。

第一個爭議就是「與抗戰無關」的問題。1938 年 12 月 1 日梁實秋在重慶《中央日報》主編的副刊《平明》面世，他在類似發刊詞的《編者的話》裏有這祥一段話：「現在抗戰高於一切，所以有人一下筆就忘不了抗戰。我的意見稍為不同。於抗戰有關的材料，我們最為歡迎，但是與抗戰無關的材料，只要真實流暢，也是好的，不必勉強把抗戰截搭上去。至於空洞的『抗戰八股』，那是對誰都沒有益處的。」客觀地就文論文，梁實秋的「不同」意見還是十分清楚的。他對來稿錄用的標準，或是說他對文學的批評標準，就是「真實流暢」四個字。「真實」，主要是對內容、思想感情的要求，既包括與抗戰有關也包括與抗戰關係不大甚至無關的內容、思想感

情，「流暢」主要是對藝術表達的要求。所以他最為歡迎的是「於抗戰有關的材料」，不過其前提是「真實流暢」，只要符合這個對文學作品的整體要求，梁實秋是真心歡迎的。當然如果不符合或者遠離這個要求，那麼他寧願取「真實流暢」的「與抗戰無關的材料」。而「勉強把抗戰截搭上去」那必然影響「真實流暢」，「一下筆就忘不了抗戰」，就是指這類作品。「抗戰八股」不過在程度上更為嚴重而已，所以他不歡迎。

　　可是梁文一出，文壇反應強烈，重慶《新蜀報》的副刊《新光》、《新副》，於同年 12 月中旬為此一氣發了九篇文章。其中反應最快的是羅蓀的《「與抗戰無關」》刊發於重慶《大公報》1938 年 12 月 5 日。作者並不理睬梁實秋對「於抗戰有關的材料」的「最為歡迎」的表態，而抓住「與抗戰無關的材料，只要真實流暢，也是好的」表態。因此羅蓀的結論是「在今日的中國，要使一個作者既忠於真實，又要找尋『與抗戰無關的材料』」，「實在還不容易」。其意思就是說任何真實的生活都與抗戰有關，有意或無意地將梁文對藝術表達的「流暢」的要求隱去了。此外，還就一些瑣事嘲弄梁氏一番。梁實秋次日便在《中央日報・平明》上也以《「與抗戰無關」》為題撰文，重申他的「最為歡迎」和「也是好的」兩個表態，並且強調，「我相信人生中有許多材料可寫，而那些材料不必限於『與抗戰有關』的」。當然，也不願意放棄在瑣事上與羅蓀糾纏的權利。不過此後，任左派批判，他不再發表文章了。參與這場「批判」的，除了《新蜀報》有關作者和《大公報》羅蓀之外，在《抗戰文藝》、《國民公報・星期增刊》、《文藝陣地》、《文學月報》、《星洲日報半月刊》等報刊上發表文章的還有：宋之的、陳白塵、巴人、郁達夫、胡風、張天翼等人。凡批判色彩濃的文章一般有這麼幾個特點：（1）只抓

住「於抗戰無關的材料，只要真實流暢，也是好的」半句話做文章，因而把梁氏的意見歸納為「要求無關抗戰的文字」。梁實秋的「與抗戰無關」論就這樣定了性；（2）大多數人認為，抗戰時期根本不存在「與抗戰無關」的材料，一切「與抗戰無關」的怡情風月的文章對誰都是有害的；（3）採用政治批判的手法，判定「與抗戰無關」的材料就是「漢奸文學」，甚至說，「活在抗戰時代，要叫人作無關抗戰的文字，除非他不是中國人」；（4）不承認有「抗戰八股」，而且認為「縱使有所謂『空洞的抗戰八服』，總比漢奸文學有點『益處』吧」。以上的批評明顯地有著偷換概念、斷章取義、無限上綱一類的缺點，且頗為情緒化。

數十年後的今天，我們可以不挾任何宿怨，平心靜氣地解讀梁實秋的那段活，正如柯靈所言，「卻無論怎麼推敲，也不能說它有什麼原則性錯誤。把那段文字中的一句話孤立起來，演繹為『抗戰無關論』或『要求無關抗戰的文字』，要不是只眼見事，不免有曲解的嫌疑。」[2] 倘若今日我們仔細地推敲，梁氏之言，不僅不能概括為「與抗戰無關論」，而且他的「無關」，是否就是「與抗戰一點關係也沒有」的意思呢？也可能不是這個意思。魯迅在《論現在我們的文學運動》一文中，就批評過出題目做八股的創作現象。同時，他還說：「民族革命戰爭的大眾文學決不是只局限於寫義勇軍打仗、學生請願示威……等等的作品。這些當然是最好的，但不應這樣狹窄……所有一切生活（包括吃飯睡覺）都與這問題有關」，這段話與梁實秋那段話的意思大體相近，所不同者就是魯迅認為一切生活都與抗日救亡有關，只是有的直接，有的間接，有的多些，有的少些，且說得明確，又有例證；而梁實秋則以為有無關的生活，

---

[2]　《現代散文放談》《文匯報》1986 年 10 月 13 日。

說得含糊不清，容易引起別人挑剔。其實應該這樣理解：梁實秋的「有關」是狹義的提法，即指前線打仗等與抗戰直接有關或者關係較多的生活；而「無關」是廣義的提法，則指諸如吃飯睡覺戀愛一類與抗戰間接有關或者關係較少的生活。我們從梁實秋編的《中央日報・平明》來看，大概可以證明這一點。梁實秋自 1938 年 12 月 1 日至 4 月 1 日，一共主編了四個月，最後一期《平明》有一篇《梁實秋告辭》，再次表示當初他那段關於徵稿標堆的「有關」「無關」的話沒有說錯，因為「四個月的《平明》擺在這裏，其中的文章十之八九是『我們最為歡迎』的『於抗戰有關的材料』，十之一二是我認為『也是好的』的『真實流暢』的『與抗戰無關的材料』。文字究竟好不好是另一問題，我四個月來的編輯標準沒有改變。」有人統計過，四個月內梁實秋大約刊發了 300 篇左右的稿子，而其中與抗戰無關的只不過 10 多篇，如《說酒》，說的是酒德；《吃醋》，說的是男女間妒忌；《貓》，談貓的母愛；以及還有三五首純粹記遊舊體詩。其他還有一些分析國民心理，思索人生哲理及介紹少數民族生活的文章，這些多少還有點與抗戰的間接關係。因些，梁實秋的編輯實踐告訴我們他的徵稿標準決不是左派批評家所指責的那樣，是蓄意鼓吹「抗戰無關論」，這是毋庸置疑的。

　　第二個爭議就是關於「反對作家從政」的問題。「反對作家從政」，不是沈從文的原話，是郭沫若為紀念「文協」成立五周年撰文時對沈從文抗戰以來一些文章觀點的概括。郭沫若在 1943 年 3 月 11 日所寫的《抗戰以來的文藝思潮》一文中說道：「近來如沈從文先生又有『反對作家從政論』的見解，在沈先生或許是一片好意，認為作家應該站在自己崗位上努力，不宜旁鶩。這在平時是不會成為什麼問題的議論，但在戰時卻可大成問題，而且把作家努力參加

動員工作誤認為『從政』，那也不免是超過誤解範圍的誣衊」。（見
《沸羹集》）過了半個月，1943 年 3 月 27 日，郭沫若在《新華日
報》上發表《新文藝的使命——紀念文協五周年》的文章中，又不
指名地批評沈從文：「起先我們是聽見『與抗戰無關』的主張，繼
而又聽見『反對作家從政』的高論」，「假使是在軍閥統治时代，一
個作家要以蠅營狗苟的態度，運動做官，運動當議員，那當然是值
得反對的事⋯⋯然而在抗戰期間作家以他的文筆活動來動員大
眾，努力實際工作，而竟曰之為『從政』，不惜鳴鼓而攻，這倒不
僅是一種曲解，簡直是一種誣衊！」於是後來的文學史便沿襲了這
一提法。

　　這個概括應該說基本準確的，因為沈從文歷來反對文學（文學
家）與政治（政治家）緊密聯繫，早在上世紀二十年代，他剛剛跨
入文壇，就感覺「這時代，人人正高唱著文學也應作為政治工具的
時代，我所希望的又是應當如何為人齒冷！」[3]他還認為「中國人
故意把文學與政治與情感牽混在一塊的意氣排揎可笑可怕！」[4]到
三十年代沈從文在「京」「海」之爭和關於「差不多」的討論中，
也闡發過這一類的意見。抗日時代的劇烈變動也沒有改變他這一看
法。他於 1939 年 1 月 22 日，在《今日評論》第 1 卷第 4 期上發表
了一篇《一般或特殊》的文章，較詳盡地表達了自己對文學與抗戰
宣傳關係的意見。這篇文章出現在梁實秋《編者的話》問世並遭到
批評之後，似乎有點聲援的味道。沈從文借一般與特殊的關係，主
要是強調文學的特殊作用，指出將文學看作一般政治宣傳品，這是
產生「抗戰八股」的根源。首先，他從肯定作品的成功在於「調排

---

[3]　《老實人・序》，《現代評論》第 7 卷第 165 期 1928 年 2 月 4 日。
[4]　《阿麗思中國遊記・後序》，《新月》創刊號 1928 年 3 月 10 日。

文字的技巧」這一點出發，將「一切文字都是宣傳」的提法大大奚
落了一通，說「自從在作家間流行著這句話後，有好些人從此以後
似乎就只記著『宣傳』兩個字。在朝在野服務什麼機關的，也都只
記著『宣傳』不大肯分析宣傳的意義。標語口號盛行時，什麼標語
口號能產生什麼結果就不大明白。於是社會給這些東西籠統定下一
個名辭，『宣傳品』。這名辭內容，包含了『虛偽』，『浮誇』，『不落
實』，『無固定性』，『一會兒就成過去』，種種意義。又給創造它的
人一個稱謂『宣傳家』。」他認為「調排文字」並不是人人都行，
需要有特殊知識的作家才能勝任，現在凡拿筆的人都成了會製造
「宣傳品」的「文化人」，似乎「由少數專家的特殊知識，進步到
多數人的一般化知識了」。於是「抗戰八股」的存在說明「調排文
字」的知識大薄弱，要增加這些一般文化人的知識，還得靠不是「文
化人」寫的作品（小說）。這樣的奚落，表示了他對政治宣傳品的
不滿。其次，沈從文對作品提出了要求，他認為文學作品的內容只
要「寫到普通社會所見的『愚』與『詐』，『虛偽』與『自大』，認
識它，指摘它，且提出力式來改善它。」這些好像與戰事、政治、
宣傳並無關係，但若寫好（調排文字得好），「它倒與這個民族此後
如何掙扎圖存，打勝仗後建國，打敗仗後翻身，大有關係！」再次，
沈從文對作家提出了要求，他認為「遠離了『宣傳』空氣，遠離了
『文化人』身份，同時也遠離了那種戰爭的浪漫情緒，或用一個平
常人資格，從炮火下去實實在在討生活，或作社會服務性質，到戰
區前方後方，學習人生。或更抱負一種雄心與大願，向歷史和科學
中追求分析這個民族的過去當前種種因果。這幾種人的行為，從表
面看來，都缺少對於戰爭的裝點性，缺少英雄性。然而他們工作卻
相同，真正貼近戰爭。目的只一個，對於中華民族的優劣，作更深

的探討，更親切的體認，便於另一時用文字來說明它，保存它。」
最後沈從文的結論是「據我個人看法，對於『文化人』知識一般化
的種種努力，和戰爭的通訊宣傳，覺得固然值得重視，不過社會真
正的進步，也許還是一些在工作上具特殊性的專門家，在態度上是
無言者的作家，各盡所能來完成的。中華民族想要抬頭做人，似乎
還先得一些人肯埋頭做事，這種沈默苦幹的態度，在如今說來還是
特殊的，希望它在未來是一般的。」沈從文這篇文章講的不外就是
兩層意思：一、不滿抗戰初期有關反擊日本侵略者的通俗宣傳，那
只是一般文化人的宣傳品，算不得文學；二、只有具備特殊知識的
作家，撇開戰爭表面現象的描寫，深入到前方後方各種生活中去探
索人性、民族性優劣的好作品，才能有助於國家民族和社會的進
步。這裏的觀點是將政治與文學分開，把國家民族的生存危機，僅
看成是一種文化危機，而要拯救它，只能靠少數文化精英，而非最
廣大之民眾。

　　對沈從文文章最快作出反應的是巴人。巴人於 1939 年 4 月 16
日，在《文藝陣地》第 3 卷第 1 期上發表《展開文藝領域中反個人
主義鬥爭》，先引述了沈文最後的結論，指斥它含有毒素：「比白璧
德的徒子徒孫梁實秋直白的要求，更多！更毒！」然後，抓住沈從
文關於社會要進步首先得靠專門家、作家埋頭苦幹的觀點予以批
駁，「這有力的聲音，是表示什麼？抗戰停止吧，等過五十年的埋
頭苦幹過以後再說！……如果真的照沈從文的辦法，那麼抗戰完
結，在敵人的鼻息下，『建國開始』，千秋萬歲，沈從文也就『懿歟
盛哉』了。」儘管巴人對批駁對象的原意有所引申，帶有挖苦的情
緒，但隨後的論述還是切中要害的，他說：「任何文化的工程，必
須是集體的創造。真正具有特殊性的專門工詐，必須是從一般化這

一基地上生長的。在作家作為一個宣傳者而出現於民眾之前，戰線之上的時候，他的工作是一般的；然而由於戰鬥的實踐，他將懂得更多，見識得更深，他的生活經驗是一天天的深化了；這就造成他將來有可能成為一個偉大的作家的基礎。如果我們不否認：生活經驗是文藝作家創作的生命力，那麼，這生活經驗的不斷的積蓄，正也是他具有特殊性的專門工作之一。」巴人還說：「理論脫離了實踐，或強調理論的功能，而忘卻實踐是理論的源泉，那在其終極的意義上，是阻止這世界的動的向前推進。醫生即使讀盡了天下所有的醫書，知道藥石的應用，但他從沒有診斷過一個病人，他將會成一個殺人的庸醫。而我們在今天特殊地向作家提出『特殊』的要求，也無非要造成一批誤國的文人！」巴人的闡述儘管某些措辭顯得尖銳，但他所持看法，確實提出了一個如何正確對待集體與個人、一般與特殊、普及與提高等等之間的關係問題。他主張以前者為基礎，後者只有在前者的基礎上才能得以實現。因此在巴人心目中，通俗宣傳乃至「抗戰八股」，不過是量的增大，而沈從文不明白「這量的增大是質的提高的先決條件」，片面強調的是另一面。這二面之間的關係，實際上仍然是如何處置文學與政治或藝術與宣傳的問題。當時在爭議雙方十分情緒化的時候，各自不可能作全面冷靜的思考，汲取對方意見中的合理因素，更談不上取得共識了。

　　所以沈從文在抗戰的此後幾年間，不僅堅持己見，而且對於文學與政治的關係又作了進一步的闡發。他認為政治不應該干預文藝，同時也反對作家參與政治。抗戰期間，由於國共兩黨合作，建立了抗日統一戰線，作家有時要參加一些政治活動，沈從文對此看不慣。他於 1940 年 5 月 5 日在昆明《中央日報》上發表《文運的重建》，認為文學運動墮落了，其原因除自二十年代中期起「與上

海商業資本溶合為一，文學作品有了商品意義」之外，則是從二十
年代末期起又「被在朝在野的政黨同時看中了，它又與政治結合為
一」。商業和政治，「尤其是政治引誘性大，作家為趨時討功，多『朝
秦暮楚』現象，與『東食西宿』現象」，而且「這些人都『在位』，
倚勢有權」。於是沈從文提出要建立「新的文運新的文學觀」，作家
要「一反當前附庸依賴精神，不甘心成為貪財商人的流行貨，與狡
猾政客的裝飾品」。而文運要重建，「應當把文運同『教育』『學術』
聯繫在一起，不能分開，爭取應有的尊重」。同年 8 月 5 日，沈從
文在《戰國策》雜誌第 9 期上發表，《新的文學運動與新的文學觀》
一文，重申這一觀點。並對一些作家在抗戰時期「或因在官從政，
或因名利某籍，在國內各處用『文化人』身份參加各種組織，出席
會議」等，譏諷為「湊趣幫閒」，「趨時討功」。以後，他在其他文
章或演講中多次提到這一個問題。尤其在 1942 年 10 月《文藝先鋒》
第 1 卷第 2 期上發表《文學運動的重造》一文，其中說，因為作家
被政治看中，成為政治工具後，則連一點積極意義也沒有了，這些
作家「不過是從此可以作官，吃碗『文學運動』飯，做個政客小幫
手」，「作品由『表現人生』轉而與『裝點政策』」，實際上這些人已
是「無作品的作家」，但這些人的「政術」卻極優長。於是他提出
要把文學「從商場和官場解放出來，再度成為學術一部門」，「學術
的莊嚴是求真，和自由批評與探討精神的廣泛應用，這也就恰恰是
偉大文學作品產生必要的條件」。

他的這些意見發表後，被郭沫若稱為「反對作家從政論」，接
連受到郭沫若和其他左翼作家的批評。楊華（葉以群）的批評學理
性較強，在文學與政治的關係上，他贊同沈從文把文學變成為學術
一部門的主張，但是他指出了沈從文的一個不小的誤解，「即他將

以外在的政治力量限制作家底寫作和作家自發地在作品中表現政治意識這完全不同的兩回事混為一談了。他在全文中的一切矛盾、混亂和不自圓其說的地方，都是由這裏產生的。」楊華最後的結論也很明確：「以政治的權力從外面去限制作家寫作，固然得不到好結果；而作家在自己底作品之中表現政治見解（使自己底政治觀念成為作品底骨幹，作品底血肉，不是附加上去的贅疣或尾巴），卻是當然也是必然的。」[5]其實，沈從文還有一個「混為一談」，即將在朝在野兩種政治混為一談，沒有分清各種政治的具體內容，似乎凡是參加政治活動的作家，皆無作品，皆是吃文學飯的政客小幫手，皆在反對之列。難怪郭沫若要說他「不僅是一種曲解，簡直是一種誣衊」。（《新文藝的使命》）

　　在郭沫若《新文藝的使命》文章發表前不久，沈從文在 1943 年 1 月 20 日出版的《文藝先鋒》第 2 卷第 1 期上發表了《「文藝政策」探討》一文，這篇文章原本是批評國民黨文藝政策的，但也涉及到了郭沫若擔任廳長的軍事委員會政治部第三廳，其中寫道：「這一廳負責處理的是『戰時文化工作』……理想自然極好。至於如何運用，就全看主持其事的人是存心做官或打量作事而定了」。接著他又說：「第三廳的成立，最先聞每月可動用一百萬元經費，可見起始期望相當大。但事到後來，可供使用經費尚不及十分之一，從數目變更上又可見出若不是這筆錢在當局認為用不得當，就是主持者錢用不了。因為這個工作固然值得花錢，但也要會花錢。顯然，文章是在批評郭沫若領導不力，不會花錢了。對此，郭沫若當初沒有撰文反駁，但在後來撰寫的《洪波曲》中卻有一段回應：「三廳

---

[5]　《文學底商業性和政治性──文藝時論之二》，《新華日報》1943 年 2 月 17 日。

的預算，在工作開始之後，很久都沒有成立。一直到武漢撤退、長沙大火，政治部已經遷到了衡陽之後，才得批准了四萬多塊錢的預算。在這之前，我們一直做的是零工。有些自命清高的人如沈從文之流，曾經造過三廳的謠言，說三廳領著龐大的經費，沒有做出什麼工作。」不過椐郭沫若在《洪波曲》中有關時任政治部部長陳誠與他談三廳經費時，曾說過：「國防軍少編兩軍人，你總會夠用了吧？」可見沈從文的推算並非完全是空穴來風，郭、沈反唇相譏，可能都是陳誠空頭支票的受害者。

　　事情還在後頭。抗戰勝利後，沈從文回北京大學任教。這時內戰爆發，知識界人士出於對國事關心，文人論政之風盛行，沈從文雖然不懂政治，然而一反他過去厭惡政治的態度，也要去攙和政治，結果發表了一些自由主義的言論，受到了左派人士的批評，其中包括郭沫若的批評。這些批評上綱上線逐步升級，最終成了對沈從文的致命清算。主要有這樣幾件事：（1）沈從文回北大不久就接受記者姚卿詳的采防，本來談的是目前文藝工作者態度問題，但一下子轉到了政治問題，說郭沫若「飛莫斯科」，「女作家鳳子穿的花紅柳綠跑到蘇聯大使館去讀朗誦詩」，丁玲「到鐵礦上去體驗工人生活，寫了文章還要請工人糾正」等。他對寫文章的人「出風頭」「鬧政治」很不以為然。另外，他還批評何其芳到延安後，「把心力花費在政治上」，李辰冬與光未然「都沾點政治氣氛」，認為「隨了政治跑對文學本身不會有好影響」，「許多文學天才都葬送在這上面了」。這篇談話錄發表在 1946 年 10 月 23 日的天津《益世報》上，後來在 11 月 13 日的上海《僑聲報》上有相同內容的報導刊出。這些指名道姓的批評，當即受到了左翼作家的反批評。郭沫若發表了

《新繆斯九神禮贊》[6]一文，其中說，「因為我去年曾經『飛莫斯科』，更成了他的搖頭材料」。「假使有機會飛，我還是要飛的，尤其是『飛莫斯科』……我假如努力到使教授們把頭搖斷，那是最愉快的事。」憤懣之情，溢於言表。（2）在與姚卿詳談話發表幾乎同時，1946年11月10日沈從文在天津《大公報・星期藝文》上連載了一篇長文《從現實學習》。這篇文章雖然是回顧自己所走過的文學道路，但也流露出了沈從文對有些作家參加社會政治甚至趨赴「死喪慶吊儀式」的不滿。郭沫若對號入座，對此作出了反應。表明自己無法置身於政治之外，並針鋒相對地說「我可能也還要為紅白喜事奔走，只要是和人民大眾有關的紅白喜事」，並聲稱這「就是我的現實」。（3）沈從文在《從現實學習》文章中還說了一些他對當時政局的看法，比如把國共兩黨內戰雙方都說成是「用武力推銷主義寄食於上層統治的人物」，無論「在朝在野都毫無對人民的愛和同情」；還把雙方進行的戰爭比作「玩火」，「到後來，很可能什麼都會變成一堆灰，剩下些寡婦孤兒」這是「民族自殺的悲劇」。另外，對其他黨派也認為是為了「將來可能作部長、國府委員」。這些意見，理所當然受到了左派作家的批評，其中楊華寫了《論沈從文〈從現實學習〉》[7]一文給予一一分析駁出。沈從文在1947年10月21日上海《益世報》上又發表題為《一種新希望》的文章，提出了「政治上第三方面的嘗試」和「第四組織的孕育」，並主張「學術獨立」來消除青年學生的猴兒心性，使之最終「形成一種比第三方面的政治更重要的發展」。他這些言論，受到了郭沫若的嚴厲批判。郭沫若在《斥反動文藝》一文中，新老帳一道算，說：「作文字上的裸

---

6　《文匯報》1947年1月10日。

7　《文萃》1947年1月1日。

體畫，甚至寫文字上的春宮，如沈從文的《摘星錄》，《看虹錄》……
他一直是有意識的作為反動派而活動著。在抗戰初期全民族對日寇
爭生死存亡的時候，他高唱著『與抗戰無關』論；在抗戰後期作家
們正加強團結，爭取民主的時候，他又喊出『反對作家從政』；今
天……企圖在『報紙副刊』上進行其和革命『游離』的新第三方面，
所謂『第四組織』……你看他的抱負有多大，他不是存心要做一個
摩登文素臣嗎？」（4）郭沫若這篇《斥反動文藝》的文章發表在
1948 年 3 月 1 日在香港出版的《大眾文藝叢刊》第一輯上，當時
正值解放前夕，像這樣上綱上線的文章其政治壓力確是很大的。何
況北京大學又出現了抄《斥反動文藝》的大字報，掛出了打倒沈從
文的大幅標語。北京一解放，《新民報》接著派出記者對他採訪，
並發表了題為《莫辜負了思想自由》的訪問記，一邊介紹沈從文的
談話，一邊對談話加以反駁，並告誡沈從文「該從頭好好想想才
對」。這一連串事件的發生，使沈從文從此以後退出文壇，轉到古
文物部門工作去了。

現在郭、沈兩位先生都已不在人世，我們已無必要對他們生前
的爭論作出評判，但我們發現有些經驗教訓還是可以記取作為鑒戒
的。首先是學術上的爭論不能用冷嘲熱諷或者扣帽子、打棍子的方
式，而採用心平氣和的充分說理的方式解決。他們互相都用諷刺挖
苦的語言，反唇相譏，使對方產生對立情緒。這兩位先生日後積怨
甚深，這恐怕是原因之一。其次是要嚴格區分兩種不同性質的矛
盾，不能用無限上綱的手段，把學術問題搞成政治問題。綜觀沈從
文一生的作為，確實說過一些自由主義的，甚至錯誤的話，但他從
營救胡也頻的活動和發表《禁書問題》之時起，一直到他拒絕國民
黨的引誘，決心留在北京等待解放，應該說是人民的一分子，那些

把他當政敵來對待的，非常不應該，這是個深刻的教訓。再次是要歷史地辯證地知人論事，對人對事應取寬容的態度，不能用斷章取義，攻其一點不及其餘的方式來進行批評對方。在中國現代文學史上，社團流派甚多，往往門戶之見，互相攻訐，這已經成為歷史。現在情形雖有根本性的改變，但前事不忘後事之師，我們對郭沫若與沈從文之間的文字恩怨作一回顧，吸取教訓，防止今後類似事情發生，也許還有點意義。

　　第三個爭議是施蟄存的「文學貧困」問題。抗日戰爭進入相持階段的 1942 年 9 月和 10 月，國民黨中央文化運動委員會先後辦了《文化先鋒》和《文藝先鋒》，推行其「民族文藝」。施蟄存於 1942 年 11 月 10 日在《文藝先鋒》第 1 卷第 3 期上刊出《文學之貧困》一文。文章提出「我們這個時代，到底是不是一個文學最豐富的時代？或者說，到底是不是一個比古代更豐富的時代」的問題。他先從文學觀念談起，認為現代的文學觀念太「純」，文學的疆域比古代狹窄，「文學的觀念及文學的教育制度，都在傾向著愈純愈窄的路上走，而說這個時代的文學會比古代更豐富，我很懷疑」。接著他便從文學對人生和社會作用的角度指出，文學在古代不是專業，只是一種「修養」，「只是知識份子的共同必修課而已」，「也並不像現代一樣地只是被當作民眾的讀物而已。她多半是輔助政教的東西」。現代作家缺乏這種「修養」，往往只局限於寫小說、詩歌、戲劇、散文，而「歷史，哲學，政治以及其他一切人文科學全不知道」，所以現代的文學，「就其與社會之關係而言，亦既不能裨益政教，又不能表率人倫。至多是能製造幾本印刷物出來，在三年五載之中，為有閒階級之書齋清玩，或為無產階級發洩牢騷之具而已」。他的結論是「文學愈『純』則愈貧困」。

最後，他又以他的標準衡量抗戰文學界，「即使在這個貧困的純文學圈子裏，也還顯現著一種貧困之貧困的現象。抗戰以來，我們到底有了多少純文學作品？……如果我們把田間先生式的詩歌和文明戲式的話劇算作是抗戰文學的收穫，縱然數量不少，也還是貧困得可憐的」。「純文學」已經夠貧困了，抗戰文學連「純文學」也挨不上，豈非雙料貧困了嗎？其實施蟄存的觀點是一以貫之的。早在 1933 年他勸青年讀《莊子》、《文選》，為提高青年的文學修養。1935 年 6 月 25 日在《文飯小品》上發表《雜文的藝術價值》一文，認為雜文「在其本身的社會價值之外，當然必需具有另外一種文藝價值」，它要從「文章的修辭，邏輯，甚至作者的態度等一切文學上的標準上去評量的。」1937 年初，在《宇宙風》新年特大號上，施蟄存以《一人一書》為題評論了不少作家，他聲言自己沒有政治偏見，「死抱住文學不放」，所以在他看來，「目前的創作界，不管在思想上有多少前進，但在技巧上卻不可緯言地是在一天天地退化」，其原因就是缺少「為創作而創作的忠誠態度」，他說：「一個作家正在從事創作的時候，他對於他的工作不能有一點支蔓的觀念。不要以為我是在拯救勞若大眾，也不要以為我是在間接打倒帝國主義，也不要以為我是在暴露一個爛熟的資產階級社會的醜態，只要認識自己正在寫作一個好的作品就盡夠了。」抗戰剛剛開始的 1937 年 8 月 1 日，在《宇宙風》46 期上，施蟄存發表《「文」而不「學」》一文，雖然對古今文學概念的界定與《文學之貧困》有所不同，但其觀點承上啟下，並無矛盾。他肯定文學有用美的文字技巧解釋人生的作用，同時又強調文學不是一門學問，而將文學作為宣傳工具，就是將文學當成專門學問，作家不應「有意地在他的作品中表現他的文學範圍以外的理

想」，因此他認為「到了『文』而不『學』的時候，才能有真文學。」1938 年 8 月施蟄存連續在香港報紙上發表《新文學與舊形式》和《再談新文學與舊形式》[8]。施蟄存認為抗戰初期的利用舊形式是新文學遷就俗文學，是「為抗戰而犧牲」，利用舊形式只是「政治的應急手段」，不可能「替文學的宣傳手段和藝術性打定『永久的基礎』。」兩文刊出後，當時左派作家林煥平寫了《論新文學與舊形式》一文進行反駁。然施蟄存的自由主義文學觀，看重的是文學自身的藝術特徵，於是他有他自己考察文學現象的思路，因此四年後仍然堅持自己的觀點，發表對抗戰文學又一次作出「貧困」的評論，是毫不奇怪的。

　　施蟄存對抗戰文學的不屑態度，自然要激起以文學為武器積極投入抗戰的左派作家的批評。陳白塵在 1942 年 12 月 25 日《文藝先鋒》第 1 卷第 6 期上發表《讀書隨筆——文學的衰亡》一文，不無挖苦地稱施蟄存是「隱士式的文學家」，當抗戰興起後，他「隱起來了」；當抗戰形勢「好轉起來」時，便「不能永遠甘於寂寞」，並歎息「多麼貧困呀！這义學園地！」他還說，「剛剛隱居了三年五載，伸出頭來便向人要偉大作品，似乎還過早一點。因為抗戰前那十多年中間，連今日隱士在內，又產生過多少巨作偉構？——不過，我們可以保證的是：『抗戰文學的收穫』，『數量』既然『不少』，即使是『貧困得可憐』，而將來偉大的作品，必然是在這些『不少』的，『貧困得可憐』的土壤中萌芽出來。因為這些『貧困得可憐』的東西到底是在抗戰中和人民的鮮血一道生長起來的。它已經獲得了生命。」楊華在 1943 年 2 月 27 日《新華日報》上也發表《「拿

---

[8]　此兩文收入《待旦錄》懷正文化社 1947 年 5 月出版。

貨色來看」和「文學貧困論」》的文章，予以評駁：「田間式的詩歌
究竟應如何評價，我不想論及，我要問的是：在抗戰以來的文學中，
除了『田間式的詩歌』和『文明戲式的話劇』之外，就一無所有了
嗎？不知施蟄存先生讀過幾節詩歌，看過幾部話劇？據我所知，抗
戰以來不僅並不缺少比較優秀的詩歌和劇本，而且除此之外，還有
著不少優秀的長篇和短篇的小說。它們底收穫，比過去任何一個時
期為豐富。只是施蟄存先生到底寫出了些什麼不是『田間式的詩歌』
和『文明戲式的話劇』的作品呢？」因此認為施蟄存的「文學貧困」
論，「不論說得如何巧妙，在文學現實之前是站不住腳的」。此外，
1943 年 5 月出版於桂林的《藝叢》創刊號，郭沫若發表了《文藝
的本質》，指摘施蟄存散佈「文學的貧困」，「只顯露得腦筋的『貧
困』」；「抗戰已經五年了，田間總還有些詩，劇作家總還有些劇」，
而他「卻只有『文學的貧困』，『貧困的貧困』」。郭沫若在《新文藝
的使命》，這篇紀念「文協」五周年的文章中，說到「抗戰文藝的
品質」時，還是進行了實事求是的分析，指出抗戰初期因戰爭的刺
激，作家們「都顯示著異常的激越，而較少平穩的靜觀」，所以從
作品看，「在內容上大抵是直觀的、抒情的、性急的、鼓動的，而
在形式上，則以詩歌和獨幕劇占著優勢的地位。但這責任也不能全
怪作家，因為一般的讀者和工作者也耐不得迂緩」。然而郭氏又強
調，隨著戰爭進入艱苦的相持階段，人民的情緒從激越趨於鎮定，
作家們在飽受戰爭生活體驗後也「回復到本來的靜觀和反省」，於
是作品方面「某種程度的廣度、深度、密度的同時增加」，也是無
可否認的事實。郭沫若接著說：「放言『文學的貧困』的人，從好
意去解釋，大約是只看到抗戰初期的情形吧。」郭沫若在施蟄存自
由主義的「文學之貧困」中，應該說看出了一絲合理的因素，這也

可能是施蟄存撰文時的初衷。不過，郭、施兩人畢竟是兩種文學觀，走的是兩條文學路，他在推測施氏的「好意」的同時，筆鋒一轉就譏諷地說：「但有一點是說得最為準確，便是說到了他自己的『貧困』。戰前的那批蒼白色的風流不凡，孤芳自賞的文士，自抗戰發生後差不多連一個字都沒有寫出。田間尚有詩，劇作家尚有『文明戲』，而這種說教的人卻只有『文學的貧困』而已。」於是郭沫若將施蟄存以及梁實秋、沈從文歸為「都是不屑和大眾生活打成一片的人」。這可能是事實，但這與從學理上討論抗戰初期文學是否「貧困」畢竟還是兩碼事。可見不同派別的文學爭議，往往不免會纏夾進一些情感因素，產生一些意氣用事，這當然會影響到學理層面的闡述，對「文學之貧困」的批評，也免不了這種情況。

　　考察抗戰前期文學派別的幾次爭議，所接觸的都是有關文學性質和功能的問題，什麼藝術與宣傳、無關與有關、一般與特殊、數量與質量、貧困與豐收等等，概括起來，還是一個文學與政治的關係問題：文學要不要密切聯繫時代最大的政治即抗日戰爭？當創作中出現政治與藝術不能兼顧甚或矛盾的時候，究竟是為了政治而不惜犧牲藝術，還是寧可疏離政治，也要死抱住文學不放？這是左派和自由派已經糾纏了十幾年都未了結的舊帳，這裏的幾次爭議，自然也不可了決，甚至後半個世紀的爭論更為偏激，由於提倡「文學服務政治」，造成了一場一場以友為敵的文學悲劇，歷史的教訓是深刻的。

　　第四個爭議就是戰國策派的《野玫瑰》問題。戰國策派，也稱戰國派，其成員是抗戰時期大後方的對國難當頭的民族充滿憂戚與關懷的一群大學教授，代表人物有林同濟、雷海宗、陳銓等。他們之所以被冠名戰國派，主要是因為他們在 1940 年至 1941 年於昆明

創辦《戰國策》半月刊，以及 1942 年又在重慶《大公報》上闢有《戰國》副刊，並致力於宣揚「戰國」文化精神及其文學。儘管他們「鑒於國勢危殆」，深感「非提倡及研討戰國時代之『大政治』無以自存自強」，並抱是「非紅非白，非左非右，民族至上，國家至上之主旨，向吾國在世界大政治角逐中取得勝利之途邁進」的熱血士人的自由主義立場[9]。但是，在當時仍然引起了劇烈的震盪與反映，既有贊同與喝彩的，也有抗議和聲討的。其中以左派的評擊最為激烈，如漢夫在 1942 年初發表於《群眾》第 7 卷第 1 期上的《「戰國」派的法西斯主義實質》，李心清於 1942 年 6 月 9-11 日發表在《解放日報》上的《「戰國」不應作法西斯主義的宣傳》，僅此題目，就嚇人，給「戰國派」定了性。所幸的是，如今大多數學者主張要歷史地看待問題。丁曉萍、溫儒敏編輯了《時代之波：戰國策派文化論著輯要》一書，由中國廣播電視出版社於 1995 年出版，並撰有《「戰國策」的文化反思與重建構想》一文，作了比較公正的評價。現在我們其他的姑且不論，僅就「戰國策派」的文學代表作《野玫瑰》的爭議作一介紹。

　　《野玫瑰》是陳銓作於 1941 年的一個四幕劇，發表於《文史雜誌》第 1 卷第 6、7、8 期，並於 1942 年 3 月在重慶抗建堂演出，後被改編為電影《天字第一號》。這是一個國民黨特工打入敵偽高層智鋤漢奸的故事。這個故事充分體現了戰國派文學「浪漫悲劇」的風格。它表現出「為了一個崇高的理想」，「願意犧牲一切，甚至於生命，亦所不惜」的精神[10]。而這種精神與「永遠能夠引起人類興趣的……戰爭、愛情、道德」三種題材融為一體，故深具感召

---

[9]　《本刊啟事》，《戰國策》第 2 期 1940 年 4 月 15 日。
[10]　陳銓：《青花》《國風》第 12 期）

力[11]。劇本發表後，特別搬上舞臺公演之後，因各界反響強烈而轟動一時。當局政府教育部學術審議會給予《野玫瑰》三等獎獎勵。但是重慶戲劇界同人卻聯合致函全國戲劇界抗敵協會，要求向教育部提出抗議，撤銷「原案」；同時在國民黨中央文化運動委員會及中央圖書雜誌審查委員會聯合招待戲劇界人士的茶會上再次提出嚴重抗議，要求撤銷「獎勵」並禁止上演。對此，時任中央圖書雜誌審查委員會主任潘公展則聲稱：《野玫瑰》「不惟不應禁演，反應提倡；倒是《屈原》劇本有問題」。[12]隨著演劇影響的擴大，評論界不同的聲音更是此起彼伏。陳西瀅撰《野玫瑰》書評刊於《文史雜誌》第 2 卷第 3 期，對該劇作以充分肯定，認為該劇的主要人物塑造頗為成功，突破了以往漢奸或間諜戲的簡單模式，顯示了鋤奸鬥爭的艱巨，並對為國家和民族犧牲一切的女主人公倍加讚賞稱道。之後，左翼作家紛紛發表文章批判《野玫瑰》及戰國派文學。谷虹在《現代文藝》第 5 卷第 3 期上發表《有毒的〈野玫瑰〉》，認為「在意識上，它散播漢奸理論，在戲劇藝術上，助長頹廢的、傷感的、浪漫蒂克的惡劣傾向，是抗戰以後最懷的一部劇本。」顏翰彤在 1942 年 3 月 23 日《新華日報》上發表《讀〈野玫瑰〉》一文說，不妨說它是一個反漢奸的劇本，但未有「新的進步」。它「更存在著嚴重的問題——隱藏了『戰國派』思想的毒素」。不但「看不見漢奸的罪行」和「生死鬥爭的場面」以及「為了達到鋤奸目的所必須付與的精力與心血」，而且對漢奸的成因與滅亡的挖掘和安排有寬容同情之嫌，是秉承權力意志說的戰國派世界觀在文學中的表現。也由此暴露了其所倡導的「民族文學」的法西斯主義應

---

[11] 林少夫：《〈野玫瑰〉自辯》《新蜀報》1942 年 7 月 2 日。

[12] 參見 1942 年 6 月 28 日《解放日報》：《〈野玫瑰〉一劇仍在後方上演》。

聲蟲的本質特徵。然後,《野玫瑰》演出人員一一站出來自辯:認
為該劇是個雅俗共賞的間諜劇,情節曲折動人,對漢奸醜惡有極深
刻的插穿,不但使觀眾明瞭間諜工作者的偉大,且於漢奸終於得到
報應而死的時候,感到正義勝利的快意。而對它的批判是戴著顏色
眼鏡去看一切,是對劇本的歪曲。並且指出漢奸王立民的最基本病
症是個人主義,而滅亡它的唯有劇中「夏豔華,劉雲樵等的『民族
主義』。」[13]

　　從上述情況看,爭議雙方主要涉及兩個層面的問題,即對劇中
主要人物的闡釋和對該劇「浪漫」風格的解讀,實際上就是如何闡
釋和解讀戰國派文學的性質界定。對主要人物的闡釋,爭議雙方各
有自己的態度。夏豔華作為一個打入淪陷區敵偽高層的國民黨特
工,為了國家和民族的利益,不惜犧牲個人的愛情,嫁給年長自己
幾十歲的敵偽高官,忍辱負重,周旋虎穴,離間龍潭。當她意外重
逢曾是同志因「誤會」憤然移情的舊日戀人時,忍隱著巨大的內心
創痛,讓「誤會」持續。而在危情之刻,挺身而出假手誅殺勁敵,
救助同志脫離險境,最後隻身孑然漂泊失所。這一人物形象藝術地
再現了戰國派文學所力倡的蘊涵著「民族意識」的「浪漫悲劇」精
神。「民族意識」的至高神聖是夏豔華無怨無悔,犧牲兒女私情,
盡忠國家民族的原動力;更是她所向披靡克敵制勝的法寶。劇本「浪
漫悲劇」的鋪陳描寫則使夏豔華充滿著無私無畏的民族意識,穿透
出攝人心魂的藝術感染力,因而它帶有某種悲愴壯美味道和閃耀理
想光彩的悲劇浪漫。對此,爭議雙方都有深刻感受,陳西瀅讚歎「野
玫瑰,開得多有精神,雖然沒有人欣賞她,她並沒有憔悴」。而左
翼作家顏翰彤卻說「這種人物在現實生活中是不存在的」,只是「重

---

[13] 《〈野玫瑰〉自辯》,《新蜀報》1942 年 7 月 2 日。

複著作者藉著他們嘴上所談的思想」。可見前者給予了理解和讚佩，後者則予以批評和否定。

對王立民這個漢奸形象，爭議雙方更呈現出對立態度，成為爭議的焦點。該劇中的王立民確非等閒之輩，儘管他一貫自負，權力欲極強，但直到抗戰爆發，北平淪陷才得以在日偽政權內平步青雲。由於他認定人生在世必須要有支配的權力，「沒有權力，生命就毫無意義」，故所以他附逆事偽毫無愧色。然而，不管他多麼剛愎自用，在抗日救亡的時代潮流撞擊下，必然抗拒不了失敗直至滅亡的命運。他作為一名日偽政權的高官，背叛了國家，背叛了民族，不齒於人類。然他作為人父，為著美麗溫婉的女兒，他格外的寬恕了他的敵手。作為絕症隱患者，在失明失憶將臨頭時，為不苟且於世的「賴活」，斷然服毒自盡。但他作為人夫，至死方明白「英雄一世」的自己最終卻被有堅定「民族意識」的夫人所擊敗。儘管其命非夫人親手所刃，但夏豔華表現出來的堅韌和對他絕命之刻的凜然告白，則令他驚詫莫名，死難瞑目，是他的最致命的打擊。顯然王立民的形象內涵更為複雜，除了他更具「強權」傾向和喪失「民族意識」的「極端個人主義」之外，還有著「虎不食子」的舐犢溫情。對於這樣的人物形象，作者的態度是複雜的，交織著憎惡與同情。讀者與觀眾對該人物在憤恨之外，也不禁生出幾許憐惜。這一點正是雙方發生爭議的癥結所在，也是左翼最不能容忍的。

圍繞《野玫瑰》的爭議，首先表現為爭論雙方審視的測重點不同，肯定者只強調因循文藝的內部規律而執著於美學批評。否定者則刻意於文藝與外部現實的聯繫而固守於社會政治批評。其次表現為評論者思想立場的相左，肯定者大多是西南聯大的學生和學者，他們與戰國派宣稱的「非紅非白，非左非右」的自由主義文化立場

195

相共鳴。他們面對抗日救亡的時代主題,更多的是強調通過文化和學理的探究,開具進一步改良「國民性」的良方,以實現民族振興來戰勝侵略;他們既不滿意時政弊端,然又無意於從事革命鬥爭的願望,對現實政治鬥爭的客觀性和複雜性認識嚴重不足。否定者則為共產黨領導下的肩負捍衛民主政治與獨立自由使命的左翼文化工作者,更多的是從實際的政治鬥爭和階級利益出發,一俟戰國派及其文學被政治鬥爭的另一方所贊同和利用,揭竿而起批評戰國派是其必然的選擇,抓住一點不及其餘也在所難免。如此情形,如果止步於文藝爭論意義範疇,或定格於特殊的抗日救亡時期,本無可厚非。但隨著左翼所屬意識形態的獨步於世,《野玫瑰》及其戰國派文學仍背負著「掛抗戰之羊頭,賣法西斯的狗肉,戴『民族的』面具,作封建勢力的幫兇」[14]的種種惡名,跌落於萬劫不復的深淵,直至今日它所蒙受的歷史塵埃才得拭去。當年戲劇界前輩陳白塵,在回顧這段歷史時雖然仍堅持《野玫瑰》「美化國民黨特務」,「嚴重歪曲抗戰時期的現實生活」,但他不無感慨地說:「今天看來,這一批判,政治聲討重於藝術論爭,對『戰國』派劇本的批評沒有與實事求是的藝術分析結合起來」。[15]

---

[14] 茅盾:《現在我們要開始檢討——八年來文藝工作的成果及傾向》,《華西晚報》1945 年 12 月 31 日。

[15] 《中國新文學大系(1937-1949)戲劇卷·陳白塵序》第 15 頁。

# 第十一章　「延安文學」之爭

　　二十世紀四十年代初期，在抗日戰爭最為艱苦的年月裏，延安開始了整風運動。1942 年 2 月 1 日，毛澤東在中共中央黨校開學典禮上發表了《整頓黨的作風》的演說，2 月 8 日，又在延安幹部會上作了《反對黨八股》的講演，由此拉開了延安整風運動的序幕。整風運動的主要內容是反對主觀主義以整頓學風、反對宗派主義以整頓黨風、反對黨八股以整頓文風。而在延安舉行的文藝座談會，則是整風運動的組成部分。延安文藝座談會是 1942 年 5 月 2 日開始，到 5 月 23 日結束。毛澤東發表的《在延安文藝座談會上的講話》，確立了文藝服務於政治，走工農兵方向的中國文藝發展的基本格局。在整風期間，隨著對王實味的批判以及丁玲、艾青等人的自我批評，有關文學與政治關係問題、文學工作者的立場與態度問題、文學是重在暴露還是歌頌光明，以及應表現階級性還是表現人性等問題在全新的背景狀態中進行了合乎主流意識形態要求的討論，結果，在「武器的批判」的嚴峻氛圍裏，強化了延安文藝界人士的文學的紀律，也增強了對文學意識形態功能的認識。

　　延安整風運動中批判的第一個焦點是文學與政治的關係。文學與政治的關係是中國現代文學史上一個相當複雜又相當敏感的問題。在許多左翼文學家那裏由於過多地考慮文學的政治功用，而往

往容易被忽略文學自身特徵的問題。整風期間的艾青觸碰的就是文學與政治的問題，並有著出格的見解。他在《瞭解作家，尊重作家》一文中，從對文學自足性認識的觀念出發，反對要把文學派什麼用場的功利主義觀點。艾青說「當法國資產階級的大詩人伐萊里的《水仙辭》出版的時候，一個同階級的批評家曾以這樣的話頌揚他的作品：『近年來我國發生了一件比歐戰更重大的事件，即伐萊里出版了他的《水仙辭》』。艾青又引用了一個英國人的說法，「寧可失去一個印度，卻不願失去一個莎士比亞」。因為莎士比亞的作品「可以支援一個民族的自尊心理，從而換到不止一個的印度」。[1]艾青所引據的說法雖然只具有比喻的性質，但表達了艾青把文學放到了與政治或歷史等同的地位。在這篇文章的最後，艾青以凝重的筆調為作家的「自由寫作」要求「特權」。這顯然是「文學服務政治」的規範以外的要求。不過，艾青在 5 月 15 日發表在《解放日報》上的《我對於目前文藝上幾個問題的意見》一文中，對以前自己文章的觀點進行了「修正」。艾青的「修正」主要在兩個方面：一方面他把文藝納入政治的戰略格局，說「在為同一的目的而進行艱苦鬥爭的時代，文藝應該（有時甚至必須）服從政治，因為後者必須具備了組織和彙集一切力量的能力，才能最後戰勝敵人。但文藝並不就是政治的附庸物，或者是政治的留聲機或播音器」。最終艾青在文藝與政治關係上只保留了一個「文藝的特殊性」的說法。另一方面，艾青把作家「自由寫作」的「特權」轉換成「作家的立場和態度」，並且說：「這立場和態度，是作者和他所生活的時代的政治方向相結合的東西，是根據於作者世界觀，使作品向一定方向出發的軸心和輪子」。這樣就在無形中收回了作家「自由寫作」的「特權」

---

[1]　《解放日報·文藝》1942 年 3 月 11 日。

要求。表現出艾青在文藝自足性上的認識退守，不過他幸虧這種退守，暫時避免了一劫。

在劫難逃的是王實味。王實味，原名叔翰，1937 年 10 月奔赴延安。他不顧延安已開始整風運動的形勢，完全不理解毛澤東作的兩個整風演講的意圖，於 1942 年 2 月 17 日寫了一篇題為《政治家・藝術家》的雜文，發表在文藝刊物《穀雨》第 1 卷第 4 期上，不幾日，又寫了一組總題為《野百合花》的雜文，分兩次發表在 3 月 13 日和 23 日的《解放日報》副刊上。在 3 月 18 日中央研究院召開整風動員大會上，王實味又帶頭反對羅邁（李維漢）所作的講話精神。還寫了《我對羅邁同志在整風檢工動員大會上發言的批評》和《零感兩則》等文，貼在中央研究院壁報《矢與的》第 1、2 期上。王實味的文章據說發生了很大影響，得到了當時「中央研究院百分之九十五的人贊成」[2] 後來國民黨把王實味的文章編印成《關於〈野百合花〉及其他》的小冊子到處宣傳延安的「黑暗」。正因為這樣，王實味的言行，便成為他受嚴屬批判的原因。王實味在《政治家・藝術家》一文中，平實地描寫了常態情況下政治家藝術家各自的特點和弱點。他說：「政治家主要是革命底物質力量底指揮者，藝術家主要是革命底精神力量底激發者。前者往往是冷靜的沈著的人物，善於進行實際鬥爭去消除骯髒和黑暗，實現純潔和光明；後者卻往往更熱情更敏感，善於揭破骯髒和黑暗，指示純潔和光明，從精神上充實革命的戰鬥力」。接著他又說：「政治家和藝術家也各有弱點。為著勝利地攻擊敵人、聯合友軍、壯大自己，政治家必須熟諳人情世故，精通手段方法，善能縱橫捭闔。弱點也就從這些優點產生：在為革命事業而使用它們的時候，它們組成最美麗絢爛的

---

[2]　《王實味冤案平反紀實》群眾出版社 1993 年版第 104 頁。

『革命的藝術』，但除非偉大的政治家，總不免多少要為自己底名譽、地位、利益也使用它們，使革命受到損害。在這裏，我們要求貓的利爪只用以捕耗子，不用來攫雞雛。這裏劃著政治家與政治的分界線。對於那種無能捕耗子而擅長攫雞雛的貓，我們更須嚴防。至於一般藝術家的弱點，主要是驕傲、偏狹、孤僻、不善團結自己底隊伍，甚至互相輕蔑，互相傾軋。在這裏，我們要求靈魂底工程師首先把自己靈魂，改造成為純潔光明。」以上兩段話最為批判者所看重，受到的責難也是最嚴屬。因為王實味把政治家藝術家同等看待，強調了藝術作用的重要性；同時他又從人性的角度提出了政治家在政治運動中有可能產生的弱點，這便構成了向解放區各界人士對新政治以及對政治家烏托邦崇拜所形成的政治情緒提出了嚴重「挑釁」。因此遭受批判和鬥爭是很自然的。

金燦然在《讀實味同志〈政治家・藝術家〉後》一文中，幾乎逐段逐段批判了王實味的觀點，並把王實味的錯誤概話成三個方面：第一，「他只在字面上，並沒有在本質上瞭解新型的革命的政治家與藝術家與舊的所謂的政治家與藝術家有什麼區別」；第二，他「把政治家與藝術家的工作與目的機械的分開——不是字面上分開，而是實質上分開」；第三，他「對『作家是人類靈魂底工程師』一語的曲解」。金燦然還認為，王實味在文章中說政治家「實現純潔和光明」，藝術家「指示純潔和光明」，便有藝術家指導政治家的嫌疑。[3] 艾青在批判王實味的文章《現實不容許歪曲》一文中，集中向藝術家的「神聖性」挑戰，用以維護政治家的神聖性。他寫道：「藝術是社會生活的產物。藝術家是社會的構成員之一。藝術不是上帝所賜與的聖水。藝術家不是從上帝那裏乘了降落傘到地上的，

---

[3]　《穀雨》第 1 卷第 4 期 1942 年 4 日。

而是同每個構成員一樣，從母胎裏分娩出來的。藝術家沒有必要裝得像牧師那樣，以為自己的靈魂就像水晶做的那麼透明（雖然也不致於像王實味那樣骯髒），而在這神聖的革命時代，藝術家必須追隨在偉大的政治家一起，好完成共同的事業，並肩作戰。今天，藝術家必須從屬於政治」。艾青從要求藝術家創作自由特權到宣佈藝術家必須從屬於政治的轉變，其思想認識誇度雖然很大，但這種現象在當時延安文藝界是很典型和普遍的。周揚在《王實味的文藝觀和我們的文藝觀》的文章中，認為王實味說政治家是「戰略策略家」、「熟諳人情世故，精通手段方法，善能縱橫捭闔」，這實際上是已經把馬列主義的政治家降低到列寧、史達林所深惡痛絕的政治上的庸人地位了。同時還認為「王實味為了加深藝術家與政治家的裂痕，他一方面巧妙的貶損了政治家，一方面故意把藝術家捧到天上」。所以王實味把藝術服從政治的正確的原則關係換成為無原則的關係，「把藝術服從政治暗示為藝術家向政治家低頭」。周揚在批判王實味時，除了確定「文學服從政治」原則之外，也承認藝術有其「自身的特殊性」。但反過來又認為文藝這種特殊性「就是一個最麻煩的問題」。之所以「麻煩」就在於「過分強調特殊性，會引向脫離政治；一筆抹殺特殊性，結果只是取消藝術而已，對於政治也仍然沒有好處」。[4] 可見，文藝的特殊性只是限定在對政治的有無「好處」的前提下。所以當年的許多文章把文藝特殊性只僅僅局限在「藝術技法」上了。

王實味的言行引起了毛澤東的重視。據胡喬木回憶，毛澤東看了《解放日報》上王實味的《野百合花》後，「曾猛拍辦公桌上的報紙，厲聲問道：『這是王實味掛帥，還是馬克思掛帥？』」他當即

---

[4] 《解放日報》1942 年 7 月 28、29 日。

打電話，要求報社作出深刻檢查。」[5]毛澤東認為王實味的文章充滿了對領導的敵意，並有挑起一般同志鳴鼓而攻之的情緒，這是不能容許的。毛澤東的意見固然尖銳，然仍只是作為嚴重錯誤來批評。可是，後來康生從王實味於 1941 年的彙報材料中得悉他與托派王凡西是北大同學的關係，並翻譯過《托洛茨基自傳》中的兩章之後，便說他是托派分子，毛澤東信以為真，從而便定了鬥爭的調子：王實味是托派，他的文章是立場錯誤。康生便親自到中央研究院「指導」鬥爭王實味的所謂「黨的民主與紀律」為題的座談會，從 5 月 27 日開始到 6 月 11 日結束，一共開了 16 天。並認為王實味的錯誤絕不只是思想上政治上的問題，而且也是組織上的問題。6 月 10、11 日丁玲在會上作了題為《文藝界對王實味應有的態度及反省》的發言，給王實味的《野百合花》定了性，是「反黨的文章」。在中央研究院座談會召開前後，《解放日報》、《穀雨》、《新華日報》等報刊發表了大量批判王實味的文章。儘管王實味多次申辯，但都沒有被聽取。1942 年 10 月 23 日中央研究院作出了開除王實味共產黨黨籍的決定。據說這個決定是由凱豐簽署，毛澤東親批的[6]。王實味本人於 1943 年 4 月 1 日被康生下令逮捕。經過長期審查後，康生又於 1946 年進一步把王實味定性為「反革命托派奸細分子」，並叫人寫出《王實味問題的結論》。但王實味不承認自己是托派，拒絕接受這個結論，沒有簽字。1947 年 3 月中旬，胡宗南即將進攻延安，中央社會部的一批幹部撤離延安去晉西南興縣。王實味被送押在晉綏公安總局第四科，6 月中旬，國民黨飛機轟炸興縣，經康生「口頭批准」於 7 月 1 日夜晚，王實味被砍了頭，埋

---

[5] 轉引自李書磊：《走向民間》山東教育出版社 1989 年版。
[6] 《王實味冤案平反紀實》第 103 頁。

屍於一口枯井裏。[7]直至 1991 年 2 月 7 日公安部作出《關於對王實味同志托派問題的復查決定》,「給予平反昭雪。」王實味因一篇文章、一個文學觀點引來殺身之禍,冤案又經過 49 年之後才能平反昭雪,這給我們提供了太多不可遺忘的教訓。

延安整風運動中批判的第二個焦點是暴露黑暗還是歌頌光明。暴露黑暗還是歌頌光明,本來是一個不折不扣的文學命題,但在左翼內部文學意識的爭議中轉化為一個政治問題,這對解放區文學的發展乃至將出現的當代文學來說,都是一個巨大的轉換。說來也奇怪,二十世紀四十年代初期,延安似乎存在著一個雜文運動,許多作家都呼籲一個以諷刺暴露為主的雜文時代。丁玲是延安最早倡導雜文的人,她在《我們需要雜文》中寫道:「即使在進步的地方有了初步的民主,然而這裏更需要督促,監視,中國所有的幾千年來的根深蒂固的封建惡習,是不容易剷除的。而所謂進步的地方又非從天而降,它與中國的舊社會是相連結著的。而我們卻只說在這裏是不宜於寫雜文的,這裏只應反映民主的生活,偉大的建設」。在文章最後,丁玲認為「我們這時代還需要雜文,我們不要放棄這一武器。」[8]之後羅烽的《還是雜文時代》、蕭軍的《雜文還廢不得說》等文章裏,都明確提出我們不獨需要雜文而且很迫切。在延安這短暫的雜文時代中所出現的雜文內容,在不同程度上觸碰了現實生活。其中有較大反響的雜文有蕭軍的《也算試筆》、《論同志之「愛」與「耐」》,王實味的《野百合花》、《政治家‧藝術家》,丁玲的《三八節有感》,艾青的《瞭解作家,尊重作家》、《坪上散步》,羅烽的《囂張錄》等。這些文章都有感受敏銳、針

---

[7] 《王實味冤案平反紀實》第 80 頁。
[8] 《解放日報》1941 年 10 月 23 日。

砭時弊的特點，並且觸摸到了延安現實生活社會中從來沒有人觸及的領域。

蕭軍在頗有爭議的《論同志之「愛」與「耐」》中寫道「年來，和一些革命的同志接觸得更多一些，我卻感到這『同志之愛』的酒也越來越稀薄了！雖然我明白這原因，但這卻阻止不了我的心情上的悲愴」。[9] 這裏我們看到了蕭軍直抒胸臆，大膽直言的一貫風格。丁玲更有叛逆精神。一方面表現在她對現存生活形狀的批判；另一方面是表現她在女權意義上的反叛。由此看來，丁玲的「暴露黑暗」則有源遠流長的歷史。丁玲發表於 1941 年的兩篇小說，《我在霞村的時候》[10] 和《在醫院中時》[11] 都有言說社會黑暗的傾向。而《在醫院中時》更具日常性生活的特點。它取來自現代城市的女知識青年陸萍的視角，展露了治病救人場所醫院的「病象」，那就是浸透於日常生活細節的人們的蒙昧麻木、自私疏懶的精神狀態。對此，燎熒於 1942 年 6 月 10 日在《解放日報》上發表批判文章《「人⋯⋯在艱苦中生長」》，其中說：「作者借著主人公底感覺來描寫了她底周圍的人物，這些人物，我們看不見他們底心靈的活動。隨著主人公底判斷、底印象，於是就抹殺了他們底一切，而造出了一個差不多是不可救藥的一群。這是非常有害的客觀主義的描寫。」小說主人公那種青春的敏感悸動、叛逆，以及對前現代性的種種日常景觀的批評，被批判者當作「是在思想上不自覺的宣傳了個人主義」。批判者最後還說：「作者對於那些不和自己相同的人，顯然只有表面的瞭解。延安與那黑暗得太濃的社會究竟離得遠些，因此也難免把個別缺點看得嚴重。而且，作者所熟悉的舊的現實主義的方法也

---

9  《解放日報》1942 年 4 月 8 日。
10  《中國文化》第 2 卷第 1 期。
11  《穀雨》第 1 期。

起了限制的作用。這就是為什麼《在醫院中時》失敗了的原因。」
當然，像這樣的批判還是留有餘地的，不過已經看出不准暴露黑暗
的端倪。丁玲的《三八節有感》，對社會現實的指責則更具有女奴
意識。她寫道：「延安的女同志卻不能免除那種幸運：不管在什麼
場合都最能作為有興趣的問題被談起。而且各種各樣的女同志都可
以得到她應得的非議。這些責難似乎都是嚴重而確當的」。接著丁
玲又用嘲諷的筆調對準具體的「幸運」女同志：「而有著保姆的女
同志，每一個星期可以有一次最衛生的交際舞。雖說在背地裏也會
有難比的誹語悄聲的傳播著，然而只要她走到哪里，哪里就會熱
鬧，不管騎馬的，穿草鞋的，總務科長，藝術家們的眼睛都會望著
她」。這篇文章既暴露了延安現實生活的某些黑暗層面，又提出了
女性在解放區婚姻等日常生活中所遇到的疑難問題。當時《三八節
有感》所引起的爭議幾乎不亞於王實味的《野百合花》。根據丁玲
自己的回憶，第一次批評是在 1942 年 4 月初的一次高級幹部學習
會上。會上共有八人發言，其中七人對《三八節有感》和《野百合
花》提出了批評。丁玲回憶道：「毛主席說：『《三八節有感》同《野
百合花》不一樣。《三八節有感》雖然有批評，但還有建議。丁玲
同王實味也不同。丁玲是同志，王實味是托派』。毛主席的話保了
我，我心裏一直感謝他老人家。文藝整風時期，只有個別單位在壁
報上和個別小組同志對《三八節有感》有批評。我自己在中央研究
院批判王實味的座談會上，根據自己的認識作了一次檢查，並且發
表在六月十六日的《解放日報》上。組織也沒有給我任何處分」。[12]
由於毛澤東的發言，丁玲沒有陷入更大的政治追查漩渦，此時丁玲
幡然而悟，爽然而慚。承認自己「那篇文章主要不對的地方是立場

---

[12] 《延安文藝座談會的前前後後》，《新文學史料》1982 年第 2 期。

和思想方法」,「我只站在一部分人身上說話而沒有站在全黨的立場說話」。丁玲自我檢討了三個錯誤:其一,文章的確有「不要靠男子,自己爭氣吧」的味道。占半數人口的男子不參加婦女解放,婦女要求徹底解放是不可能的;其二,文章前面曾把延安婦女肯定為比中國其他地方婦女為幸福,但充滿文中之情緒,似乎不能使人感到有什麼不同;其三,文中的個別措辭可能引起一些沒有地位的婦女對有地位的男子生出一種不好的成見,這是不合乎團結要求的。[13]從此以後,丁玲在暴露黑暗的問題上便裹足不前,她的叛逆個性在無形中也逐漸消解。

　　王實味的《野百合花》,一石擊起了千層浪。文章分為五部分,即「前記」、「一、我們生活裏缺少什麼?」、「二、碰『碰壁』」、「三、『必然性』『天塌不下來』與『小事情』」、「四、平均主義與等級制度」。「前記」最為重要,追記了革命者李芬的犧牲經過及對王實味的深遠影響,他說「從聽到她底噩耗時起,我底血管裏便一直燃燒著最猛烈的熱愛與毒恨。每一想到她,我眼前便浮出她那聖潔的女殉道者底影子」。「每一想到她,我便心臟震動血液循環更有力!(在這歌囀玉堂春、舞回金蓮步的升平氣象中,提到這樣的故事,似乎不和諧,但當前的現實——請閉上眼睛想一想吧,每分鐘都有我們親愛的同志在血泊中倒下——似乎與這氣象也不太和諧!)」在這裏,王實味由革命的犧牲者所建立的最高的生活意義,從中得到了道德的最大力量,由此來觀察俯視日常生活中的種種現象,從而對它貶斥,這是王實味的道德烏托邦,也是他的失誤和偏激所在。王實味由道德的偏激視角所審視的社會現象,自然分成了正和邪、愛和恨、冷和熱的二元世界,呈現出黑暗與光明的極端,這是他現實

---

[13]　《文藝界對王實味應有的態度及反省》,《解放日報》1942 年 6 月 16 日。

理性的缺乏所導致的，不能歸結為托派分子的陰謀詭計。至於王實味的文章被國民黨引用作為反宣傳材料，也不能用來懷疑和否定王實味寫作的主觀動機。不過，一旦把「暴露黑暗」置入政治領域，那麼就會開動批判者的意識形態的想像機器，熱情地把一切不實之罪強加給被批判者。例如陳伯達在《關於王實味》一文中就說：「總而言之，總而言之，王實味的思想感情是包含一個反民眾的、反民族的、反革命的、反馬克思主義的、替統治階級服務的、替日本帝國主義和國際法西斯服務的托洛茨基主義。」並且認為「所有人類最骯髒的東西的成分，在他那裏都可找到各種某些不同的表現。」可以想見，這樣的認識，王實味被扣上罪名，那真是勢所必然了。

　　當然還有一些批判文章，在批判王實味的思想認識的同時，也探討「暴露黑暗」的理論限度。金燦然認為「當前藝術家同志們應當捐負起的主要任務，並不在於借揭露自己陣營來『改造』我們的靈魂，而在於向敵人及反共分子鬥爭，揭露他們的殘暴和黑暗……同時，並指點出光明，指點出新生的力量。首先要『槍口向外』，其次才能『向內』（姑且用這個名字，革命隊伍中的自我批評，是要與人為善、援人以手，並不是為了打人），而在『向內』的時候，也不應該強調黑暗，抹煞光明。在革命陣營內，光明要大過黑暗不知若干倍，增強團結，指出前進道路，是一切革命分子（藝術家當然在內）的首要任務。」（《讀實味同志的〈政治家・藝術家〉後》）周揚對黑暗與光明問題有過一個較有理論色彩的意見。周揚指出：「要正確地解決寫光明寫黑暗的問題，有三個問題必須先弄請楚：第一是革命現實主義的作品與舊的現實主義的作品不同的問題，即文藝創作方法的問題；第二是抗戰中的中國與過去的中國，反法西斯戰爭中的世界與過去的世界不同的問題。即現實中光明與黑暗力

量對比變化的問題；第三是文藝上的批評與自我批評的問題，即批判的態度的問題。」(《王實味的文藝觀和我們的文藝觀》)周揚在這裏從創作方法、政治形勢、思想立場諸多方面說明文藝工作者應該更多地歌頌解放區的光明，暴露敵人的黑暗而不是相反。這是從政治立場上意識形態意義上來闡釋的。但王實味、丁玲所說的「黑暗」可能不全在政治意義上，更多地是在思想文化上，因此其中存在著一個改造「國民劣恨性」的啟蒙視角。而批判者把「暴露黑暗」僅僅理解成政治意義時，必然忽視啟蒙視角下「暴露黑暗」的真正含意，從而啟蒙擁有的「暴露黑暗」的陣地不可避免地遭到可怕的喪失。

延安整風運動中第三個爭議觀點是文學的人性論。文學與人性是緊密相關的。文學上有關人性的一些觀念，例如愛和憎、光明和黑暗、美麗和醜惡、溫暖和冷淡等都具有一種缺乏政治立場的模糊性質，這必然會對階級論文學觀造成潛在的衝擊。於是延安文藝界對「文學人性論」的批判，一方面是對人性中模糊情感領域用階級的觀點重新進行闡釋和規劃，另一方面又為文學為政治服務的原則作鋪墊。王實味在《政治家・藝術家》文章中有如下一段話：「中國底革命是特殊艱苦的。社會制度改造一方面之艱苦，大家都很瞭解，而人底靈魂改造一方面尤其艱苦，深懂這道理的人卻不太多。『愈到東方，則愈黑暗』，舊中國是一個包膿裹血的，充滿著骯髒與黑暗的社會，在這個社會裏生長的中國人，必然要沾染上它們，連我們自己──創造新中國的革命戰士，也不能例外。這是殘酷的真理，只有勇敢地正視它，才能瞭解在改造社會制度的過程中，必須同時更嚴肅更深入地做改造靈魂的工作，以加速前者底成功，並作它成功底保證。」王實味這個認識確實不是從階級論的立場來立

論的。那麼王實味的文藝觀是否就是人性論呢？其實王實味這篇文章表達的文學觀很難說就是人性論。文章本身有這樣三層意思：一，對藝術家的社會地位作了充分強調；二，對人的靈魂骯髒作了充分估計；三，表現了改造人靈魂的迫切心情。因而與其說王實味的思想觀點是人性論，倒不如說是一種啟蒙思想觀更合適。

可是，當時在延安的批判者的認識卻是人性論。艾青在《現實不容許歪曲》一文中說：「王實味的文章裏，到處浮泛著『愛』，『溫暖』，『純潔』，『光明』，『聖潔』，『熱情』，『勇敢』，『美麗和溫暖』，『理性和良心』……。這些抽象的、漂亮名詞浮泛在他的文章裏，就像一圈圈的虹采的油光浮泛在陰溝水上。好像王實味是最純潔的、最富有人性的、有崇高修養的人。」艾青還說，「一切名詞，除了說明它所包含的具體內容之外，毫無意義。一切抽象名詞必須根據在一定的階級、本質的差別的事物上，才有價值」。羅邁在《論中央研究院的思想論戰》一文中說得更明白：「他的『人性論』，實際上是他的腐化了的人生觀的一種寫照」。於是「從反王實味的鬥爭中，我以為應該引出一個嚴重的結論：那就是提高政治警惕性與反對自由主義的問題。」這裏就把人性這東西放到了政治領域。周揚對王實味「人性論」也有過一個分析。他在《王實味的文藝觀和我們的文藝觀》中認為：「高尚」、「純潔」的思想感情在工實味他們那裏都是剝除了具體時代內容和階級性質的。周揚還把托洛茨基、梁實秋、王實味一道納入「人性論」譜系，從而批判王實味人性論的資產階級性質：「他反覆申說：藝術家的任務是改造人的靈魂，即是清洗人靈瑰中的骯髒黑暗，將它改造成純潔光明，翻成更簡單的說法，文藝應當表現完美的人性，他只說一個抽象的『人』，而不把人分成階級的類別。他所講的人性，他所常掛在嘴上的什麼

愛呀熱呀那一套東西，都是有意提倡托洛茨基的、也是一般資產階級歷來用以騙人的捕風捉影的抽象觀念，藉以攪混我們同志的思想，好去上他的圈套。」所以周揚說，與王實味的不同：「只是他從超階級的人性論出發，我們卻從階級論出發而已。」

前面我們說過王實味的文藝觀有啟蒙思想，確實啟蒙思想與人性論都具有超階級的色彩。人性論偏重於以普遍人性來否定階級的人性，梁實秋當時的思想認識就是對普羅文學，普羅人性的排斥；如果王實味的文藝觀中有人性論的因素，那麼他更強調骯髒靈魂的改造意義，以及靈瑰改造對社會制度改造的巨大作用。王實味文藝觀被誤讀為人性論，這是延安批判者意識形態功能話語的結果，從此，文學上的啟蒙話語與文學上的人性話語一樣，都成為政治上的「他者話語」沒有言說的機會。誠然，啟蒙話語可能對新政治崇拜也有一種衝擊。新政治崇拜是當時延安文藝界人士一種較普遍的共識，相信所有社會歷史問題、思想文化問題都可以通過新政治的實現、新政體的出現而一股腦兒解決。而啟蒙觀則認為歷史文化所遺留下來的比如人性「骯髒」問題只能通過「藝術家」的介入逐步獲得解放。這觀點恐怕也會被認為對新政治的不信任或沒有政治立場。通過延安文藝整風之後，權力政治對文學的干預是如此的強力，而反干預的文學力量顯得如此微弱和無奈。確實權力政治對文學的強力干預，在延安取得了決定性勝利，此後幾十年內更是不斷取得勝利，如五十年代末期，王實味的《野百合花》等文章進行「再批判」。其中延安當時逃過一劫的艾青那篇《瞭解作家、尊重作家》，丁玲的《三八節有感》，蕭軍的《論同志之「愛」與「耐」》，羅烽的《還是雜文時代》，在「再批判」中提高了批判調子，把這些文章都說成是「反黨反人民的」，是「以革命者的姿態寫反革命的文

章。」[14]到了「文化大革命」，最終將文學逼入絕境。歷史表明文學從屬、服務於政治乃至政治取代文學的路絕對是難以走通的。在八十年代初期，周揚也承認了「過去對人性論、人道主義的錯誤批判，在理論上和實線上都帶來了嚴重後果。」[15]

---

[14] 《文藝報》「再批判」特輯《按語》，《人民日報》1958 年 1 月 27 日。
[15] 《關於馬克思主義的幾個理論問題的探討》《人民日報》1983 年 3 月 16 日。

# 第十二章　「主觀戰鬥精神」之爭

　　毛澤東《在延安文藝座談會上的講話》發表之後，在重慶左翼
文藝界中間得到了積極的回應。基於對《在延安文藝座談會上的講
話》精神的不同理解和領悟，重慶左翼理論界，就現實主義精神和
理論取向及有關問題展開了爭論。

　　爭論的經過是這樣的。1944 年 4 月胡風為「文協」理事會起
草了一篇題為《文藝工作底發展及其努力方向》的論文，並在第六
屆年會上宣讀。文章引用了黑格爾的哲學術語「主觀精神」、「客觀
精神」，致力於抗戰時期文學創作的掃描與透視，透露了胡風在現
實主義命題中重在發揚「主觀精神」的理論取向。文章在 4 月 17、
18 日《大公報》上發表之後立即引起黃藥眠等人的關注。黃藥眠
在 7 月 29 日《雲南日報》上發表《讀了〈文藝工作底發展及其努
力方向〉》，作了許多指摘，基本上持否定看法。1945 年 1 月，胡
風在重慶創辦《希望》雜誌，在創刊號上發表了舒蕪的《論主觀》
和胡風的《置身在為民主的鬥爭裏面》兩篇文章，從而引起了左翼
文壇對於現實主義問題的激烈爭論。這兩篇文章被認為是主觀現實
主義論者的理論綱領。特別因為胡風在編後記裏說舒蕪《論主觀》
提出了「一個使中華民族求新生的鬥爭會受到影響的問題」。因此
批判者就把胡風與舒蕪的理論觀點生硬捆綁在一起，注意不到兩者

觀念上的內在差別。舒蕪在《論主觀》中寫道:「今天的哲學,除了其全部基本原則當然仍舊不變而外,『主觀』這一範疇已被空前的提高到最主要的決定性的地位了。」這是大膽的也不無帶有輕率的思想探索,即刻遭到了左翼文壇主流派的強力阻遏。胡風在文章中提出的「主觀精神」、「人格力量」、「戰鬥要求」等現實主義的文藝見解,亦遭受到批判的命運。當時左翼文藝界為此還召開了幾次座談會進行批判。1945 年 11 月 28 日《新華日報》副刊發表重慶文藝界討論話劇《清明前後》和《芳草天涯》的座談會記錄。在討論話劇的同時,還展開了關於現實主義藝術要不要政治傾向問題的爭論,形成了兩種見解。王戎認為「現實主義藝術不必強調所謂政治方向」,而應該「強調作者的主觀精神緊緊地和客觀事物溶解在一起」,這種觀點被認為是胡風理論的具體展開和運用。何其芳發表《關於現實主義》,其中批判了這種「非政治傾向」的文學觀點。在此期間馮雪峰發表了《論民族革命的文藝運動》,對民族革命運動時期文藝創作中的經驗教訓進行反思,批評了文藝創作中存在的革命宿命論和客觀主義傾向,提出了「現實主義在今天的問題」,並認為這主要是關於人民力量的反映或追求問題,大眾化的創作實踐和民族形式創造的問題。黃藥眠發表《論約瑟夫的外套》、《文藝創作上的主觀與客觀》,針對胡風文藝思想、馮雪峰的理論見解以及舒蕪的哲學觀點進行批判。接著,先後在成都、南京、上海出版的《呼吸》、《泥土》、《螞蟻小集》等刊物上都有文章參與這次有關現實主義精神的討論。其中路翎、方然等人的文章,在有關「主觀精神」、「自發鬥爭」、「哪裡有生活,哪裡就有鬥爭」等方面繼續張揚主觀現實主義的文藝思想。這些可以說是胡風主觀現實主義文藝思想的實踐和延展,也充實了胡風主觀現實主義文藝主張的內容。

　　在香港也展開了一場批判運動。1948 年 3 月至 1949 年 3 月香港《大眾文藝叢刊》出版了六輯。從創刊號到之後幾輯，集中力量有計劃地批判了胡風所倡導的主觀現實主義文藝思想。邵荃麟發表了《對於當前文藝運動的意見》（第一輯）《論主觀問題》（第五輯），喬木（喬冠華）發表了《文藝創作與主觀》（第二輯），胡繩發表了《評路翎的短篇小說》（第一輯）、《魯迅思想發展的道路》（第四輯），何其芳亦在《文匯報》上發表《略論個性解放》，這些文章著重以階級分析的方法剖挖了主觀現實主義所涉及的一些重要的細節問題。同時把胡風派的文藝思想坐實在「小資產階級」、「唯心論」、「主觀主義」的性質座標上。胡風也寫了長篇論文《論現實主義的路》參與論戰。胡風在現實主義視野中依然把主觀公式主義和客觀主義當作兩種主要的偏向，在主觀與客觀的辯證關係中，致力於創作主體的主觀戰鬥精神等現實主義內涵的發掘和審視。1949 年第一次文代會召開，這次爭論才暫告一個段落。

　　其實 1948 年香港《大眾文藝論叢》對胡風集中火力的批判，是解放後全面批判胡風的前奏，建國前後胡風的主要論爭對手如周揚、林默涵、邵荃麟、何其芳幾乎都是共產黨內重要的文藝領導人，胡風的一些舊知，此時也紛紛「轉向歸隊」，1952 年 6 月 8 日《人民日報》轉載了舒蕪的檢討文章《從頭學習〈在延安文藝座談會上的講話〉》，在《人民日報》的按語中針對舒蕪《論主觀》和發表此文的《希望》刊物，明確指出以胡風為首的一個文藝上的小集團，實質上屬於資產階級、小資產階級的個人主義的文藝思想。同年 12 月在中國作家協會主席團主持的胡風文藝思想討論會上，林默涵作了《胡風的反馬克思主義文藝思想》的發言，何

其芳也作了《現實主義的路，還是反現實主義的路》的發言。[1]明確胡風的文藝思想是反馬克思主義和反現實主義的，與毛澤東的文藝方針沒有任何的相同點。可是當時鯁直又天真的胡風自信自己的文藝理論在基本內容和方向上沒有錯，自信文藝思想爭論是一種民主性的行為，並且認為對方的批判帶有政治權勢壓制和排斥的弊端，這不是民主的態度。於是胡風寫了《關於解放以來的文藝實踐情況的報告》即「三十萬言書」，於 1954 年 7 月 22 日呈送黨中央，大有以天下為己任之概。這裏必須說一下胡風事件發生的契機，即 1954 年 11 月對俞平伯《紅樓夢研究》批判已是尾聲了，但胡風就《文藝報》關於《紅樓夢研究》問題上的「錯誤」所作的兩次發言，便引火焚身成為建國後文藝運動中新的對立面。當時胡風對庸俗社會學的批評確實醉翁之意不在酒，其鋒芒直指文藝界的領導人。胡風的意見在當時的政治思潮中是罕聞的不和諧聲音，由此引出了周揚 12 月 8 日的長篇發言《我們必須戰鬥》[2]。周揚的發言是經過毛澤東審定的帶有號召性質的發言。周揚在發言中雖然繼續了有關現實主義理論方面的論爭，但主要是側重於政治批判。發言中還聯繫到舒蕪、阿壠、路翎的文藝思想，給予網線性的劃定。1955 年 5 月隨著「三十萬言書」、舒蕪的私人信件以及毛澤東親自撰寫的《按語》的公開發表，問題急轉直下，造成了震驚中外的「胡風反革命集團」冤案。直至 1980 年 9 月 22 日周揚帶著為「胡風反革命集團」平反的中央文件去北醫三院的精神病防治所，為「胡風反革命集團」在政治上平反。然胡風的文藝思想定性一直要到 1988 年胡風逝世後三整年才給予撤銷，許可文藝界進行學術性的自由討論。[3]

---

[1]　分別發表在《文藝報》1953 年第 2、3 期。
[2]　《人民日報》1954 年 12 月 10 日。
[3]　《三十三年前的一大錯案得到徹底糾正》，《文藝報》1988 年 7 月 23 日。

　　那麼，我們所說的上世紀四十年代，在重慶關於現實主義爭議中的焦點又是什麼呢？簡單地說主要集中在三個方面。第一個方面是「主觀論」的哲學指向。當時一般人都認為舒蕪的《論主觀》構成了胡風派文藝思想的哲學基礎。由此胡風派人員被指認為哲學上的主觀論者。當然舒蕪與胡風在主觀問題上有共同性的認識，但在舒蕪意義上與胡風意義上的主觀內涵及運用領域都有內在的差異，而當時批判者更多的是看到他們的共同性，而有意無意抹煞了他們的差異性。胡風從主觀角度認識世界和透視創作問題，其實是有獨特的積極的意義的。馮雪峰在《現實主義在今天的問題》中曾批評過機械客觀主義，他說「革命宿命論者和客觀主義者，不能解決這主觀與客觀的關係，不能使文藝取得人民力，並非因為他們『太著重客觀』，而是因為他們只『著重』客觀的必然性，卻不著重客觀的具體的矛盾鬥爭，不著重正在客觀矛盾鬥爭中轉換著客觀與主觀的關係的人民的鬥爭和力量。」[4]馮雪峰在這裏就是說，適當地談論主觀問題，對於當時的文藝創作現狀是有幫助的。舒蕪有著重整哲學乾坤的大志。他試圖在歷史唯物主義領域，為主觀和主觀作用佔據一個顯著的位置。舒蕪的動機蓋是積極的，想在民主革命鬥爭及文藝運動中突現主觀問題的歷史作用。但舒蕪在構建理論所表述的卻是有問題的。舒蕪把四十年代的新哲學命名為約瑟夫即史達林階段，而約瑟夫階段的哲學是伊里奇即列寧階段哲學的必然發展，認為「『主觀』這一範疇已被空前的提高到最主要的決定性的地位了」，因為「革命已有巨大的成功，進步階級的主觀力量已發生了巨大的效果，則其以直接強調主觀力量為新的首要的課題，又自是必然的事。」舒蕪還給「主觀」下了一個定義：「所謂『主觀』，

---

[4]　《中原、文藝雜誌、希望、文哨聯合特刊》第 1 卷第 3 期 1946 年 2 月 20 日。

是一種物質性的作用，而只為人類所具有。它的性質是能動的而非被動的，是變革的而非保守的，是創造的而非因循的，是役物的而非役於物的，是為了自己和同類的生存而非為了滅亡的；簡言之，即是一種能動的用變革創造的方式來制用萬物以達到保衛生存和發展生存之目的的作用。這就是我們對於『主觀』這一範疇的概括的說明。」（《論主觀》）可見，舒蕪是著力把主觀置放在相當高的能動水準上，並賦予了一種自我激勵，自我繁衍的哲學功能。因而他在構建哲學框架時，就缺少扎實的物質經濟基礎和社會內涵，從而使主觀概念有其空疏和唯心的特點。舒蕪認為：「人類的鬥爭歷史，始終是以發揚主觀作用為武器，並以實現主觀作用為目的的。詳言之，人類並不是用自然生命力或社會勢力來鬥爭，而是用真正的主觀作用來鬥爭；也並不是為了社會本身或自然生命而鬥爭，而是為了那比自然生命本質上更高並且中間有機的統一了社會因素的主觀作用之真正充分實現而鬥爭的」。（《論主觀》）

　　舒蕪確實擺出了對主觀作用的極度崇拜的姿態，以主觀及主觀作用來撞擊辯證唯物主義和歷史唯物主義的思想體系，這自然引發了左翼理論界的不滿。黃藥眠在《論約瑟夫的外套》中著重批判舒蕪歷史觀和社會觀中的唯心主義性質。黃藥眠說：「舒先生把宇宙萬物的進化都看成了是具現大宇宙的本性的東西！！什麼是宇宙的本性？據舒先生說這就是『生生不已』的『天心』，什麼是這個生生不已的天心？我想只要舒先生高興，他是隨時可以把這個目的論創造出一個上帝來的！」[5]舒蕪帶有主觀唯心主義色彩的關於主觀問題的思考，就這樣被批判者完全徹底地視為異端了。荃麟的《論主觀問題》直接把舒蕪、胡風、方然等人稱為主觀論者，並從哲學

---

[5]　《文藝生活》光復版第 3 號 1946 年 3 月。

思想和文藝思想方面批駁了主觀論的錯誤。他首先指出了舒蕪所強調的主觀與唯物論哲學之間的關係：「因為馬克斯唯物論哲學的最基本原則，就是『存在決定意識』，舒蕪先生既然把『主觀』提高到了最主要的決定地位，那麼這個原則首先就被否定，還有什麼『其全部基本原則當然仍然不變』呢？還有什麼馬克斯的哲學呢？」接著荃麟又分析了舒蕪強調主觀在哲學上的唯心論特徵：「舒蕪先生既把主觀作用的強調當做哲學思想的基本內容，以致完全離開了哲學唯物論的立場；又把他的這種哲學見解直接引申到社會歷史問題上，完全不顧歷史唯物論中的具體規律，於是他的思想就搞得混亂不堪。」同時指出舒蕪的社會歷史觀是抹煞了「馬克斯唯物主義中關於生產力與生產關係的矛盾與發展的學說」，也抹煞了主觀的階級性。「他以一種虛玄『本性』去代替了社會主觀的物質基礎，因此他把歷史上激烈的階級意識鬥爭，理解為『一部分主觀作用的反其本性，另一部分主觀作用保存並發展本性』的關係。照他這解釋，今天我們對敵對階級的思想鬥爭，例如反法西斯鬥爭，不過是一種依本性的主觀在對因妥協而變態的主觀在鬥爭罷了。這又是什麼樣的理論呢？」荃麟的批判確實擊中了舒蕪關於主觀的哲學理念構建本身的缺陷。舒蕪的理論在概念上是不健全的。他曾把「人類」、「社會」、「主觀」構成三位一體觀。然這「人類」、「社會」、「主觀」都是缺乏歷史內涵與社會內涵的概念，也沒有受到對等概念的辯證制約。因此他的體系存在著內在的欠缺。舒蕪《論主觀》是由兩個層面構成的，一個層面是其哲學思想的闡述；另一個層面是對現實世相和思想世相的批判。舒蕪在後一個層面上張揚了啟蒙思想和個性解放思想，主要批評了拜「客觀」教，「完成形態」的機械教條主義的錯誤傾向。正在這點上與胡風的思想見解有著深刻的契合。在

哲學理念上，舒蕪與胡風關於「主觀」的見解卻有著相當分歧的，而恰恰在這一點上被批判者所忽視了

　　第二個方面是對「主觀戰鬥精神」的認識。胡風曾認為現實主義是對五四傳統精神的繼承。他為了現實主義的文學能夠健康發展，堅決反對可能會對現實主義文學造成潛在傷害的主觀公式主義和客觀主義，尤其是客觀主義對現實主義文學的傷害。因此，胡風提出「主觀精神」、「人格力量」、「戰鬥要求」等主觀現實主義理論主張，一般把它概括為「主觀戰鬥精神」。這個主張一方面作為創作者主體的自我建設的要求，另一方面作為摒退客觀主義可能侵蝕現實主義的內在防線。胡風在《現實主義在今天》一文中是這樣寫道的：「主觀精神與客觀真理的結合或融合，就產生了新文藝底戰鬥的生命，我們把那叫做現實主義」。「這種精神由於什麼呢？由於作家底獻身的意志，仁愛的胸懷，由於作家底對現實人生的真知灼見，不存一絲一毫自欺欺人的虛偽。我們把這叫做現實主義。」[6]在《文藝工作底發展及其努力方向》一文中，胡風為張揚現實主義精神提出了「人格力量」和「戰鬥要求」。他說：「文藝作品是要反映一代的心理動態，創作活動是一個艱苦的精神過程；為達到這個境地文藝家就非有不但能夠發現、分析，而且還能夠擁抱、保衛這一代的精神要求的人格力量或戰鬥要求不可。」[7]他認為就文藝家一方而言，提高了這種人格力量或戰鬥要求，就能夠在現實生話中追求而且發現新生的動向、積極的性格，從而一定能夠在讀者的心裏誘發起走向光明的奮發。而就社會一方而言，只有承認了這種人格力量或戰鬥要求，承認它是各自經過了長期形成，含有特殊性格的

---

6　《胡風全集》第 3 券第 38、39 頁。
7　《胡風全集》第 3 卷第 180 頁。

活的整體，才能夠幫助文藝的發展。胡風還在《置身在為民主的鬥爭裏面》的文章中，寫道：「對於對象的體現過程或克服過程，在作為主體的作家這一面，同時也就是不斷的自我擴張過程，不斷的自我鬥爭過程。在體現過程或克服過程裏面，對象的生命被作家的精神世界所擁入，使作家擴張了自己；但在這『擁入』的當中，作家的主觀一定要主動地表現出或迎合或選擇或抵抗的作用，而對象也要主動地用它的真實性來促成、修改、甚至推翻作家的或迎合或選擇或抵抗的作用，這就引起了深刻的自我鬥爭。經過了這樣的自我鬥爭，作家才能夠在歷史要求的真實性上得到自我擴張，這藝術創造的源泉」。「這裏且不論這思想的武裝是怎樣形成，但要著重說明的有一點：它並不等於憑藉『思辨的頭腦』去把握世界（馬克思），它的搏鬥過程始終不能超脫感性的機能，或者說，它一定得化合為感性的機能.我們把這叫做實踐的生活意志，或者叫做被那些以販賣公式為生的市儈們所不喜的人格力量。」[8]受胡風影響的方然亦有這樣的認識：「主觀精神因為體現了客觀精神而熾烈地燃燒，產生高度的戰鬥要求，其來源與結果都必然是具體的戰鬥。至於那些始終只是以一點情緒放在『時代精神』的氛圍裏，盪來盪去的，這是騰雲駕霧，這是法師。」[9]

　　胡風所張揚的主觀戰鬥精神，在批判者看來，與毛澤東《在延安文藝座談會上的講話》所倡導的方針路線是有著根本不同。當時通過延安整風，在共產黨領導的區域的全部文藝活動已經納入毛澤東《講話》的規範之內，而胡風們所處的國民黨統治區，《講話》的傳播和影響仍然是有限的。因此，對胡風派的批判，在很大程度

---

8　《《胡風全集》第 3 卷第 188、189 頁。
9　《釋「戰鬥要求」》《希望》第 1 集第 1 期 1946 年 4 月。

上是中共試圖以《講話》規範國統區文藝活動時所爆發的左翼文藝
界內部的衝突。當時胡風派所強調的國統區情況的特殊性，和特殊
情況對《講話》精神加以特殊處理的想法顯然是不允許的。為了「徹
底貫徹」《講話》精神，批判運動是必然的，並且把作家的主觀精
神問題簡單地歸結為政治立場問題也是理所自然的。荃麟的《論主
觀問題》一文，就是把主觀精神問題作為「作家的立場問題態度問
題」處理的。然後再運用歷史唯物主義的觀點去透視胡風的文藝主
張：「但主觀論者既然忽略了思想意識對於領導革命實踐的意義，
把感性活動和具體的實踐分開，進一步把感性活動轉化為主觀的感
受力量，再一化而為主觀精神、人格力量、道德力量等等，於是不
僅唯物論被取消了，階級觀點也被取消了。」而這樣做的「根本錯
誤」，「即是他們把歷史唯物論中最主要一部分——社會物質生活關
係忽略了。因此也把馬克斯學說最精彩的部分——階級鬥爭的理論
忽略了」。並且認為胡風所反對的文藝上的教條主義傾向，只是小
資產階級的思想去反對另一種小資產階級的思想，其本身思想也成
為一種偏向。「這種偏向的發展，和馬列主義與毛澤東文藝思想是
相矛盾的」。喬木的《文藝創作與主觀》更具體地在文藝創作領域
來批判胡風的主觀戰鬥精神。他認為當時文藝界創作上的問題不是
主觀太少的問題，其主要問題是「作家的小資產階級主觀太多或者
太強」。這就產生了並不反映人民的現實鬥爭或歪曲地反映這一傾
向。因而喬木說：「殊不知歷史的真理固然是客現的，人民的至情
（正確的感情）也是客觀的，問題不在於作家一般性的主觀的強
弱，而是在作家的小資產階級的主觀及其生活，根本不能反映表現
出人民世界的真實——它的真理（作品的思想性）和真情（作品的
感染性）。」何其芳在《關於現實主義》中認為胡風的文藝主張「不

夠科學」,「容易使人誤解」。並且說:「今天的現實主義要向前發展,並不是簡單地強調現實主義就夠了,必須提出新的明確的方向,必須提出新的具體的內容。而這方向與內容也並不是簡單地強調什麼『主觀精神與客觀事物緊密的結合』,而是必須強調藝術應該與人民群眾結合,首先是在內容上更廣闊,更深入地反映人民的要求,並盡可能合乎人民的觀點,科學的觀點。」[10]

　　胡風執拗的性格當然不同意這些強加於他的批判之詞,他在1948 年初由希望出版社出版了《論現實主義的路》一書,回答《大眾文藝叢刊》的批判。胡風堅決認為只有在張揚主觀戰鬥精神的前提下,才能更健康發展現實主義,從而使作家能基於自身的經驗去傳達歷史的要求,而在「主觀主義者」或「客觀主義者」看來,「因為討厭人格力量這一類說法會傷害他們,那就把這一類說法立案註銷,也非始不可,當時原也是當作『奴隸的語言』用用的。但雖然如此,卻還是不能取消問題本身。因為,歷史的要求只有通過人這『感性的活動』去爭取實現,只有變成了人的血肉要求才有可能深入客觀對象,把握客觀對象,克服客觀對象(創造活動),甚至踏著鐵蒺藜前進的。在革命史上,無數的鮮血是這樣流了的,在人民的鬥爭裏面,無數的鮮血是這樣流著的。真誠的革命的作家,是得抱有這樣的流血的心去深入現實,擔負現實的。否則,只須讓『客觀的必然性』自動地演變就行了。說『革命的主義不能人格化』,這是不錯的,抽象名詞的『主義』當然不能變成實物名詞的『人』;但說革命的主義不能化為作家的實踐意志,憑著它去深入現實、把握現實、克服現實的實踐意志,那恐怕只能算是『唯物論』的奇談

---

[10] 重慶《新華日報》1946 年 2 月 13 日。

了。」[11]余林（路翎）也寫了《論文藝創作的幾個基本問題》的文章回應了批判者的責難。他說：「主觀精神要求，是指對於作家底行動性和實踐性的要求，並不是主觀主義，這應該是極為明顯的。但《大眾文藝叢刊》裏卻指摘它是個人主義的文藝思想……這完全是指鹿為馬的說法。主觀的精神要求這一說法，正是從歷史負荷和迫切的戰鬥任務下面提出來的，正是要求著文藝與社會鬥爭的關係，正是要求著革命的鍛煉。」[12]

在中國現代文學史上，胡風以主觀戰鬥精神的理論充實了二十世紀四十年代現實主義文學思潮的內涵，是有歷史性的貢獻的。如果說胡風的主觀戰鬥精神具有什麼唯心論色彩，那麼在文藝創作主體的創造思維形態中，絕對不是什麼禁區，而是完全可以討論的。在某種意義上應該肯定其形象思維的積極作用。歷史證明，此後幾十年的文學實踐，簡單地以唯物論、階級論等意識形態話語取代文學性話語，對文學創作的功利性和政治色彩的過分強調，其結果是阻塞了現實主義發展所需要的彈性空間。

第三個方面是關於作家與人民的關係。作家與人民的關係是四十年代現實主義文學行進中必須直面的問題，亦是新政治在構建文藝政策時所要解決的問題。胡風在作家與人民的關係上，特別強調作家作為一個主體的主動姿態。他在《置身在為民主的鬥爭裏面》一文說：「文藝創作，是從對於血肉的現實人生的搏鬥開始的。血肉的現實人生，當然就是所謂感性的對象，然而，對於文藝創造（至少是對於文藝創造），感性的對象不但不是輕視了或者放過了思想，反而是思想內容的最尖銳的最話潑的表現。不能理解具體的被

---

[11] 《胡風全集》第 3 卷第 532 頁。
[12] 《泥土》第 6 期 1948 年 7 月。

壓迫者或被犧牲者的精神狀態，又怎樣能夠揭發封建主義的殘酷的本性和五花八門的戰法？不能理解具體的覺醒者或戰鬥者的心理過程，又怎樣能夠表現人民的豐沛的潛在力量和堅強的英雄主義？」[13]胡風在回答作家與人民怎樣深入，怎樣結合的時候說：「首先，當然要求一個戰鬥的實踐立場，和人民共命運的實踐立場，只有這個倫理學上（戰鬥道德上）的反客觀主義，才能夠杜絕藝術創造上的客觀主義的根源。」胡風說，「作家應該去深入或結合的人民，並不是抽象的概念，而是活生生的感性存在。那麼，他們的生活欲求或生活鬥爭，雖然體現著歷史的要求，但卻是取著千變萬化的形態和複雜曲折的路徑；他們的精神要求雖然伸向著解放，但隨時隨地都潛伏著或擴展著幾千年的精神奴役的創傷。作家深入他們要不被這種感性存在的海洋所淹沒，就得有和他們的生活內容搏鬥的批判的力量。」[14]胡風在這裏談的很明顯是立足於現實主義文學創造範疇的。

然而批判者對作家與人民的關係卻有著另一種整體性的政治性設想。在批判者的理論視野中，作家深入人民生活並不是胡風所說的搏鬥於「感性的對象」，而首先應該是棄舊圖新的思想改造，由此開始，作家便擁有了一個受眾性的歷史姿態。荃麟在《論主觀問題》中說：「胡風先生所謂自我鬥爭，是作家和人民一種對等地迎合和抵抗的鬥爭……因此，他一方面要求作家深入人民，同時又警告作家不要被人民的海洋所淹沒，而在我們，這個思想改造，正是一種意識上的階級鬥爭，有如毛澤東所說的『長期地無條件地全身心地到工農中去』，小資產階級意識必須向無產階級『無條件的

---

[13] 《胡風全集》第 3 卷第 186、187 頁。
[14] 《胡風全集》第 3 卷第 189 頁。

投降」，它不是對等的鬥爭，而是從一個階級走向一個階級的過程」。荃麟特別從階級分折的角度指出小資產階級作家「靈魂深處」的種種弊端，並且說，「小資產階級作家要從他們自己階級走向另一階級，這是脫胎換骨的事，決非單純憑藉其原來階級的感性機能所能解決」。喬木在《文藝創作與主觀》一文中談到了「作家應如何進行改造」的問題。他使用作家的外在改造觀念，對胡風「自我鬥爭」的創作論思想進行了「改造」。他說：「作家要進行改造，必須向人民學習。」「學習就是改造；因為學習是從人民那裏拿一點新東西進來，改造就是作家要把他自己的那些舊東面趕出去，讓從人民來的那點新東西能進來，舊的不肯去，新的要進來──這就成了一種『自我鬥爭』，即自我改造的過程。」這裏明顯的是把胡風那內在的創作思維「自我鬥爭」過程，偷換成外在的「思想改造」過程。可見胡風與批判者處在兩個不同的語境之中，缺乏共同的思辨語言。胡風看來，作家的「自我鬥爭」與勞動人民的「精神奴役的創傷」是共時發生的，共同構成主觀精神與客現精神相互搏鬥、相互克服的重要內容。而批判者則不是這樣看，他們更多地是一種觀念化的認識，從社會政治角度賦予勞動人民以崇高的地位及道德的美好品質。喬木說：「不承認廣大的工農勞動群眾身上有缺點，是不符合事實的；但在本質上，廣大的勞動人民是善良的，優美的，堅強的，健康的。健康的是他們的主體……不承認這一點，往往是一個作家拒絕和人民結合最深的根源。」而只強調工農群眾「自己不能負責的缺點……事實上是拒絕乃至反對和人民結合。」

對這樣的指責胡風在《論現實主義的路》中進行了反駁。認為揭示勞動人民精神奴役的創傷，「正是能夠衝出，而且確實衝出了波濤洶湧的反封建鬥爭的汪洋大海的一個源頭。」「這裏就現出了

和人民結合，向人民學習的迫切的意義。」[15]其實，胡風這種啟蒙精神是建立在作家作為創作主體有其主觀能動性的特殊價值觀念上的；而批判者認為作家本身及主觀能動性是沒有或者不值得一提的價值，需要的只是被洗心革面的改造，轉換政治立場。因此，爭論雙方的衝撞，我們可以看作是文學與政治，啟蒙與救亡相碰撞的一種表現形態。也是政治階級論現實主義與主觀論現實主義的爭論。批判者以毛澤東《在延安文藝座談會上的講話》為指導，簡單地把階級意識加之於現實主義的諸多命題，形成了政治粗暴干涉現實主義的不可逆轉的客觀存在。批判者的強勢話語是隨著新政治的崛起而被註定的，胡風及胡風派的未來悲劇在此也被埋下了伏筆。這可能是這次爭論遺留給後人最為沉痛的教訓。

---

[15] 《胡風全集》第 3 卷第 556、557 頁。

# 後記

　　這本《中國現代文學爭議概述》小冊子與《中國現代文學流派漫談》（秀威資訊科技股份有限公司 2010 年 9 月出版）一書是姊妹。它們的內容有互補性，讀者可以參考著閱讀。

　　中國現代文學史上有近百次大大小小的文學爭議，我選擇了對中國現代文學發展有決定性影響的十二次爭論作一闡述，主要想：一、描繪中國現代文學史上，各個不同的文學流派及觀念之間爭議的歷史面貌；二、評論這幾次文學爭論的是非曲直，以便衝破以往某些藩籬，盡力做到客觀、公正、理性。三、總結這幾次文學爭議的經驗教訓。如果本書基本上能夠做到這三點，對廣大讀者能提供一些文學知識或從中獲益，我便很高興了。

　　我已經作了努力，但疏漏錯訛之處肯定還有不少，敬祈讀者指正。

作者　朱汝瞳

2011 年 1 月

語言文學類　PG0594

# 中國現代文學爭議概述

作　　者 / 朱汝瞳
主　　編 / 蔡登山
責任編輯 / 孫偉迪
圖文排版 / 楊家齊
封面設計 / 陳佩蓉

發 行 人 / 宋政坤
法律顧問 / 毛國樑　律師
印製出版 / 秀威資訊科技股份有限公司
　　　　　114 台北市內湖區瑞光路 76 巷 65 號 1 樓
　　　　　電話：+886-2-2796-3638　傳真：+886-2-2796-1377
　　　　　http://www.showwe.com.tw
劃撥帳號 / 19563868　戶名：秀威資訊科技股份有限公司
　　　　　讀者服務信箱：service@showwe.com.tw
展售門市 / 國家書店（松江門市）
　　　　　104 台北市中山區松江路 209 號 1 樓
　　　　　電話：+886 2-2518-0207　傳真：+886-2-2518-0778
網路訂購 / 秀威網路書店：http://www.bodbooks.com.tw
　　　　　國家網路書店：http://www.govbooks.com.tw
圖書經銷 / 紅螞蟻圖書有限公司
　　　　　114 台北市內湖區舊宗路二段 121 巷 28、32 號 4 樓
　　　　　電話：+886-2-2795-3656　傳真：+886-2-2795-4100

2011 年 9 月 BOD 一版
定價：290 元
版權所有　翻印必究
本書如有缺頁、破損或裝訂錯誤，請寄回更換

國家圖書館出版品預行編目

中國現代文學爭議概述 / 朱汝曈著. -- 一版. --
臺北市：秀威資訊科技, 2011.09
　　面 ；　公分. -- (語言文學類 ; PG0594)
BOD 版
ISBN 978-986-221-783-2(平裝)


1.中國現代文學　2.中國文學史　3.文學評論

820.908　　　　　　　　　100011349

# 讀 者 回 函 卡

感謝您購買本書，為提升服務品質，請填妥以下資料，將讀者回函卡直接寄回或傳真本公司，收到您的寶貴意見後，我們會收藏記錄及檢討，謝謝！

如您需要了解本公司最新出版書目、購書優惠或企劃活動，歡迎您上網查詢或下載相關資料：http:// www.showwe.com.tw

您購買的書名：＿＿＿＿＿＿＿＿＿＿＿＿＿＿＿＿＿＿＿＿＿＿＿

出生日期：＿＿＿＿＿年＿＿＿＿＿月＿＿＿＿＿日

學歷：□高中 (含) 以下　　□大專　　□研究所 (含) 以上

職業：□製造業　□金融業　□資訊業　□軍警　□傳播業　□自由業
　　　□服務業　□公務員　□教職　　□學生　□家管　　□其它＿＿＿＿

購書地點：□網路書店　□實體書店　□書展　□郵購　□贈閱　□其他

您從何得知本書的消息？

　□網路書店　□實體書店　□網路搜尋　□電子報　□書訊　□雜誌

　□傳播媒體　□親友推薦　□網站推薦　□部落格　□其他＿＿＿＿＿＿

您對本書的評價：（請填代號　1.非常滿意　2.滿意　3.尚可　4.再改進）

　封面設計＿＿＿　版面編排＿＿＿　內容＿＿＿　文／譯筆＿＿＿　價格＿＿＿

讀完書後您覺得：

　□很有收穫　□有收穫　□收穫不多　□沒收穫


對我們的建議：＿＿＿＿＿＿＿＿＿＿＿＿＿＿＿＿＿＿＿＿＿＿＿

＿＿＿＿＿＿＿＿＿＿＿＿＿＿＿＿＿＿＿＿＿＿＿＿＿＿＿＿＿＿＿

＿＿＿＿＿＿＿＿＿＿＿＿＿＿＿＿＿＿＿＿＿＿＿＿＿＿＿＿＿＿＿

＿＿＿＿＿＿＿＿＿＿＿＿＿＿＿＿＿＿＿＿＿＿＿＿＿＿＿＿＿＿＿

11466
台北市內湖區瑞光路 76 巷 65 號 1 樓

**秀威資訊科技股份有限公司** 　收

BOD 數位出版事業部

⋯⋯⋯⋯⋯⋯⋯⋯⋯⋯⋯⋯⋯⋯⋯⋯⋯⋯⋯⋯⋯⋯⋯⋯⋯⋯

（請沿線對折寄回，謝謝！）

姓　　名：＿＿＿＿＿＿＿＿＿　年齡：＿＿＿＿　性別：□女　□男

郵遞區號：□□□□□

地　　址：＿＿＿＿＿＿＿＿＿＿＿＿＿＿＿＿＿＿＿＿＿＿＿

聯絡電話：(日) ＿＿＿＿＿＿＿＿＿＿(夜) ＿＿＿＿＿＿＿＿＿＿

E-mail：＿＿＿＿＿＿＿＿＿＿＿＿＿＿＿＿＿＿＿＿＿＿